KB146937

FIX

픽스

워푸 소설 · 유카 옮김

현대문학

차례

창작, 사회, 한국과 타이완, 『픽스』에 대하여

작가가 추리소설을 써놓고 아직 정식으로 발표도 하지 않은 시점에 한 네티즌에게서 추리소설의 결말에 문제가 있다고 지적하는 메일을 한 통 받습니다. 네티즌에 따르면 진범은 작가가 범인으로 설정한 인물이 아니라 소설에 등장하는 또 다른 인물입니다. 『픽스』에 수록된 일곱 편의 짧은 이야기에서 여러분은 모두 이와 유사한 구조를 보시게 될 겁니다.

'작가와 네티즌이 아직 출간되지도 않은 추리소설을 놓고 소설 속의 누가 진범인지 토론을 벌인다.' 여기가 흥미로운 지점입니다. 이론적으로, 이야기의 창작자인 작가는 누가 범인인지 당연히 알고 있습니다. 하지만 네티즌은 메일을 보내 자신의 이론을 뒷받침할 다른 증거를 제시합니다. 이야기의 이런 층위를 통해서 여러분은 창작자가 소설을 쓸 때 미처 주의하지 못하고 지나쳐버릴 수 있는 부분, 작가가 소설을 쓰면서 저지를 수 있는 실수를 발견하게 되실 겁니다. 그런데 네티즌이 제시한 이

견해가 바로 소설을 쓸 때 주의해야 할 세부 사항입니다. 다시 말해, 여러분은 여기서 창작의 노하우를 읽으시게 될 겁니다.

게다가 '네티즌이 메일을 보내온다는 것' 자체가 수수께끼입니다. 소설이 아직 출간되지도 않았는데, 이 네티즌은 어떻게 소설을 읽은 걸까요? 일곱 번째 단편의 결말에 이르면 여러분은 이 네티즌의 정체를 아시게 될 겁니다. 바꿔 말하면, 처음부터 끝까지 서로 다른 추리소설을 놓고 토론을 벌이는 『픽스』 역시 그 자체가 하나의 추리소설입니다.

추리소설은 100여 년 전 유럽과 영미권에서 시작되어 점차 전 세계로 퍼져나간 장르소설입니다. 대중문학의 중요한 카테고리에 속할 뿐 아니라, 순문학 작품에서도 추리소설과 유사한 설정을 볼 수 있습니다.

독자와 만나 토론을 불러일으키는 과정에서, 작품은 어느 정도 '통속화, 대중화'될 필요가 있습니다. 그런데 '통속화, 대중화'된다는 것이 꼭 저속하고 깊이가 얕다는 뜻은 아닙니다. 지극히 아름다운, 그러면서도 다수의 독자가 쉽게 받아들일 수 있는 문장을 선보이는 우수한 대중소설들은 아주 많습니다. 이야기를 '통속화'하는 기술이 성숙해질수록 창작품의 내용은 풍부해지고, 더 많은 독자를 만나 더 많은 토론을 끌어낼 수 있게 됩니다.

접해본 한국 작품이 아직 많지는 않습니다만, 제한된 경험이기는 해도, 한국의 창작자들이 영화와 텔레비전, 음악, 만화나 소설을 막론하고 이 방면에서 놀라운 기교를 선보이고 있다는 사실을 잘 알고 있습니다. 『픽스』가 그런 작품들과 나란히 여러분의 눈앞에 등장하게 되어 매우 기쁘게 생각합니다.

이것이 『픽스』가 한국에서 출간되는 첫 번째로 중요한 의의입니다.

나아가 일곱 편의 이야기를 읽고 나서 『픽스』의 「작가 후기」에 이르면, 이 일곱 편의 이야기가 언급한 사건들에 또 다른 층위의 의미가 있다는 사실을 아시게 될 겁니다.

100여 년에 걸친 발전을 통해 추리소설은 더 이상 단순한 수수께끼 풀이가 아닌, 사회의 온갖 면모를 드러내고 서로 다른 체제의 문제를 비추는 동시에 인간 심리를 깊이 있게 묘사하는 문학의 한 장르로 거듭났습니다.

한국과 타이완은 비슷한 부분이 무척 많습니다. 둘 다 격렬한 민주화 과정을 거쳤고, 불완전한 사회체제를 바꾸기 위해 여전히 방법을 찾고 있으며, 국제사회의 서로 다른 강대국들 사이에서 자신의 가치를 드러내고 있지요. 그리고 둘 다 관계가 상당히 복잡한, 그러면서도 그다지 우호적이지는 않은 이웃 국가를 두고 있습니다.

한국의 창작자들은 다양한 기법으로 한국 사회의 면모를 작품에 녹여내는 노력을 해왔습니다. 제가 『픽스』를 쓰면서 한 일도 같은 일입니다.

이것이『픽스』가 한국에서 출간되는 두 번째로 중요한 의의입니다.

『픽스』는 가볍고 흥미로운 단편소설집이고, 소설의 형식으로 창작 기법을 설명하는 소설집이며, 한 권의 추리소설입니다. 그리고 약 30년 동안 타이완에서 일어난 몇몇 사회 사건들의 모습이기도 합니다.

『픽스』를 쓴 제게는 이 작품이 한국에서 출간된다는 의미가 상당히 큽니다. 곧『픽스』를 읽으시게 될 여러분께서 이 작품을 다 읽고 난 뒤 작품 속의 이런저런 부분에 대해 본인의 생각을 갖게 되시기를 바랍니다.

『픽스』를 펼쳐주셔서 고맙습니다. 즐거운 독서가 되시기를 바랍니다.

2019년 5월
워푸

01

나무 두드리기
Knock on Wood

준비만 된다면 나무를 두드려봐요.
운이 바뀔 거예요.

But your luck will change
If you'll arrange to knock on wood.

⟨Knock on Wood⟩ by Dooley Wilson

그가 미간을 찌푸린 채 컴퓨터 모니터를 노려보고 있었다.

잠시 뒤, 자리에서 일어나 궐련지와 담뱃잎을 꺼내 재빠른 손놀림으로 담배를 말아 한 모금 들이마시고는 천천히 연기를 토해냈다. 마음이 조금 가라앉자 담배를 입에 문 채 다시 컴퓨터 앞으로 돌아가 앉았다. 느슨하게 채워져 있던 담뱃잎 부스러기가 궐련 앞부분에서 떨어지면서 별안간 공기 중에서 빛을 내뿜더니, 미처 사그라지기 전, 정확히 허벅지로 떨어졌다.

"이런 제길!" 그가 고함을 치며 잠시 몸을 떨었다.

허벅지에서 반짝이다 곧바로 사라져버린 뜨거운 불꽃 탓은 아니었다.

모니터 속 저 빌어먹을 메일 때문이었다.

한밤중에 무슨 메일을 확인하려 한 건지. 조금 후회가 됐다. 아까 자연스럽게 분위기나 맞춰주면서 그 팬의 초대에 응했어야 하는데, 펍에 가서 술자리나 이어갈걸. 그 팬의 생김새가 썩 마음에 들지는 않았지만, 자신에게 쉴 새 없이 '대가님' 소리를 하던 그 태도가 이 이메일보다야 훨씬 더 마음에 들었다.

몇 시간 전까지만 해도 기분이 날아갈 것 같았다.

그는 국내 문단에서 꽤 이름을 떨치는 작가였다. 각종 문학상을 휩쓸던 학창 시절, 선배 작가들은 그를 문단의 기대주로 보았고, 그다음 세대인 현역 작가들은 그를 당대 문단을 책임지는 주역으로 본다. 그의 작품은 순문학계의 찬사를 한 몸에 받고 있을 뿐 아니라, 일반 대중에게도 흥미진진한 읽을거리였다. 독서 습관이 나날이 쇠퇴하는 이 시대에 그는 그야말로 출판계의 구세주였다.

그래서 그가 이번 신작은 사회 현실을 반영하면서도 문학적 깊이를 갖춘 동시에 추리소설의 묘미가 느껴지는 소설이 될 예정이라고 선언하자, 모든 독자가 목을 빼고 기다리기에 이르렀다. 제목만 발표했을 뿐인데도 인터넷에서는 벌써 온갖 추측이 난무하며 각양각색의 토론이 벌어지고 있었다.

대작 발표를 코앞에 두고 있으니, 출판사로서야 당연히 게으름은 피울 엄두도 내지 못했다. 소설 출간 전에 이미 각종 프로모션 이벤트를 잡아놓은 터였고, 예약 판매 일정과 언론 인터뷰도 일찌감치 이야기가 끝나 있었다.

방금 끝난 다과회도 그중 하나였다.

다과회라고는 하지만 그 자리에서 차를 마신 건 아니었다. 오히려 와인을 몇 병 땄다. 그는 1인용 소파에 앉았고, 출판사 발행인과 편집장, 주간, 책임 편집자, 기획자, 기자 그리고 어떤 연줄로 들어왔는지 모를 팬들이 주변에 앉거나 서 있었다.

격식 없는 행사였고, 그가 중심인 자리였다.

"작가님께 여쭙겠습니다. 이번 신작 제목을 어째서 『나무 두드리기』로 지으셨나요?" 한 기자가 질문을 던졌다.

"'나무 두드리기'는 외국의 풍습입니다." 그는 대중에게 내보이는 예의 그 특유의 미소를 지어 보였다. "영미권 사람들은 나무 십자가나 나무토막을 만지면, 액운이 달아나고 행운이 찾아온다고 믿습니다. 그래서 '노크 온 우드' 또는 '터치 우드touch wood'라고 하면 무언가를 축원하고 가호를 기원한다는 뜻입니다. 제 신작의 주인공이 외국에서 돌아온 탐정이라, 사건을 수사하다가 난관에 부딪히면 나무를 두드려보는 버릇이 있거든요."

"대가님, 정말 대단하시다!" 어느새 점점 더 가까이 다가와 앉아 있던 팬이 감미로운 어조로 나지막하게 외쳤다. "하지만 대가님, 대가님의 책 제목에 한 가지 뜻만 있는 건 아니라고 알고 있거든요. 맞죠?"

'생긴 게 별로여서 그렇지, 공부는 많이 해 왔네.' 그는 속으로 이런 생각을 하며 입꼬리를 살짝 말아 올렸다. "맞습니다. 이 제목에는 다른 함의가 있습니다."

그는 잠시 말을 멈추고 자신의 다음 말을 기다리는 뭇시선을 바라봤다. "하지만 그건 책을 읽으실 때 느낄 수 있는 숨겨진 재미니, 새 책이 손에 들어오기를 기다렸다가 다시 한번 곰곰이 생각해보시기 바랍니다."

대답은 없었지만, 모두의 얼굴에 '난 똑똑하니까 책을 읽다 보면 분명히 알아낼 수 있을 거야' 하는 의미의 미소가 떠올랐다.

하지만 지금 그는 도무지 웃음이 나지 않았다.

모니터 속 메일이 한껏 내뿜는 악의가 느껴졌으니 말이다.

모르는 계정에서 온 메일이었고, 보낸 사람 서명도 없었다. 메일 첫머리에서는 상당히 예의를 차리며 그를 '선생님'이라고 칭했다. 그러더니 이어진 내용에서는 『나무 두드리기』에 중대한 결함이 있다며 예의라고는 없이 대놓고 지적하는가 하면, 이 소설은 좋은 작품 축에 끼지도 못한다고 혹평했다.

* * *

'『나무 두드리기』는 아직 출간도 되지 않았는데, 이 자식, 도대체 무슨 헛소리를 지껄이는 거야?'

그는 독자들로부터 온갖 종류의 메일을 받아봤다. 그의 작품이 인생의 지침이 되었다는 사람부터 새로운 시야를 열어주었다는 사람도 있었고, 가르침을 청한다며 파일을 첨부해서 보내는 사람, 그저 순수하게 찬양 메일을 보내는 사람도 있었다. 친화력을 과시하며 답신을 보낼 때도 있었지만 대부분의 경우 대충 훑어보기만 했다.

그렇지만 감히 자신의 결함을 들추는 메일은 받아본 적이 없었다.

'됐어, 읽어보지도 않고 판단한 이런 멍청이한테 화낼 필요 없어.' 마우스를 움직여 '삭제'를 클릭하려는데, 기분이 또 찝찝해졌다. 무작정 들이닥쳐서 비판부터 해대는 메일은 난생처음 받았는데, 어떻게 고개나 움츠리고 화를 참을 수 있단 말인가? 소문이라도 나면 대가 이미지는 또 어떻게 유지하고?

무명의 독자님, 보내주신 메일 잘 받았습니다. 제가 온갖 비판을 겸허히 받아들이는 사람이기는 합니다만, 『나무 두드리기』가 아직 출간되지 않았으니, 독자님께서도 분명 아직 읽어보지 못하셨을 겁니다. 읽기도 전에 평을 하시는 건 대단히 무지하고 따분하며, 터무니없고 교양 없는 행위입니다. 게다가 메일에 이름도 밝히지 못하신 걸 보니 겁쟁이라는 말까지 덧붙여야겠군요. 제 신작을 읽어보신 뒤에 저와 토론을 벌이시죠. 전 언제나 환영입니다.

메일을 두 번 읽어봤는데 정말 잘 썼다는 생각이 들었다. 조목조목 근거를 대며 비판했으니, 분명히 이 자식의 입을 틀어막을 수 있으리라.

'발송'을 클릭하고 허리를 쭉 폈다. 담뱃불을 비벼 끄고는 페이스북 뉴스피드를 들여다봤다. 컴퓨터를 막 끄려는 순간, 모니터에서 메시지가 뜨더니 메일함에 새 메일이 도착했다고 알려주었다.

세상에, 그 자식이 보내온 답신이었다.

메일 첫머리에서는 여전히 예의 바른 호칭을 썼지만, 뒤이어 자신이 이미 원고를 읽어봤다고 언급했다. 메일 끄트머리에 달린 서명은 '아귀阿鬼'였다.

'아귀'라니, 도대체 무슨 황당무계한 이름이란 말인가? 원고를 읽어봤다고? 어떻게 읽었다는 거야?

그는 잠시 미간을 찌푸렸다. 현재 원고를 읽어본 사람은 출판사의 책임 편집자와 주간뿐이었다. 편집장도 말로는 존경하는 마음으로 이미 다 읽었다고 했지만, 입에 발린 소리라는 건 대충 알고 있었다. 편집자 외에 출판사에서 섭외한 추천인 몇 명도 아마 읽기는 했겠지만, 추천인이 문단 선배였으면 직접 이름을 밝혔지 이런 괴상한 닉네임을 쓸 필요가 없다. 만일 인터넷에서 활발히 활동하는 블로거라면 자신의 작품에 지적질을 해

• 외래어표기법에 따르면 이 인물의 닉네임은 '아구이'로 표기된다. 다만 본문 제 5장에서 한자는 다르나 중국어 발음은 똑같은 '아구이阿桂'가 등장하는 등, 독자에게 혼동을 일으킬 여지가 있기에 이 인물의 경우 한자 독음으로 표기했다.

댈 제대로 된 자료를 갖고 있을 리 만무했다.

이미 원고를 읽어본 사람이 이런 메일을 보낼 리가 없다. 이 아귀라는 자가 헛소리를 하는 게 확실했다.

아귀 님, 저는 당신이 원고를 읽어봤다고 생각하지 않습니다. 당신의 비판 역시 구체적이지 않고요. 그러니 우리가 의미 있는 토론을 하기는 불가능하겠군요. 메일을 계속 보내도 답장은 하지 않겠습니다. 또 메일을 보낸다면, 스토킹으로 보고 고소하겠습니다.

그는 홧김에 '발송'을 클릭하고, 담배를 한 대 더 말았다. 입에 담배를 문 채 아직 불도 붙이지 못한 참인데, 아귀가 보낸 답신이 도착했다.

토론에 임해주셔서 감사합니다. 구체적인 의견을 드리도록 하죠.

이어서 아귀는 분명히 예의를 차리기는 했으나 이제는 무례하게 들리는 존칭을 늘어놓은 뒤 이렇게 썼다.

『나무 두드리기』속의 총격전 상황에 따라 전개되는 주요 추리 플롯에 아주 뚜렷한 문제가 여러 개 있습니다. 그걸 하나도 알아보지 못하시는 바람에 완전히 틀린 결과가 나왔더군요. 자료를 좀더 찾아보시기 바랍니다. 아니면 최소한 추리소설이라도 몇 권 더 읽어보시든지요.

어안이 벙벙해진 그가 입을 벌렸다. 입가에 물고 있던 담배가 다리로 떨어졌다.

다행히 아직 불은 붙이지 않은 채였다.

* * *

『나무 두드리기』라는 제목에는 분명히 또 다른 함의가 있었다.

영미권의 풍습이라는 점 외에도, 영화 〈카사블랑카〉의 재즈 삽입곡이 〈노크 온 우드〉였던 것이다. 영화 속 재즈 피아니스트가 피아노를 치며 이 노래를 부를 때 현장의 관객들이 동시에 호응하는데, 그러다가 '노크 온 우드'라는 가사가 나오면 연주자와 관객이 함께 뭔가를 두드리는 소리를 세 번 낸다. 악기를 이용하거나 몸을 두드리거나 그것도 아니면 탁자를 치는 식으로.

이 세 번 두드리는 소리야말로 그가 '나무 두드리기'를 제목으로 삼은 진짜 이유였다.

『나무 두드리기』는 추리소설의 구조를 응용해서 쓴 이야기다.

영미권과 유럽에서 시작된 추리소설은 기나긴 시간을 거치면서 널리 퍼지고 변화를 거듭했다. 나라마다 매우 흥미로운 추리소설 작품이 등장했고, 그건 타이완도 예외가 아니었다. 하지만 그는 세계 각국의 우수한 추리소설이 모두 해당 국가의 사회 현실을 반영한 데 반해, 국내 추리소설은 늘 외국 추리소설이 이미 정해놓은 형식에 과하게 빠져 있어 타이완만의 특색이 부족하다고 보았다.

그래서 일단 경찰 관계자들을 만나 그들의 수사 과정을 조사했고 『나무 두드리기』에 외국에서 돌아온 탐정을 배치해 국내 경찰과 대비시켰다. 그는 추리소설에서 흔히 볼 수 있는 명탐정 설정을 활용하기로 했다. 탐정은 세세한 부분에 주의를 기울이고 객관적으로 유심히 사건을 살펴 해결의 열쇠를 찾아낸다. 그에 반해 국내 경찰은 사건을 해결해야 한다는 압력과 여론, 인정人情 등의 요인 탓에 자칫 사건의 경위를 오판하게 된다는 점을 소설 속에서 강조할 생각이었다.

물론 국내 경찰이 아무 이유도 없이 외국 탐정을 찾아가 수사를 도와달라고 할 리 없으니 탐정을 소설 속 형사의 옛 친구로 설정했다. 탐정은 이 형사와 밥을 먹으며 옛 이야기를 늘어놓던 중 형사에게서 사건을 전해 듣는다. 그리고 그는 친구가 이미 사건 경위를 추론해내기는 했지만 여전히 풀리지 않는 의혹이 있음을 직감한다.

이 밖에도 그는 조사를 통해 국내에 총기 규제 관련 법률이 있기는 하지만 조직폭력배들이 총기와 탄약을 입수하는 게 결코 어려운 일이 아니라는 점도 알게 되었다. 1980년대와 1990년대 해외에서 대량으로 밀수된 총기도 있고, 누군가가 직접 만들어서 개조한 총기도 있었다.

조금만 조사하면 알 수 있는 정보들인데도 국내 추리소설 작품에서는 언급되는 경우가 거의 없었다. 많은 작가가 글을 쓰기 전 충분한 사전 조사를 하지 않기 때문이다.

그래서 그는 경찰이 순직한 총격전 사건을 통해 경찰이 감정적인 요인에 떠밀려 수사를 급하게 마무리 짓고, 중요한 의혹을 소홀히 넘기는 과정을 묘사한 다음, 탐정이 문제점을 지적하며 경찰의 수사 결과를 뒤집게 할 생각이었다.

총격전은 타이완에 흔히 있는 노래방 룸에서 벌어졌다.

룸 안에는 모두 아홉 명이 있었다. 그중 둘은 노래방 접대부였고, 나머지 일곱 명은 지방 조직폭력배 우두머리에 백수건달 등이었다. 그중 라오우老五와 아성阿生, 이 두 남자가 이야기의 주요 인물이었다.

룸에는 소파 세 개가 冂자형으로 배치되어 있었다. 가로로 놓인 소파 정면으로 반주 테이프가 돌아가며 영상이 나오는 텔레비전이 마주했고, 좌우에 한 개씩 세로로 놓인 소파가 탁자 두 개를 맞붙인 커다란 탁자를 둘러쌌다. 탁자에는 술병과 안줏거리가 그득했다. 이것이 총격전이 벌어진 노래방 룸의 내부 상황이었다. 라오우는 텔레비전과 마주 놓인 소파 한가운데 앉았고, 그의 오른쪽에는 접대 여성 한 명이, 왼쪽에는 다른 한 사람이 앉아 있었다. 아성은 텔레비전 오른쪽에 세로로 놓인 소파의 한가운데 앉았고, 아성의 좌우에도 각각 한 사람씩 앉아 있었다. 그러니 라오우와 아성 사이를 두 사람이 가로막고 있는 셈이었다. 또 다른 접대 여성을 포함한 나머지 세 명은 텔레비전 왼쪽, 즉 아성의 맞은편에 세로로 놓인 소파에 앉아 있었다.

라오우와 아성은 오랜 친구 사이였다. 둘은 함께 자랐고, 함께 빈둥빈둥 건달 짓을 하며 살았다. 두 사람 모두 총을 지니고 있었는데, 하나는 제식制式 글록 권총, 다른 것은 직접 개조한 권총이었다. 그들은 술을 마시고 노래를 부르면서 총을 갖고 놀았다. 황주黃酒 몇 병을 배 속에 들이붓고 나서, 라오우는 노래방 서비스가 형편없고 룸에 앉아 있는 접대부 둘도 너무 못생겼다며 두 여자를 내보내고는, 옆에 있던 제식 글록 권총을 들어 탁자 위에 있던 술병과 천장을 향해 마구 쏘아댔다.

노래방 직원은 무슨 일이라도 날까 봐 걱정스러워 경찰에 신고했다. 누군가 총을 쏘았다는 말에 경찰이 서둘러 노래방에 도착했다.

경찰이 룸 밖에 서 있는데, 안에서 터질 듯한 음악 소리와 산발적인 총격 소리가 희미하게 들렸다. 경찰 몇 명이 서로 신호를 주고받았다. 큰 키에 체격이 건장하고 약간 살집이 있는 경찰 '다빙大餠'이 앞장서서 룸으로 뛰어들어 라오우를 향해 총을 쐈다. 깜짝 놀란 라오우가 총을 들고 반격하자 밖에서 기다리던 경찰 셋이 앞다퉈 룸으로 들어가 지원에 나서면서 교전이 벌어졌다. 라오우는 심장에 총을 맞아 현장에서 즉사했고, 다빙도 총을 맞고 쓰러졌다. 아성을 포함한 다른 사람들도 상처를 입었다.

지원 경찰이 현장을 진압하고 다빙을 병원으로 이송했지만 다빙의 목숨은 구하지 못했다. 다빙은 세 곳에 총상을 입었다. 한 발은 얼굴에, 다른 한 발은 정수리에, 또 다른 한 발은 가슴과 배 사이를 위에서 아래로 뚫고 들어가 간을 명중시켰다.

이 세 곳의 총상이 이 소설의 주요 수수께끼였다. 세 발의 총성은 영화 〈카사블랑카〉의 삽입곡에 나오는 세 번의 두드림을 연상시켰다. '나무 두드리기'라는 책 제목은 이렇게 정해졌다.

"다빙은 좋은 경찰이었어. 그날 그 친구들 출동하기 전에 야식이나 같이 먹자는 얘기도 했었는데, 그러고는 돌아오질 못했지…… 현장에 남은 증거로 판단할 때, 당시 라오우와 다빙이 서로에게 총을 쏴서 상대를 죽인 걸로 보여." 형사는 탐정과 밥을 먹으며 말했다. "경찰은 오래전부터 라오우를 손볼 기회를 엿보던 참이었어. 이 새끼가 얽힌 사건이 한두 개가 아니거든.

• '커다란 빵떡'이라는 뜻으로, 이 경찰의 별명이다.

그 새끼 죽어도 아쉬울 거 하나 없지만, 심장에 총알이 박혀서도 총을 세 발이나 쏴서 우리 경찰 쪽 사람까지 하나 죽였으니. 그렇게 곱게 뒤진 게 그 새끼한테 너무 과분하다는 생각만 드는군. 정말 속이 쓰려."

"탄알에 남은 지문은?" 탐정이 물었다.

"감식했지만 아무 소용 없더라고." 형사가 고개를 내저으며 말했다. "접대 여성을 포함한 현장에 있던 사람이 죄다 그 탄알을 만져봤더라니까. 그 건달 놈들이 총 쏴대기 전에 자랑질을 한 거지. 게다가 총알을 장전한 사람과 총 쏜 사람이 동일인이라는 법도 없으니…… 잠깐. 근데 그건 뭐 하러 묻나?"

"음." 탐정이 잠시 생각에 잠겼다. "좀 도와줘?"

"뭘 도와?" 형사가 손을 내저었다. "검찰 측에서 이미 방금 말한 방향으로 사건을 종결하기로 했어."

"이런 가능성은 없을까? 그냥 '가능성'일 뿐이기는 한데." 탐정이 손가락으로 가볍게 세 번 탁자를 두드렸다. "그게 사건의 진상이 아닐 수도 있지 않아?"

"오호라, 외국에서 오신 탐정은 대단하시다 이건가?" 형사는 반은 홧김에 반은 농담으로 가볍게 웃음을 터뜨렸다. "타이완 경찰은 수준이 형편없으니 분명히 실수를 했을 거다, 이렇게 생각하는 거야?"

"그냥 '가능성'일 뿐이라고 했잖아!" 탐정의 표정은 사뭇 진지했다. "이거 큰 사건이야. 게다가 경찰까지 순직했고. 여론에

답하려고, 경찰들 달래려고 수사를 너무 급하게 마무리했을 가능성이 있지 않아? 나는 철저한 외부자니까, 상대적으로 객관적인 입장이라고. 관련 자료 좀 보여줘 봐. 뭐라도 하나 건질 수 있을지 모르잖아."

"우리가 오랜 친구이기는 하다만," 형사가 고개를 내저었다. "경찰 쪽 기록을 어떻게 마음대로 일반인한테 보여주나?"

"그냥 사적으로 도와주겠다는 거야. 너도 명확하게 수사도 하지 않고 종결하고 싶지는 않잖아?" 탐정이 목소리를 낮췄다. "게다가 내가 보는 건 실제 증거야. 내가 증거 자료를 다 보고 나서 경찰 측과 똑같은 결론을 내릴지도 모른다고. 그러면 어쨌든 사건에 무슨 해가 되지는 않을 거 아냐. 하지만 내가 뭐라도 다른 걸 건지면, 다빙의 죽음에 책임져야 할 또 다른 누군가가 있다는 걸 찾아내기라도 하면, 자네도 그제야 사건이 진짜 해결됐다는 느낌이 들 테고 그래야 다빙 볼 낯도 서지 않겠어?"

"하지만……" 형사가 중얼거렸다. "네 말처럼 우리 경찰 동료까지 연루된 사건이라, 다들 하루빨리 마무리 짓고 싶어 하다 보니까……"

"오래 걸리진 않을 거야." 탐정이 말했다. "진짜 책임져야 할 범인을 찾게 해줘. 그래야 하늘에 있는 다빙의 영혼을 위로할 수 있어."

탐정이 기록을 살펴본 뒤 찾아낸 첫 번째 의문점은 라오우가 있던 자리 근처에 떨어진 탄피였다.

　노래방 룸 안의 큰 탁자와 소파 사이의 틈이 넓지 않았던 데다 격렬한 총격전이 벌어진 탓에, 경찰은 양측이 교전을 벌이던 순간, 사람들이 모두 자기 자리에서 머리를 감싼 채 총격전을 피했고 아무도 움직이지 않았다고 판단했다. 라오우 자리 근처의 탄피는 대부분 라오우의 오른쪽에 떨어져 있었는데, 딱 한 개만 왼쪽에 떨어져 있었다. 그러나 탐정은 권총의 설계 구조로 봤을 때, 라오우가 당시 사용한 글록 권총의 경우 탄피가 오른쪽 뒤를 향해 튕겨 나간 게 분명하다고 보았다. 그러니까 틀림없이 몸의 오른쪽 방향으로 떨어졌을 거라는 뜻이었다. 왼쪽에도 탄피가 있다는 건 또 다른 누군가가 라오우의 왼쪽 근처에서 총을 쐈다는 이야기였다.

　라오우는 심장에 총을 맞고 거의 그 즉시 사망했다. 죽기 전에는 아마 방아쇠를 몇 번 당기지도 못했을 것이다. 이는 또 다른 누군가가 총을 쐈을 가능성에 더 무게를 실어주었다.

　이어서 탐정은 경찰 측이 현장의 다른 사람들에 대해 진행한 감정 결과를 열람했다. 일곱 명 가운데 총 네 명의 손에서 화약 잔류 흔적이 검출됐다. 이는 교전 중에 양쪽이 적잖은 총알을 발사했으며 이로 인해 많은 사람의 몸에 화약 잔류 흔적이 남게 되었다는 걸 설명해주는 것 외에, 경찰 셋을 향해 총을 쏜 사람이 한 사람이 아닐 가능성을 암시하는 것이기도 했다.

　탐정은 자신이 의심하는 지점을 경찰에 알렸고, 경찰은 다시 당사자를 신문해 결국 그중 한 사람의 심리적 방어선을 무너뜨렸다. 아성의 오른쪽에 앉아 있던 자가 당시 아성이 자리에서 움직이는 느낌을 받았노라고 진술한 것이다.

모든 단서가 갖춰졌다. 탐정은 이를 근거로 총격전 현장 상황을 재구성해 진상을 밝혔다.

라오우는 다빙의 얼굴에 총을 쏜 뒤, 다빙이 쏜 총에 맞아 사망했다. 다빙이 앞으로 고꾸라지자, 아성은 다른 두 명의 경찰이 룸 밖으로 물러나서 총알을 장전하던 틈을 타 자기 자리에서 벗어났다. 라오우의 자리로 이동한 아성은 바닥에 옆으로 누워 있던 다빙에게 총을 두 발 더 발사해, 그 기이한 총상 두 개를 입혔다.

아성이 자리를 이동한 이유야 당연히 다빙이 죽은 책임을 당시 이미 숨이 끊어진 라오우에게 완벽하게 덮어씌우고 싶었기 때문이었다. 다행히 탐정이 빈틈없는 수사를 펼친 덕에 범인은 법망을 뚫고 나갈 수 없게 되었다.

아귀는 명확하게 '총격 현장'을 언급했다. '이 자식이 정말 아직 출간도 되지 않은 『나무 두드리기』를 읽기라도 했단 말이야? 아니면 그냥 우연히 때려 맞춘 건가?'

그는 재빨리 자신의 메모와 소설 내용을 다시 읽어보았다. 이 추리가 합리적이라는 생각이 들었다. 설사 아귀가 정말로 책을 읽어봤다 한들, 이 부분 어디에 문제가 있단 말인가?

자리에서 일어섰다.

이런 때 필요한 건 담배가 아니라 12년산 맥캘란 위스키였다.

* * *

자기 전에 맥캘란을 석 잔 마신 탓에 이튿날 평소보다 늦게 잠에서 깼다. 하마터면 아침 일찍 잡혀 있던 강연 시간에 맞추지 못할 뻔했다.

강연은 이곳 대학 문예과의 초청을 받아 열린 것으로, 문예과 건물의 가장 큰 강의실에서 진행되었다. 학과장이 직접 교문에서 그를 맞이했다. 학과장은 주차 공간을 비워두었으니 거기에 차를 세우라고 안내해주고는 그를 대동하고 강의실로 들어갔다.

그는 청중 앞에서 보이는 예의 그 미소를 지었다.

청중의 반응에서 이번 강연이 제법 괜찮았음을 알 수 있었다. 사실, 강단에 서자 어젯밤에 일어난 불쾌한 일은 까맣게 잊어버렸다. 아귀가 보낸 메일 몇 통은 실수로 배 속에 집어넣은 날짜 지난 야식 같았다. 속이 좀 불편하긴 하지만 잠시 변기에 앉아 있다가 물 한 번 내리면 흔적도 없이 사라질 터였다.

강연이 끝난 뒤 질의응답 시간이 이어졌다.

"선생님, 신작 『나무 두드리기』는 대체 어떤 작품인가요?" 한

학생이 질문을 던졌다.

"이번 작품은 타이완 색채가 아주 짙은 추리소설입니다." 그가 눈을 찡긋하며 웃음 지었다. "물론 제가 일관되게 지켜온 문학성도 떨어지지 않고요."

"선생님," 또 다른 학생이 손을 들었다. "책 제목이 무슨 뜻인가요?"

'어제 다과회를 통해 관련 보도가 이미 나갔을 텐데, 이 학생들은 출판 뉴스에는 관심도 없나?' 참다못해 입을 열려는데 갑자기 아귀가 메일에서 했던 한 마디가 떠올랐다.

　　총격 현장에 아주 뚜렷한 문제가 여러 개 있습니다.

순간 대답할 흥미가 사라지고 말았다.

차를 몰고 캠퍼스에서 빠져나왔다. 빨간 신호등에 걸렸을 때 휴대전화를 꺼내 메일함을 확인했다.

이야기에 정말 빈틈이 있는 걸까? 아귀가 다시 메일로 더 많은 단서를 던져주려나? 아니면 아귀는 그냥 유명인을 찾아서 장난질이나 하고 싶었던 걸까, 자기가 던진 말에 작가가 찝찝해하면 통쾌해하는 그런 거? 그는 자신이 아귀가 메일을 계속 보내주기를 바라는 건지 아니면 이대로 종적을 감춰버리기를 바라는지 알 수가 없었다.

　　　　　　나무 두드리기

그의 기대 여부와는 상관없이 메일함에는 아귀가 보낸 또 한 통의 메일이 도착해 있었다.

클릭해보니, 첫머리에 쓴 존칭을 빼고는 아무것도 없는, 달랑 유튜브 주소 하나만 링크된 메일이었다.

'이거 바이러스 링크는 아니겠지?' 그는 링크 주소를 꼼꼼히 뜯어보았다. 정상적인 링크 같았다. 이상한 점은 전혀 보이지 않았다.

손가락을 움직여 막 클릭하려는데, 뒤이어 갑자기 터져 나온 경적 소리에 소스라치게 놀랐다.

고개를 들어보았다. 신호등 불빛이 이미 녹색으로 바뀌어 있었다.

영상 속 한 외국인 남자가 과녁을 겨냥한 채 총을 발사했다.

그는 눈을 부릅뜨고 컴퓨터 모니터를 바라봤다. 얼떨떨했다. 아귀는 왜 이런 영상을 보냈을까?

영상은 계속 재생되었다. 남자가 탁자에 권총을 내려놓고 분해하며 각 부분의 부품과 구조를 설명하자 따분함이 밀려오기 시작했다. 영상 속 권총은 그가 『나무 두드리기』에 쓴 제식 글록 권총으로, 소설을 쓰기 위해 이 권총에 관한 각종 자료를 이미 훑어본 터였다. 영상에서 나오는 내용은 사실 다 알고 있는 것들이었다.

외국인 남자는 설명을 마치고 다시 총을 쏘기 시작했다. 탕,

탕, 탕, 탕. 눈을 가늘게 뜨고 막 하품을 하려던 차에 갑자기 정신이 멍해졌다.

외국인 남자가 손에 제식 글록 권총을 들고 사격할 때, 탄피 대부분이 분명 사격하지 않을 때의 탄알이나 사격한 뒤의 탄피가 약실에서 빠져나오는 경로를 따라 오른쪽 뒤로 튕겨 나갔다. 하지만 결코 모든 탄피가 이렇게 말을 잘 들은 건 아니었다. 영상 속 남자가 총을 쏠 때 손이 가볍게 흔들리자 탄창에서 총알이 빠져나가면서 약간 오차가 발생했고 몇몇 탄피가 왼쪽으로 튀었다. 어떤 탄피는 아예 위로 솟구쳐 올라 그 외국인의 이마로 튕겨 나갔다.

아귀가 이 영상을 보낸 이유는 『나무 두드리기』의 탐정이 맨 처음 주시한 탄피의 위치에 의심스러운 부분이 전혀 없다는 걸 그에게 알려주기 위해서였다. 탄피 셋이 라오우의 오른쪽에, 하나가 라오우의 왼쪽에 떨어져 있었다고 해도, 이는 결코 또 다른 누군가가 총을 쏜 것이 분명하다는 의미가 아니었다.

보아하니 아귀는 정말로 『나무 두드리기』를 읽고 그 안의 문제를 찾아낸 게 확실했다. 하지만 턱을 어루만지며 잠시 생각한 끝에 그리 큰 문제는 아니라는 판단에 이르렀다.

탄피가 떨어진 지점은 그저 『나무 두드리기』에서 탐정의 의혹을 불러일으킨 문제점 가운데 하나일 뿐, 사건의 주요 의혹은 사실 다빙의 정수리, 가슴과 배 이 두 곳을 뚫고 들어간 괴상한 총상이었다. 다시 말해서, 설사 탄피가 떨어진 지점으로 볼 때 이것이 또 다른 누군가가 총을 쏘았다는 의미가 될 수는 없다 해도, 이 두 곳에 난 총상만으로 라오우가 현장에서 다빙에게 총을 쏜 유일한 사람이 아니라는 합리적인 의심이 가능했다.

『나무 두드리기』는 이미 편집 디자인과 세 차례의 교정이 끝난 상태였고, 책임 편집자가 국립 도서관의 CIP 및 ISBN* 신청도 완료한 참이었다. 즉 이 책의 본문은 모두 확정된 상태로, 편집 디자인이 마무리된 파일이 인쇄소로 넘어갔으며, 표지 디자인이 완성되면 곧바로 인쇄를 시작할 수 있었다. 지금으로서는 내용에 사소한 결함이 있는 판본이 출간될 상황이었다.

'만일 나중에 독자가 발견하면 어떻게 하지? 독자가 발견하지 못한다 해도 아귀가 인터넷에서 이 일을 떠벌리면 어쩐다?' 이런 일이 일어나도록 손 놓고 있을 수는 없었다.

'탄피 부분을 삭제할까? 아니면 범인이 탐정의 오판을 이용해서 변명하게끔 이 부분은 남겨놓고, 탐정은 다른 견고한 증거로 반박하게 할까?'

수정 방식은 조금 더 나중에 결정해도 될 일이다.

그는 일단 책임 편집자에게 내용을 조금 손봐야겠다고 알

• 각각 '출판 예정 도서 목록Cataloging in Publication'과 '국제표준 도서번호 International Standard Book Number'의 영문 약자. 전자는 국립 도서관에서 신간 출간 시에 제공하는 표준 목록으로 도서의 특정 위치에 인쇄하며, 후자는 전 세계에서 간행되는 각종 단행본에 부여하는 고유한 식별 번호를 말한다.

렸다.

"어, 원고를 한 번 더 다듬으시겠다는 말씀이세요?" 수화기 너머 책임 편집자의 목소리에서 의구심이 느껴졌다. "선생님, 저희 지금 표지 디자인 완성만 남았는데요."

"알아요." 그가 전화기 이쪽에서 해명했다. "그냥 다시 다듬어야 할 아주 세세한 부분이 떠올라서 그래요. 수정 폭이 크지는 않을 거고, 쪽수도 변동 없을 겁니다. 편집 디자인 완료한 3교 교정 파일을 인쇄해서 보내주세요. 제가 교정지에 바로 수정하고 나서 편집자님이 디자이너한테 넘겨서 처리하시면 돼요. 시간 많이 걸리지 않을 겁니다."

"아, 예……" 책임 편집자의 목소리에서는 여전히 걱정이 묻어났다. "선생님, 내일 점심때 시간 있으세요? 기획부에서 선생님 강연을 몇 개 더 잡아놨거든요. 내일 저희랑 같이 식사하실 때 원고 넘겨드릴게요. 그 김에 강연 일정도 맞춰보시겠어요?"

"좋습니다."

* * *

책임 편집자는 그가 좋아하는 식당을 골라 잡아두었고, 음식은 늘 그랬듯 만족스러웠다. 그는 방금 넘겨받은 원고를 옆에 챙겨놓고서 속으로 생각했다. 어제 컴퓨터에 저장된 파일에서 몇 단락을 골라 수정해두었으니, 집에 가서 빨리 이 일을 마무리 짓고 조금 있다가 출판사에 연락해 퀵서비스로 원고를 가져가라고 하면 되겠다고. 작품의 완성도를 위해 완벽을 추구하고 수정 속도도 놀라울 정도로 빠르니, 이렇게 훌륭한 작가를 또 어디 가서 찾겠나?

그는 어제 내내 생각했다. 원고를 어떻게 고쳐야 할지 생각한 건 아니었다. 원고 수정에 들인 시간은 아주 짧았다. 어차피 탄피가 떨어진 지점만 문제가 됐을 뿐이니, 이 부분을 수정하고 그 김에 관련 단락을 다듬는 일쯤이야 식은 죽 먹기였다. 그가 생각한 건 아귀의 정체였다.

원고는 컴퓨터에서 입력했고, 완성한 뒤 메일에 첨부해서 출판사로 보냈다. 아귀가 메일을 중간에서 가로채는, 혹은 심지어 컴퓨터에 침입하는 해커라도 된단 말인가? 그럴 가능성은 그다지 높지 않아 보였다. 컴퓨터에 설치한 백신 프로그램만 세 개고, 인터넷을 할 때도 조심 또 조심한다. 게다가 원고를 훔쳐본 뒤 작가에게 자기 의견을 밝히는 해커가 어디 있단 말인가?

이렇게 놓고 보니 혐의는 또다시 책임 편집자와 주간, 추천 인사들에게 돌아갔다.

이러니저러니 생각해봐도 원고를 가장 많이 읽은 책임 편집자가 제일 의심스러웠다.

그는 맞은편에 앉아 커피를 홀짝거리는 책임 편집자를 실눈을 뜨고 요모조모 뜯어보며 생각에 잠겼다. '당신이 아귀야?

내 앞에서는 온갖 예의 차려가며 입에 침이 마르게 내 작품 칭찬을 늘어놓더니 실은 늘 내 소설에 문제가 있다고 생각했던 거야?'

책임 편집자가 컵을 내려놓았다. "선생님, 강연 시간 좀 맞춰보시죠."

그가 고개를 끄덕였다. 휴대전화를 꺼내 달력을 살펴보려다가 갑자기 마음이 변해 메일함부터 열어보았다.

아귀가 보낸 메일 한 통이 도착해 있었다.

선생님께서 이미 탄피가 떨어진 위치의 문제점을 깨달으셨으리라 생각합니다. 하지만 그게 선생님께서 추리를 진행하는 데 활용하신 유일한 문제점은 아니었죠.

아귀는 메일에 이렇게 써 내려갔다.

노래방 룸 안에 있던 경찰은 총격전 상황에서 누군가 자리를 이동하는 모습을 보지 못했습니다. 그래서 경찰에게 총을 쏜 사람은 라오우뿐이라고 판단했는데, 탐정이 두 번째 인물이 총을 쐈다고하는 바람에 다른 모든 사람에게 혐의가 가게 되었죠. 선생님께서는 아성이 종아리에 총알 관통상을 입어 개방성 골절*이 일어났다

* 골절된 뼈가 피부를 뚫고 나와 맨눈으로 관찰되는 골절.

고 설정해두셨습니다. 가장 이동하기 어려운 위치에 있던 사람이 아성이라고 생각하게 해서 진상이 밝혀졌을 때 독자에게 충격을 주기 위해서였죠.

아귀의 말이 맞았다. 하지만 이 메일의 의도는 그의 설정을 인정하려는 게 아니라 이런 설정이 초래한 문제를 지적하려는 데 있었다. 게다가 아귀는 단숨에 문제를 네 가지나 열거해놓았다.

첫째, 탐정은 지원 경찰 셋이 룸 밖으로 물러나 장전하고 있었다는 사실을 깨닫고는 아성이 이 틈을 타서 자리를 이동했다고 추론했다. 하지만 개방성 골절이 극심한 통증을 유발하는 데다 아성과 라오우는 두 사람을 사이에 두고 있었다. 경찰이 장전하는 짧은 시간 동안, 아성이 두 사람을 넘어가서 라오우의 총을 들어 다빙을 향해 쏜 다음 다시 두 사람을 넘어 제자리로 돌아가기란 매우 어려운 일이다.

둘째, 노래방 룸의 탁자와 소파 사이 빈틈이 매우 좁았고, 총격전이 벌어졌을 때 사람들은 각자 자리에서 머리를 움켜쥔 채 총알을 피했다. 아성이 지나가도록 자리에서 움직인다는 건 그다지 가능하지 않다.

셋째, 아성은 종아리에 총을 맞았지만, 책에서 묘사한 현장 상황에 따르면 아성의 이동 경로에 핏자국이 남아 있지 않다. 결코 합리적이지 않은 상황이다.

넷째, 가장 중요한 점은 룸 안에서 총격전이 잠시 중단되었을 때 아성이 실제로 이동했다 해도 다빙은 그때 이미 바닥에 쓰러져 있었다는 사실이다. 아성이 라오우의 근처에서 총을 쐈다 한들 다빙의 정수리와 복부에 총상을 입힐 수는 없는 노릇이다. 아성이 바닥에 엎드려 총을 쏘지 않았다면 말이다.

이상의 몇 가지 점을 종합해볼 때, 아주 확실히 말씀드릴 수 있습니다. 선생님이 설정한 상황으로 보면 아성은 절대로 이동할 수 없었다고 말이죠. 선생님이 만들고 싶으셨던 서프라이즈가 억지투성이인 겁니다. 아성은 범인이 아닙니다.

메일 말미에서 아귀는 결론을 내렸다.
그는 눈썹을 잔뜩 찌푸렸다.

* * *

아귀는 책을 무척 꼼꼼하게 읽었다. 늘 이런 독자를 아껴온 그였지만 지금은 조금도 기쁘지 않았다.
아귀가 지적한 문제가 많아도 너무 많았으니.
탄피가 떨어진 지점에 대응한 방식처럼 조금만 수정하면 그럴듯하게 꾸며낼 수 있는 문제도 있었지만, 탐정의 추리 과정과 관련되어 손쉽게 대응할 방법이 없는 문제도 있었다. 사실상 『나무 두드리기』의 후반부 줄거리 대부분이 총격전 현장의 설정에 따라 전개되다 보니, 총격전 장면 설정을 수정하든 아니면 현재 설정에 따라 또 다른 추리를 전개하든, 책의 반이나 되는 분량을 새로 써야만 했다.

보통 골치 아픈 일이 아니었다.

"선생님, 이날들 다 괜찮으세요?"

그가 고개를 들었다. 책임 편집자가 자신과 강연 시간을 맞춰 보고 있었다는 사실이 떠올랐다.

"저기," 그가 목을 가다듬었다. "출간 일정을 좀 미룰 수 있을까요?"

"얼마나요?" 책임 편집자의 표정에서 경계하는 빛이 깃들기 시작했다.

"대략…… 2주일 정도?"

"안 됩니다." 딱 잘라 거절하는 책임 편집자의 말투에서 보기 드문 단호함이 느껴졌다. "예약 판매 이벤트도 이미 얘기가 다 됐고, 사인회와 강연 일정도 확정된 데다가 며칠 전 언론사 다과회 때 공개적으로 출간 일정을 발표했잖아요. 하루 이틀 정도는 미룰 수 있을지 몰라도 2주씩이나 미루는 건 불가능합니다."

그의 낯빛이 좋지 않아서였는지, 책임 편집자의 말투가 누그러졌다. "선생님, 왜 미루고 싶으신데요? 원고에 무슨 문제라도 있나요? 저희가 도와서 처리해드릴 수 있을 거예요."

"원고에는 문제없습니다." 그는 얼른 부인했다. 이야기에 허점이 있다는 걸 책임 편집자가 알게 되기라도 하면 얼굴을 어떻게 들고 다닌단 말인가? "다만 이번에 쓴 작품이 추리소설이라 좀 더 꼼꼼히 보고 싶어서 그래요."

"선생님, 정말 신중하시네요." 책임 편집자가 웃었다. "저희가 원고 다 봤고 아무 문제 없었는걸요."

그가 웃음을 쥐어짜냈다. "신중함은 문학 창작자라면 반드시 갖춰야 할 태도니까요."

*** *** ***

벌써 열 번째 담배가 다 타버렸다. 그는 아직도 해결 방법을 생각해내지 못하고 있었다.

책임 편집자는 쪽수만 크게 달라지지 않고 이번 주 안에 수정을 마쳐서 원고를 출판사에 퀵서비스로 보내줄 수만 있다면 수정하고 싶은 만큼 해도 된다고, 그러면 늦지 않게 새로 편집 디자인을 해서 일정에 맞춰 출간할 수 있을 거라고 알려주었다.

지금이 벌써 수요일 밤이니, 수정할 수 있는 시간이라고 해봤자 고작 하루 남짓 남은 셈이었다. 탄피가 떨어지는 위치 문제만 고치면 시간이 남아돌겠지만, 현재로서는 고쳐야 할 부분이 너무 많아서 이 정도 시간으로는 어림도 없었다.

게다가 아직 어떻게 수정해야 할지 감도 잡히지 않았다.

메일함을 열어봤는데, 아귀의 메일은 점심때 보낸 메일이었다. 그때 책임 편집자는 자신의 맞은편에서 밥을 먹고 있었으니, 그가 이전에 한 추측은 잘못된 거였다. 책임 편집자는 아귀가 아니었다.

'지금 아귀가 누구인지 생각할 때가 아니잖아!' 그가 속으로 외쳤다. '지금은 정신을 집중해서 어떻게 이 이야기를 살려낼지, 어떻게 해야 독자들 앞에서 개망신당하지 않을지 생각해야 한다고!'

그는 고개를 내저으며 번잡한 생각들을 떨쳐냈다. 열한 번째 담배를 말고 나서, 『나무 두드리기』를 다시 한번 읽어보기로 했다.

그가 묘사한 총격전 장면에 따르면, 경찰이 룸에 진입했을 때 다빙의 위치는 텔레비전 옆, 라오우의 오른쪽 앞 방향이었고, 네모난 탁자가 두 사람 사이를 가로지르고 있었다. 다빙과 라오우는 서로 총을 쏘았다. 교전이 끝난 뒤 라오우는 소파 위에서 사망했고, 다빙은 네모난 탁자 곁에 옆으로 쓰러졌다. 머리는 라오우가 있는 쪽을 향했으며, 탁자 모서리 윗면과 다빙의 몸 아래가 피바다가 되어버렸다.

소설 속에서 경찰은 다빙의 체내에 있던 세 개의 총알 모두 라오우가 갖고 있던 제식 글록 권총에서 발사되었음을 알게 된다. 경찰이 추측한 현장 상황은 이러했다. 다빙이 먼저 라오우의 총을 맞았고, 이 총알이 오른쪽 얼굴을 뚫고 들어가면서 첫번째 총상이 생겼다. 하지만 다빙은 곧바로 쓰러지지 않고, 총을 쏘며 반격에 나섰다. 그러다 또다시 두 발의 총을 맞았으나 그는 라오우를 사살한 다음에야 앞으로 고꾸라졌다. 고꾸라지면서 네모난 탁자에 부딪혀 핏자국을 남겼고 그다음 바닥에 쓰러졌다.

탐정은 경찰 측의 추론으로는 다빙이 입은 다른 두 발의 총상을 설명할 수 없다고 판단했다. 다빙의 몸에 나중에 생긴 총상 두 곳 중 하나는 총알이 정수리를 뚫고 들어와 목구멍에 박혔고, 다른 하나는 명치를 스친 뒤 복부를 뚫고 들어가서 바닥에 대량의 피를 뿌렸다. 총알의 진행 방향으로 이 두 개의 총알이 모두 위에서 발사되었음을 알 수 있었는데, 룸 안에서는 누구도 영화 주인공처럼 날아다니면서 총을 쏘지 않았다. 그러니 다빙은 틀림없이 쓰러진 뒤에야 총을 맞았을 것이다. 다빙은 라오우가 있는 쪽으로 머리를 향한 채 옆으로 누워 있었다. 그러니 그두 발의 총알은 라오우가 있던 자리 근처에서 발사된 게 확실했다. 그러나 다빙이 쓰러지던 순간, 라오우는 이미 죽은 상태였다. 따라서 이 두 발의 총을 라오우가 쐈을 리 만무했다. 진범은 따로 있었다.

자신이 설계한 사건이니, 그야 당연히 탐정의 의심에 일리가 있으며, 이후에도 추리가 정확하게 진행된다는 걸 알고 있었다. 하지만 아귀의 말대로라면 탐정의 추리는 출발점부터 잘못된 것이었고, 그러니 당연히 뒷부분도 잘못된 것이었다.

　시간이 이틀도 남지 않았다. 어떻게 고쳐야 할까?

　모니터에 메시지가 하나 떴다. 그의 눈이 번뜩였다.

　몇 줄 읽고 나자, 그의 눈빛이 다시금 어두워졌다.

　『나무 두드리기』의 총격전 장면은 사실 아주 흥미로운 단서를 제공해줍니다. 그 총알 두 발의 발사 각도가 확실히 이상하기는 하거든요. 그러니 탐정으로서는 의심스러울 수밖에요. 하지만 탐정의 추리와 제 추리가 들어맞지 않았습니다. 곰곰이 생각해본 끝에, 제 추리가 맞는다는 걸 알게 됐고요. 그러므로 탐정의 추리, 그러니까 선생님의 소설 속 '진상'은 사실 잘못된 겁니다.

　앞서 보낸 메일 몇 통에서 이미 충분히 문제를 열거했고, 선생님이 반박 메일을 보내지 않으셨으니, 아마 저를 상대도 하고 싶지 않으신 걸 수도 있고 이미 제 의견에 동의하신 걸 수도 있겠죠. 진심으로 후자이기를 바랍니다.

　만일 선생님도 제 생각에 동의하신다면, 『나무 두드리기』가 출간되기 전 줄거리를 정확한 버전으로 수정하실 가능성이 있다는 뜻이겠죠. 그럼 이 책은 문학적 기법과 추리소설의 구조를 결합한 빼어난 소설이 될 겁니다. 국내 출판 시장에 정말 필요한 작품 말입니다.

어쩌면 요 며칠 동안 정확한 추리를 생각해내셨을지도 모르겠네요. 그렇다면 제가 이 마지막 메일로 끼친 폐는 사과드리겠습니다. 저는 진심으로 『나무 두드리기』를 손에 넣게 되기를, 다시 읽었을 때 아무 문제도 발견되지 않는 버전의 『나무 두드리기』를 손에 넣게 되기를 바라 마지않습니다. 그런데 또 어쩌면 아직 생각이 명확히 정리되지 않으셨을 수도 있겠다 싶더군요. 그렇다면 이 메일에 첨부한 이미지 파일이 선생님을 이끌어줄지도 모릅니다. 신작 성공하시기를 기원하겠습니다.

또다시 메일을 보내온 걸 보고 그는 아귀가 도움이 될 만한 실마리를 제공했으리라 직감했다. 그렇지만 메일을 읽고 첨부된 이미지 파일을 봐도 아귀가 도대체 뭘 보내준 건지 확신이 서지 않았다.

마음을 진정시켰다. 남은 담배꽁초를 비벼 끄고 숨을 깊게 들이쉰 뒤 다시 메일을 읽어보았다.

아귀는 이번에는 무척 완곡하게 메일을 써 보냈다. 자신의 작품에 대해서도 긍정적인 평가를 내비친 것으로 보아 충성스러운 팬임이 분명했다. '아니, 지금 분석해야 할 건 아귀가 누구인지가 아니야. 집중해야 해.'

아귀의 메일을 통해 사실 자신이 설정한 총격전 장면에서 정확한 결론을 추리할 수 있다는 걸 알게 되었다. 그 결론이 자신이 처음에 생각했던 것과 다를 뿐이었다. 정말 귀신이 곡할 노릇이다. 자신이 설계한 수수께끼인데 자신이 미로에 빠졌다니.

'아니, 지금은 불평이나 하고 있을 때가 아니야. 정신 딴 데 팔면 안 돼.'

메일에 첨부된 이미지에서는 다소 살집이 있는 남자가 고통스러운 표정으로 배를 움켜잡고 있었다. 보아하니 위장이 난리가 났는데 화장실을 찾지 못한 모양이었다. 그는 내내 해결 방법을 찾지 못하고 있는 자기 꼬락서니가 이미지 파일 속 남자와 별다르지 않다는 생각이 들었다.

차라리 생각이 나지 않는다고 인정하고 아귀에게 정답 좀 알려주면 좋겠다고 메일을 보내볼까도 싶었다. 아니, 그건 안 될일이다. 너무 망신스럽지 않은가. 만일 아귀가 떠들고 다니면 어쩐단 말인가?

눈을 부릅뜨고 곤혹스러워하는 남자의 얼굴을 바라봤다.

'이 인간은 도대체 뭣 때문에 배가 아픈 거지?' 속으로 질문을 던져봤다.

'어?' 머릿속 전구에 불이 들어와 밝혀지는 느낌이 들었다.

마우스를 옮겨 웹브라우저를 열고 급히 자료를 찾기 시작했다.

"선생님의 신작 『나무 두드리기』, 정말 엄청나더라고요." 사회를 맡은 학생이 입을 헤벌쭉 벌린 채 유쾌하게 웃었다. "사건이 노래방 룸에서 일어나죠. 아주 철저하게 다들 너무 잘 아는 일상에서 소재를 찾으셨는데, 경찰 측 수사 과정도 상당히 자세하게 쓰셨더라고요. 저희 추리소설 팬들이 평상시 대부분 일본이나 영미권, 유럽에서 온 번역서를 읽는데, 이렇게 사실적인 작품을 읽게 돼서 정말 너무 좋았습니다! 선생님께서 사전 준비 작업을 어떻게 하셨을지 궁금한데요?"

『나무 두드리기』는 예정대로 출간되었고 열렬한 반향을 불러일으켰다. 순문학 독자들 사이에서야 원래 이름이 꽤 나 있었지만, 이번에는 추리소설의 구조를 활용한 덕에 문학 독자와 추리 독자가 모두 열광했다. 몇몇 종합대학과 전문대학의 추리소설 동아리에서 잇달아 작가와의 만남을 청했고, 책임 편집자는 젊은 학생들과 많이 접촉하는 것이 작품을 알리는 데 크게 도움이 되리라는 생각에 이미 정해진 강연의 틈새 일정에 오늘 같은 이런 소규모 행사를 끼워 넣었다.

겨우 열몇 명 오는 행사에는 나가지 않은 지 여러 해가 됐지만, 이런 추리소설 동아리 학생들이 『나무 두드리기』에 보낸 열광적인 반응은 예상 밖이었다. 학생들은 책을 꼼꼼히 읽어 왔고, 몇몇은 창작 열정을 드러내면서도 어떻게 소설을 쓰기 시작해야 할지 막막한 모양이었다. 어쩌면 그가 앞으로 이런 작품을 많이 써야 할지도 모른다. 그러면 더 많은 사람의 독서 흥미를 불러일으키고 더 많은 토론을 끌어낼 수 있을 것이며, 그래야만 더 많은 사람이 창작에 뛰어들 수 있을 것이다.

'하지만 추리소설을 쓰는 건 정말 조심 또 조심해야 하는 일이야.' 본인의 이번 수정 과정을 돌이켜보니 지금도 간담이 서늘했다. 그나마 소설 쓰는 기술이 숙련되어 있어 다행이었다. 아귀가 메일을 보내줘서 다행이기도 했고.

아귀를 떠올리니 입가에서 쓴웃음이 어렸다.

"선생님?" 그가 대답하지 않자 사회를 보던 학생이 물었다. "아…… 제가 너무 기본적인 문제를 여쭤봤나요?"

"기본적인 문제는 맞는데, 아주 잘 물어보셨습니다." 그가 정신을 차리고 대답했다. "사실 『나무 두드리기』가 결코 완전히 사실적인 작품은 아닙니다. 예를 들면 책에 탐정이 등장하는데요. 추리소설에서 탐정이 추리 과정을 주도하는 건 불변의 진리지만 국내에는 일본이나 영미권, 유럽의 추리소설 작품에 등장하는 그런 탐정이 없죠. 물론 흥신소가 있기는 하지만 흥신소는 보통 이렇게 심각한 형사사건을 맡지는 않잖아요. 경찰도 흥신소에 자문을 구하지 않고요. 이런 걸 제외하면 다른 부분은 다 국내 형사사건 수사 과정에서 나타나는 상황을 묘사하고 있기는 합니다. 언급하신 사전 준비에는 별다른 지름길이 없어요. 그저 부지런히 자료 조사를 해야 해요. 가능하다면 현장 조사도 해야 하고요."

"현장 조사요?" 사회자 학생이 매우 놀란 듯 보였다. "자료 조사를 해야 한다는 건 알았지만, 작가는 그냥 자료 조사 정도만 하고 다른 부분은 상상에 의존하면 된다고 생각했거든요."

"상상력이 중요하기는 합니다." 그가 고개를 끄덕였다. "하지만 터무니없는 상상뿐이라면 그렇게 써낸 글은 설득력이 떨어지기 십상입니다. 이를테면, 제가 『나무 두드리기』를 쓰기 전에 친구를 통해 만난 형사에게 경찰의 수사 방식을 자세히 물어봤거든요. 그래야만 읽을 때 사실적으로 느껴지는 플롯이 만들어지는 거죠."

"선생님, 구체적인 사례를 좀 들어주시면 좋겠어요." 사회자 학생이 부탁했다.

"그러죠. 예를 들어, 책에서 총격전이 일어났을 때 경찰이 서 있던 위치와 취하고 있던 자세 같은 게 있습니다." 그가 넷째 손가락과 새끼손가락을 구부리더니 손으로 총 모양을 만들었다. "경찰들은 노출 면적을 줄이기 위해 몸을 살짝 한쪽으로 기울입니다. 책에서 다빙이 처음 총을 맞은 곳이 오른쪽 얼굴인데, 그때 다빙이 오른손으로 총을 쥐고 있었던 탓에 오른쪽 뺨이 다빙에게 총을 쏜 라오우 쪽을 향하게 된 거죠. 이런 세세한 부분은 자료를 조사한다고 다 알게 되는 게 아니에요. 하지만 현장 조사를 하면서 묻다 보면 알아낼 수도 있죠."

쓰삭쓰삭, 강단 아래에서 학생 몇몇이 노트 필기 하는 소리가 들렸다. 사회자 학생은 무슨 말인지 이제야 알았다는 표정을 지었다. "그렇군요. 그러면 책에서 언급하신 화약 감정 문제도 현장 조사를 하면서 알게 되신 건가요?"

"화약 감정은 수많은 추리소설에서 등장한 바 있죠." 그가 말했다.

"하지만 선생님께선 아주 교묘한 수법을 쓰셨더라고요." 사회자 학생이 말을 덧붙였다. "『나무 두드리기』의 경우 처음에는 화약 감정 때문에 또 다른 누군가가 총을 쐈다고 착각하게 되는데, 이게 나중에 다시 한번 반전이 일어나는 증거가 되잖아요. 읽으면서 정말 뜻밖이었어요."

"그걸 얘기하시면 사건의 진상까지 나오게 되는데." 그가 웃으면서 강단 아래 학생들을 내려다봤다. "다들 책 읽으셨나요? 얘기해도 되겠어요?"

강단 아래 학생들이 일제히 머리를 끄덕였다.

"사격은 화약의 폭발력을 이용해서 총알을 총열에서 튕겨 내보내는 겁니다." 그가 설명했다. "뿜어져 나간 화약은 총을 쏜 사람의 손에 잔류하게 되죠. 그래서 감정하면 누가 총을 쐈는지 가려낼 수 있어요. 저는 노래방 룸을 배경으로 상황을 설정했습니다. 공기가 통하기는 하지만 밀폐된 공간으로 볼 수 있는 곳이죠. 총격전이 시작되기 전, 라오우는 이미 천장과 탁자 위의 술병을 향해 총을 쏩니다. 총격전이 시작된 뒤, 네 명의 경찰이 또 룸 안에서 적잖이 총을 쏘고요. 이런 총격으로 화약 미립자가 룸 안 곳곳에 흩날리게 되고, 그런 까닭에 경찰이 화약 감정을 할 때 라오우를 제외한 네 사람에게서 화약 잔류 반응이 나타나게 됩니다.

여러분 모두 이미 소설을 읽으셨으니까 다 아실 겁니다. 소설 속에서 경찰 측은 이를 정상적인 상황으로 보고 이런 검사 결과에 문제가 있다고 생각하지 않습니다." 그는 물을 한 모금 마시고 설명을 이어갔다. "하지만 이 역시 탐정이 주의한 의문점 중 하나였을 뿐, 주요한 증거는 아니었습니다. 아마 다들 모르실 수도 있는데, 화약 감정에는 '정성定性 분석'과 '정량定量 분석' 두 가지가 있습니다. 일반적으로 추리소설에서 언급하는 분석은 모두 '정성 분석', 그러니까 누군가의 손이나 옷에 화약 흔적이 남아 있는지 검사해서 이를 근거로 그 누군가가 총을 쐈는지 쏘지 않았는지 판단하는 겁니다. 그런데 제가 설정한 상황에서는 그 네 사람을 대상으로 '정량 분석'을 해서 그 사람들 몸에 화약 잔류 흔적이 얼마나 많이 또는 얼마나 적게 남아 있는지 검사해야만 이들이 총을 쐈는지 쏘지 않았는지 확신할 수 있게 됩니다."

"그렇군요. 그나마 다행히 책 속에서는 탐정이 그걸 생각해내기는 하는데, 정량 분석을 했더니 탐정의 추리와 다른 결과가 나오잖아요. 그때는 저도 탐정처럼 엄청나게 놀랐다니까요." 사회자 학생은 자신이 원래 물은 질문을 잊기라도 한 모양이었다.

"그러니까 이 부분도 현장 조사를 하실 때 물어보고 알게 되신 건가요?"

"아뇨," 그가 고개를 가로저었다. "이건 자료 조사를 하면서 알게 된 겁니다."

사실 이건 그가 작품을 쓰기 전 찾은 자료는 아니었다.

아귀가 마지막으로 보낸 메일을 읽고 난 뒤에야 조사해서 찾아낸 것이었다.

* * *

아귀의 마지막 메일에는 살집 있는 남자가 배를 움켜쥔 사진이 첨부되어 있었다.

그는 눈을 부릅뜨고 그 사진을 한참 바라봤다. 불현듯 누군가 이 남자의 정면을 향해 총을 쏘면, 총알이 남자가 몸을 앞으로 기울이면서 밀려 나온 가슴살을 스치고 지나가 위에서 아래로 남자의 복부를 뚫고 들어가겠다는 생각이 떠올랐다.

그가 묘사한 다빙의 복부 총상 상황과 일치했다.

다시 말해, 다빙이 앞으로 쓰러지는 과정에서 총을 맞았다면 다빙의 정수리와 복부의 총상을 설명할 수 있게 되고, 아귀가 메일에서 지적한 '아성이 바닥에 엎어져서 총을 쏘는' 이상한 상황도 나타나지 않는다.

그렇지만 다빙이 쓰러진 상황에서 계속 총을 맞았다면, 아성이 라오우가 있던 자리로 이동해서 다빙에게 총을 쏘았을 가능성은 그다지 높지 않다. 원래 그가 묘사한 바에 따르면, 그때 분명히 지원 경찰이 룸 안에서 총을 쏘고 있었을 텐데, 아성이 총알이 빗발치는 가운데 이동하면서 총을 쐈다는 건 납득하기 어렵다. 게다가 아귀도 다른 증거를 언급하며 아성이 그런 상황에서 라오우의 자리까지 이동했다가 다시 자기 자리로 돌아오는 건 불가능하다고 적었다.

하지만 아귀는 그가 쓴 상황을 합리적으로 설명할 수 있다고 했다.

그러니 남아 있는 가능성은 딱 한 가지뿐이었다.

그는 일단 인터넷에서 다른 사격 영상을 찾아 제식 글록 권총의 사격 상황을 주의 깊게 살펴본 뒤 자신의 가설을 확신하게 되었다. 그러고는 화약 감정을 할 때 정량 분석을 해야 한다는 정보도 찾아냈다. 마지막에 가서 자신이 쓴 총격전 현장 상황을 다시 한번 읽고 수정 방식을 확정 지었다.

이어진 하루 반 동안 그는 거의 컴퓨터 앞을 떠나지 않았다.

『나무 두드리기』의 결말에서는 다시금 반전이 일어나야만 했다. 탐정이 자신의 오판을 깨닫고 다시 정확하게 추리하게 했다. 이 장章의 분량이 길 필요는 없었지만, 앞에 복선을 깔아놓고 다듬어야 마지막 추리에 근거가 생긴다. 게다가 이미 확정된 책 전체 쪽수에 영향을 주지 않으려면 앞의 장에서 몇몇 구절을 삭제하고 짧게 고쳐야 하는데, 그와 동시에 그가 자랑스럽게 생각해 마지않는 문학적 기법과 유려한 표현도 어떻게든 유지해야만 했다.

"선생님, 원고를…… 적잖이 고치셨네요." 금요일 오후, 그는 완성한 파일을 발송한 뒤 책임 편집자에게서 걸려 온 전화를 받았다.

"그래서 전자파일 형태로 드린 거예요." 그가 하품을 하며 대답했다. "이번 수정은 교정지에 할 수가 없더라고요."

"하지만 쪽수는……?" 책임 편집자가 우물쭈물 말을 잇지 못했다.

"쪽수는 변함없어요. 제가 계산해봤습니다." 그가 대답을 하며 또 하품했다. "안심하세요. 디자이너분께 원래 양식에 맞춰서 배치해달라고 하시면 돼요. 문제없을 거예요."

"선생님, 감사합니다. 선생님, 정말 세심하세요." 책임 편집자가 유쾌한 목소리로 대답했다.

"저는 그저 완벽을 추구하는 작가일 뿐입니다." 그가 잠시 멈췄다가 말했다. "다른 일 없으시면, 전 일단 좀 자러 가겠습니다."

탐정이 아성도 총을 쏘았다고 추정한 후에 경찰은 다시 룸 안에 있던 다른 사람들을 신문했고, 그중 누군가가 아성이 자리에서 움직이는 느낌을 받았다고 대답하면서 탐정의 논점을 뒷받침해주었다.

그러나 탐정은 여전히 찜찜한 기분이 들었다.

아성은 종아리에 총을 맞아 개방성 골절이 생겼으니 분명히 걸을 수 없을 정도로 아팠을 것이다. 소파와 네모난 탁자 사이의 통로가 좁은 데다 중간에 다른 사람이 앉아 있었던 탓에 이동하기는 훨씬 더 어려웠을 터다.

더욱이 그때는 경찰이 총을 쏘고 있었다. 만일 라오우 근처에 있던 사람이 소파 위에 있던 총을 들어 다빙을 쏘았다면 또 모르지만, 라오우의 양옆에 앉아 있던 사람들 모두 자리를 뜨지 않았다는 주장을 끝까지 굽히지 않았다. 오히려 아성 옆에 있던 그 사람이 아성이 움직이는 '느낌이 들었다'며 불분명하게 말했다. 딱 경찰의 추궁에 못 이겨 두루뭉술하게 하는 말로 들렸다.

이게 믿을 만한 증언일까?

하지만 이는 경찰이 자신이 새로운 추론을 내놓은 뒤 받아낸 증언이었다. 탐정은 혼자 생각했다. 그렇다면 내가 앞서 한 추리에도 무슨 문제가 있는 건 아닐까, 라고.

현장 상황을 다시 점검하는데, 네모난 탁자 위의 핏자국이 눈길을 끌었다.

경찰 측과 탐정 모두 핏자국은 다빙이 쓰러지던 도중 탁자 윗부분에 부딪히면서 묻은 것이라고 생각했다. 하지만 탐정이 앞서 내놓은 추론에 따르면 당시 다빙은 얼굴에만 총을 맞은 상태였으며 상처가 크지도 않았다. 그런데 왜 탁자 위가 피바다가 됐을까?

탐정은 눈을 부릅뜨고 현장 사진을 바라보며 머릿속으로 총격전 과정을 다시 재연해보다가 돌연 한 가지를 깨달았다.

일단, 다빙이 얼굴에 총을 맞은 뒤 몸을 앞으로 기울이면서 굽어진 허리가 사각 탁자의 가장자리 부근까지 다가가게 되었다. 이때 다른 두 발의 총알이 발사되었는데 하나는 다빙의 정수리로 들어갔고, 두 번째는 다빙의 명치를 스쳐 간을 뚫었다.

간에 있던 대량의 혈액이 상처에서 용솟음치며 사각 탁자 위는 새빨간 피바다가 되어버렸다.

지원 경찰이 라오우를 향해 총을 쏘던 순간 다빙은 힘이 빠져 탁자와 소파 사이로 쓰러졌다.

이것이 사각 탁자 위가 엄청난 양의 피바다가 된 원인이었다.

이전까지 탐정은 내내 다빙의 정수리와 복부에 난 상처의 각도가 특이하다고 보았다. 그 때문에 다빙은 틀림없이 쓰러진 뒤 총을 맞았으며, 그때 라오우는 이미 죽은 뒤였으므로 총을 쏜 또 다른 사람이 있으리라고 짐작했다. 그러나 그 세 발의 총알이 연이어 발사되었다면 그중 두 개의 상처는 다빙이 쓰러지기 전에 생겼을 가능성이 있었다. 총을 쥔 사람은 사격 각도를 바꿀 필요가 없다. 괴상한 사격 각도가 만들어진 이유는 다빙이 총을 맞으면서 자세가 바뀌었기 때문이었다.

탁자 위의 피바다가 뒷받침하는 건 두 번째 추론이었다.

자신이 앞서 총상이 뚫고 들어간 각도에 너무 신경을 썼던 것이다. 탐정은 속으로 생각했다, 탁자 위 핏자국의 양이 흘려준 단서에 잠시 소홀했다고. 이 증거도 고려해야 정확한 최종 결론에 다다를 수 있었다고.

경찰 측은 탐정이 원래 자신의 추론을 뒤집고 내세운 새로운 설명을 듣고는 새 추론은 성립할 수 없다고 생각했다. 이런 상황에서라면 아성이 자리에서 이동했을 가능성이 높지 않으므로, 사실상 탐정의 새 추론에 따르면 범인이 딱 한 사람뿐이니 말이다.

"하지만 라오우는 총격전이 시작되자마자 다빙 손에 죽었잖아!" 형사는 이해가 가지 않았다. "어떻게 그놈이 이후 두 발을 더 쏘나?"

"라오우는 분명히 심장에 총을 맞고 즉사했어. 하지만 우린 그자가 죽기 전에 다빙에게 몇 발을 쐈는지 몰라. 잊지 마. 제식 글록 권총은 연속으로 발사할 수 있어. 인터넷에서 실제 사격 영상을 찾아봤는데, 제식 글록 권총으로 열 발을 쏘는 데 1.7초밖에 걸리지 않아."

"다빙이 얼마나 건장했는데, 적어도 쓰러지기 전에 라오우를 해치웠을 거라고." 형사가 매섭게 말했다.

"아니," 탐정이 조용히 말했다. "난 라오우의 심장을 맞히고 들어간 그 총알이 도대체 어느 경찰에게서 발사된 건지 확신이 서지 않아. 경찰은 탄도彈道 감식 관련 자료는 아예 보여주지도 않았거든. 나한테는 그저 구두로만 그게 다빙이 쏜 총알이라고 했지."

"네 얘기는 내가 지금 너한테 증거를 숨기기라도 하고 있다는 거냐?" 형사는 정말로 화가 나버렸다. "내가 뭐 하러 그렇게 하나? 다른 사람들 증언은 어떻게 말할 건데? 다시 신문했을 때 아성이 라오우 자리로 가서 총을 잡았다고 증언한 사람도 있단 말이야."

"그 증언은 받아들이기 어려워." 탐정은 형사를 바라보고 있었다. "내가 이미 증언했던 사람한테 물어봤어. 알고 보니 그 남자는 아성이 자리를 이동했다는 말을 한 적이 없더군. 나중에 말을 바꾼 건 자네 쪽 사람들이 고문을 했기 때문이었어."

"사적으로 증인까지 찾아갔단 말이야?" 형사가 탐정을 노려보았다. 눈에서 불꽃이 일었다.

"그자가 내게 거짓말을 한 거고 경찰이 결코 고문을 하지 않았다면, 수사와 신문 과정의 녹화 영상을 가져와서 증명해봐." 탐정이 조용히 말했다.

형사는 말이 없었다.

"알아. 동료가 죽었으니 화가 많이 났겠지." 탐정이 한숨을 쉬었다. "자네는 범인이 총격전 중에 사망했다고 생각했으니, 마음속 울분을 풀 데가 없었을 거야. 그래서 내가 자료를 검토해서 아성이 총을 쏘았을 거라는 논점을 제시하자 정신이 번쩍 들어 최선을 다해 협조한 거야. 온갖 증거를 보완해서 내 생각을 뒷받침해줬고. 하지만 우리는 정의를 구현해야 하는 사람들이야. 라오우 같은 건달과 어울렸으니 어쩌면 아성도 문제 있는 인물일지 모르지만, 그렇다고 해서 처음부터 끝까지 총을 쏘지도 않은 아성에게 경찰을 살해했다는 죄명을 덮어씌워 형을 내리는 건 정의를 구현하는 방식이 아니야. 그렇게 되면 아성은 아마 열에 아홉은 사형을 선고받겠지? 다빙이 순직한 건 정말 유감스럽지만 난 다빙 역시 자네들이 일부러 아성에게 살인죄를 뒤집어씌우길 바라지 않으리라 믿어. 다빙은 결코 아성이 죽인 게 아니니까."

잠시 시간이 흐른 뒤, 형사가 씁쓸하게 입을 열었다. "그러면 범인은 그놈인가?"

탐정이 고개를 끄덕이더니, 저도 모르게 손가락으로 탁자 윗면을 가볍게 세 번 두드렸다. "처음부터 끝까지 범인은 라오우였어."

＊＊

"선생님,『나무 두드리기』3쇄 찍었어요! 판매 성적이 대단해요!" 책임 편집자의 목소리가 흥분에 젖어 있었다.

"그렇군요."

『나무 두드리기』의 예약 판매 상황은 놀라웠다. 출간 후 입소문이 제대로 나서, 정식 발행 일주일도 되지 않아 3쇄를 찍었다는 책임 편집자의 전화를 받았다.

"선생님, 성취감이 크시죠?" 책임 편집자가 물었다.

"음……" 그가 잠시 생각에 잠겼다. "이 책이 제게 가져다준 성취감은 사실 판매량에서 나온 건 아닙니다."

"그럼……" 책임 편집자가 추측해보았다. "국내 추리소설에 대한 공헌? 문학 읽기 확대에서 나온 건가요?"

그는 질문에 대답하는 대신 고개를 내젓고 나서야 수화기 건너편에 있는 책임 편집자의 눈에 자신이 보이지 않는다는 사실이 퍼뜩 떠올라 말했다. "아니요."

"그럼 도대체 뭔데요?" 책임 편집자는 궁금하기 짝이 없었다.

"전 제가 한 사람을 살렸다는 기분이 듭니다."

결코 헛소리가 아니었다.

그 주 금요일 점심 무렵, 그는 원고 전체 수정을 마치고 나서 피곤에 지친 눈을 부릅뜬 채 자기 머릿속에 원고를 마무리 지었다는 기쁨이 아니라 아성을 구했다는 안도감이 떠올랐음을 깨달았다.

아성은 그의 펜 끝에서 탄생한 인물 중 하나일 뿐인데, 어째서 이런 느낌이 드는 건지 자신도 알 수 없었다.

어쩌면 자신이 원래 맞는다고 생각했던 설정으로 인해 이 인물이 억울한 누명을 뒤집어쓴 적이 있기 때문이었을까? 출간 전에 이 문제를 수정한 건 아성을 구한 것은 물론 자신을 구한 것이기도 했다.

하지만 이게 온전히 그의 공로는 아니었다.

물론 마지막에 가서 온 화력을 쏟아부은 채 잠도 마다하고 휴식도 반납해가며 원고를 고친 사람은 그였지만, 이 일을 시작하고 올바른 방향으로 이끌어준 사람은 사실 아귀였다.

곰곰이 생각해보면 아귀는 정말이지 기묘한 사람이었다. 보내온 메일마다 첫머리의 예의를 갖춘 존칭만 고정불변이었을 뿐, 내용과 글을 풀어가는 방식은 제각각이었다. 대놓고 문제를 지적하는가 하면 얼핏 봐서는 이해가 가지 않는 단서만 던져주기도 했다.

『나무 두드리기』의 완성은 분명 아귀에게 고마워해야 할 일이었다. 새 책에 대한 기대가 크다고 했었는데, 책을 샀을까? 그는 아귀에게 한 권 보내기로 마음먹었다.

아귀가 마지막으로 보냈던 전자메일을 찾아 답장 보내기를 클릭하고 물건 받을 주소를 묻는 메일을 썼다.

'발송'을 클릭한 뒤 자리에서 일어나 허리를 쭉 펴다가 무의식적으로 메일함을 다시 흘끗거렸다.

메일함에서는 아무런 반응이 없었다.

모니터를 바라보는데 갑자기 강렬한 상실감이 밀려왔다.

02

당신 없이는
미소 지을 수 없어요
Can't smile without you

난 당신 없이는 미소 지을 수 없어요.
웃을 수도, 노래할 수도 없어요.
무언가를 한다는 게 힘들다는 걸 알게 되었어요.

I can't smile without you.
I can't laugh and I can't sing.
I'm finding it hard to do anything.

〈Can't smile without you〉 by The Carpenters

"캬!" 샤오치小琦가 마지막 잔을 비우고 술잔을 무겁게 탁자에 내려놓았다. 아친阿欽은 자신의 술병에 남은 술을 보고 아직 다 마시지 못한 술이 남아 있는 술잔을 내려놓다가 고개를 내저으며 쓴웃음을 지었다.

한밤중이 다 되어가는 시각, 볶음 요리 술집은 여전히 시끌벅적했다. 작은 탁자 몇 개에 둘러앉은 손님들은 그래도 수다를 떨면서 음량을 조절하는 편이었지만, 큰 탁자에 같이 둘러앉은 일고여덟 명의 젊은 남녀는 아무 거리낌 없이 웃고 떠들었다.

그들은 같은 체육대학을 졸업한 동기들로, 학교를 떠난 지 이제 갓 1년밖에 되지 않다 보니 여전히 사이가 좋아서 종종 식사 모임을 열며 근황을 주고받곤 했다. 학교 다닐 때처럼 서로 주량을 놓고 경쟁을 벌이기도 했다.

"망할, 아친 너 져주는 거야?" 아친 옆에 있던 젊은 남자가 아친의 어깨를 세게 쳤다. "야 이 술고래야, 예쁜 여자 앞에서는 뺀다 이거야?"

"샤오치가 너무 강한 거라니까." 아친이 샤오치를 보며 어깨를 으쓱했다. 샤오치 오른쪽에 앉은 여성이 맞장구를 쳤다. "맞다, 헛소리들 그만하셔. 우리 샤오치 임자 있는 몸이라 이 말씀이야."

샤오웨이小唯가 밖에서 걸어 들어오면서 휴대전화를 숄더백에 집어넣고는 샤오치의 왼편에 자리를 잡았다. "미안. 갑자기 집에 전화할 일이 생겨서."

"돌고래폰˙이네. 최신 유행 폰이잖아." 다른 여자가 말했다. "누가 부잣집 금지옥엽 따님이 아니랄까 봐."

"금지옥엽 따님은 무슨, 허튼소리 그만하셔." 샤오웨이가 웃으며 손을 내젓더니 오매즙烏梅汁을 한 잔 들었다. "난 남자 친구도 없잖아. 샤오치처럼 남자 친구가 있는 게 실속 있는 거지."

그녀는 '돌고래'까지 읽다가 잠시 멍해졌다. 이어서 이게 거의 20년 전 작품이라는 사실이 떠올랐다. '돌고래'와 '휴대전화', 이 두 키워드를 검색 엔진에 입력했더니, 과연 20세기 말에 불티나게 팔렸던 휴대전화의 별칭이 나왔다. 그해 한때 어마어마하게 히트 친 상품이었을 뿐 아니라 세계 최초로 중국어 입력을 지원한 휴대전화였다. 당시 아직 초등학생이었던 그녀는

• 1990년대 말에 출시된 모토로라사의 CD928 모델.

당신 없이는 미소 지을 수 없어요

이 물건에 별다른 인상이 남아 있지 않았다.

그녀는 이 세 글자를 휴대전화 메모장에 저장했다.

소설을 쓸 때는 이런 시간과 공간적 배경에 관련된 작은 디테일에 주의를 기울여야 한다. 인물들의 대화나 줄거리 묘사 가운데 자연스럽게 나타나는 이런 낱말이 쌓이고 쌓여 이야기 속 장면의 분위기가 만들어진다.

어떤 때는 작은 실수 하나가 시간과 공간의 혼란을 일으켜 이야기의 설득력을 떨어뜨리기도 하고.

"솔직히 말해서, 어떤 때는 샤오치랑 아정阿正이 사귀는 게 정말 묘하다는 생각이 들어."

샤오치의 오른편에 있던 여성이 웃으며 말했다. "아정 같은 선비가 샤오치를 만났으니 아마 만날 당하고 살 거야."

샤오치의 남자 친구인 아정은 초등학생을 대상으로 한 학원의 선생님이었다. 온순하고 예의 바른 성격에 참을성도 강했고, 입가에 늘 옅은 미소를 띠고 있었다. 키는 샤오치와 엇비슷했지만 샤오치보다 더 왜소해 보였다.

"얼토당토않은 소리네요!" 샤오치가 다시 자기 술잔에 맥주를 부었다. "아정도 화낼 때 있다고. 너희가 몰라서 그렇지! 걔가 질투하면 난리도 아니란 말이야. 나도 무섭다니까."

"넌 걔가 질투까지 하게 하니?" 샤오웨이가 눈을 크게 부라렸다. "다른 남자한테 추파 던지고 그러면 안 되지!"

"내가 무슨." 샤오치가 샤오웨이를 툭 밀쳤다. "아정 걔 원래 질투쟁이야."

"아정의 질투 상대가 아친은 아니고?" 샤오웨이는 샤오치를 계속 물고 늘어졌다.

"헛소리 작작 하셔." 아친이 남은 술을 들이켠 뒤 고개를 내저으며 웃었다.

"가게 안에 샤오치 씨 계신가요?" 다들 계속 농담 따먹기나 하려던 참인데, 갑자기 점원이 목청 높여 외치는 소리가 들렸다. "계산대에 손님 전화가 와 있습니다."

샤오치가 의자를 뒤로 빼고 계산대로 걸어갔다. 점원이 들고 있던 수화기를 건네받아 몇 마디를 하더니 다시 서둘러서 돌아왔다. "나 그만 마실래. 아정이 다차오大橋*로 놀러 가재. 먼저 간다!"

"남자 친구 앞에서는 친구고 뭐고 없고만!" 불만스럽게 떠들어대는 동기들 사이에서 아친만 자리에서 일어서며 말했다. "여기 차 잡기 힘들어. 내가 오토바이로 데려다줄게."

"너 헬멧 더 있어? 요즘은 헬멧 안 쓰면 벌금 내잖아." 샤오치가 아친을 바라보다가 아친이 미처 대답하기도 전에 다시 말했다. "아무래도 그냥 가는 게 낫겠어. 너 방금 술 마셨잖아. 음주 운전으로 걸리면 더 난리 난단 말이야."

• 타이베이 북부의 단수이강淡水河에 있는 대교.

"내가 데려다주면 되겠네." 샤오웨이가 자리에서 일어섰다. "내가 차 갖고 올게."

* * *

자동차 좌석의 가죽 시트에서 새것 냄새가 났다. 어쨌거나 지난달 아버지가 샤오웨이에게 열쇠를 넘겨주신 생일 선물이었으니 말이다. 주행 기록계의 수치는 여전히 두 자릿수에 머물러 있었다. 다차오로 가는 길에 샤오치가 반은 질투로 반은 장난 삼아 샤오웨이의 운전 기술을 놓고 농담을 해댔다. 그러자 샤오웨이가 웃으며 몇 마디 대꾸하더니 뒤이어 신경 써주는 투로 말했다. "너 요즘 아정이랑 사이가 별로라던데, 괜찮은 거지?"

"우리 괜찮아." 샤오치가 창밖을 내다보다 잠시 뒤 다시 말했다. "아정이 다차오에서 달구경도 하고 야경도 감상하자고 부른 거야. 우리 별일 없어."

"그럼 다행이고." 샤오웨이는 웃었고, 더는 말을 꺼내지 않았다.

샤오치는 최근 자신과 아정 사이에 무슨 마찰이 있었다는 건지, 샤오웨이가 어디서 그런 이야기를 들은 건지 확신이 가지 않았다. 하지만 샤오치는 아주 잘 알고 있었다. 샤오웨이도 아정에게 호감이 있다는 사실을.

말이 나와서 말이지만 샤오웨이는 분명히 대다수 남자가 호감을 느낄 만한 상대였다. 청초한 외모에 달콤한 미소까지, 체육대학 육상 선수이기는 해도 평상시 행동은 우아하고 여성스럽기 그지없었다. 샤오치와 샤오웨이는 졸업 전 마지막으로 나간 다른 학교와의 미팅 자리에서 동시에 아정을 알게 되었다. 그때 샤오치는 샤오웨이의 눈길이 내내 아정을 따라다니고 있음을 알아챘다. 하지만 미팅이 끝난 뒤 자신이 아정에게서 데이트 신청 전화를 받게 될 줄은 몰랐다.

너무 쉽게 질투한다는 점만 빼면 아정은 정말이지 자상한 남자 친구였다. 샤오치는 아정과의 관계를 포기하고 싶지 않았다. 샤오웨이에게 아정이 자신에게 달구경도 하고 야경도 감상하러 가자고 했다고 말한 이유는 샤오웨이가 어서 빨리 마음을 접길 바랐기 때문이었다.

차체가 잠시 흔들리자, 샤오치가 눈을 깜빡였다. "무슨 일이야?"

"타이어에 바람이 빠졌나 봐." 샤오웨이가 말했다. "곧 다차오야. 일단 너부터 데려다주고 보지 뭐."

다차오는 그 지역의 교통 요지였다. 낮에는 차가 많아서 차들끼리 친밀하게 한데 엉겨 붙어 있곤 했는데 그런 모습이 '큰 다리'라는 뜻을 지닌 '다차오'라는 이름과는 영 어울리지 않았다. 한밤중이 되어 차가 전부 사라지면 그제야 교량 상판 위로 모름지기 다차오라면 갖추고 있어야 할 기세가 드러났다.

저 멀리, 샤오치와 샤오웨이의 눈에 다리 난간 옆에 역방향으로 주차된 아정의 차가 보였다. 밤하늘에는 구름층이 빽빽해 달빛이 보이지 않았고 다리 위는 어두컴컴했다. 하지만 아정은 차 시동을 끄지 않은 채 전조등을 밝게 켜두고 있었다.

샤오웨이는 아정의 차 전조등이 밝게 비치는 빛무리 속으로 차를 몰고 들어가서 시동을 끄고 샤오치와 함께 내렸다. 샤오치가 오른쪽 앞 타이어를 살펴보며 고개를 끄덕였다. "진짜 좀 납작해졌네. 내가 아정이랑 같이 도와줄까?"

"괜찮아." 샤오웨이가 허리를 굽혀 타이어를 살펴보더니 고개를 내저었다. "근처에 카센터 하나 있으니까 몰고 가면 돼."

"이 시간에 문을 연 카센터가 있어?"

"그 집이 우리 아버지랑 잘 알거든. 문제없어." 샤오웨이가 몸을 곧게 세우더니 웃었다. "가자. 아정 너무 오래 기다리게 하지 말고."

두 여자가 같이 아정의 차 옆으로 걸어갔다. 내내 난간 바깥을 보며 멍하니 넋을 놓고 있던 아정이 정신을 차리고 고개를 돌리자 두 사람이 보였다. 아정은 샤오치 대신 차 문을 열어주었고, 샤오웨이에게는 고개를 끄덕이며 인사를 건넸다.

샤오치가 조수석에 앉아 차창을 열고 샤오웨이에게 말했다. "얼른 가서 타이어에 바람 넣어. 가는 길에 조심하고."

"알았어."

샤오웨이는 고개를 끄덕이고는 아정을 흘끗 바라봤다. 잠시 멈춰 서 있던 그녀는 곧 자기 차로 돌아가서 차를 되돌려 자리를 떠났다.

아정은 웃지 않았다―카센터로 가는 동안 샤오웨이는 계속 이 장면이 떠올랐다―아정은 샤오웨이에게 인사할 때 웃지 않았을 뿐 아니라 샤오치를 보면서도 웃지 않았다.

그때 샤오웨이는 정말 몰랐다. 그게 자신이 마지막으로 본 아정의 모습일 줄은.

아직 살아 있던 아정의 모습일 줄은.

이 죽음의 미스터리는 거의 20년 전 독자들이 열띤 토론을 벌인 화제였다.

그해 정기 구독자 수와 판매량이 모두 꽤 괜찮았던 문학잡지가 하나 있었다. 문학청년을 꿈꾸는 남녀 학생들은 모두 그 잡지를 읽었고, 문단에 들어서고 싶어 하는 신예 창작자들도 읽었으며, 트렌드를 이끄는 문화계 리더들은 그곳에 평론을 발표했다. 수필가와 소설가도 기꺼이 이곳에 작품을 실었다.

샤오치와 아정의 이야기는 바로 이 잡지에 연재되었다.

이 작품의 저자는 매우 젊은 작가였다. 연재하기 전 산문집을 한 권 출간해 호평을 받으면서 가장 잠재력 있는 국내 문단의 샛별로 떠올랐다. 잡지사 편집장은 작가의 소설 집필 계획을 전해 듣고 연재 계약을 제안했다. 알고 보니 이번 작품의 내용은 작가가 이전에 쓴 산문과 제법 유사했다. 젊은 남녀의 애정 문제가 얽힌 사건이 중심이었는데, 연재 과정에서 예상치 못한 두 건의 일이 터지고 말았다.

첫 번째 사건이 터진 시기는 연재가 막 책 전체 예상 분량의 3분의 1을 넘겼을 때였다.

시작 부분에서는 분명 여러 인물의 얽히고설킨 사랑 이야기로 보였으나, 뜻밖에 남자 주인공이 돌연 사망했다. 나아가 여자 주인공이 남자 주인공을 살해한 용의자가 되며 줄거리에 추리의 묘미가 가득 맴돌기 시작했다.

그러자 본래 사랑 이야기에 흥미를 느끼지 못하던 독자들도 열독과 토론의 행렬에 동참했다.

독자들은 저마다 자기 생각에 일리가 있다고 생각했지만, 다들 감히 100퍼센트 확신하지는 못했다. 독자들은 토론에 열을 올렸다. 그러나 이야기의 결말에서 밝혀져야 할 진상은 끝까지 밝혀지지 못했다.

예상하지 못했던 두 번째 사건이 일어난 탓이었다.

* * *

연재가 전체 분량의 5분의 3을 넘겼을 때, 작가가 교통사고를 당했다.

아정이 어떻게 죽었는지, 샤오치가 죽인 건지 미처 독자들에게 알려주기도 전에, 작가는 병원으로 이동되던 도중 숨이 끊어졌다.

잡지사에서는 유가족을 도와 장례를 치렀다. 그리고 유가족의 동의를 얻어 집을 방문해 작가가 혹시 남겼을지 모를 시놉시스나 후속 초고를 찾아보았지만, 끝내 아무것도 찾지 못했다.

달콤했던 청춘물에서 이런 전개가 등장한 것도 안타까운 마당에 독자에게 이야기를 끝까지 해줘야 할 작가가 돌연 세상을 떠나면서 해결되지 않은 수수께끼를 남겼으니, 더더욱 운명의 장난처럼 보였다. 수많은 독자가 토론에 동참해 자신이 생각한 앞으로의 전개를 묘사했지만, 결코 치밀한 추리 과정을 거친 건 아니었다. 대다수 독자는 결말이 채워주지 못한 마음속의 아쉬움을 무의식적으로 채워 넣으려 했다.

이 소설의 제목은 「당신 없이는 미소 지을 수 없어요」였다. 독자들 모두 이 제목이 카펜터스 남매가 부른 동명의 유명 팝송에서 따온 것임을 알고 있었다. 카펜터스 남매의 〈당신 없이는 미소 지을 수 없어요Can't smile without you〉는 소설 속 남자 주인공 아정이 가장 좋아하는 노래였다.

아정은 조용한 성격에 올드팝을 좋아했는데, 특히 카펜터스 남매의 아름답고 부드러운 노래에 푹 빠져 지냈다. 매일 시끌벅적한 학원에서 퇴근하고 집으로 돌아가 혼자서 카펜터스 남매의 앨범을 듣는 게 아정의 가장 큰 즐거움이었다.

샤오치를 알기 전, 샤오치는 올드팝에 별다른 감흥을 느끼지 못했다. 샤오치는 유행곡을, 특히 1980년대 전자음 가득한 디스코곡을 좋아했다. 아정을 알게 된 뒤로는 샤오치도 아정과 함께 올드팝을 들을 때가 있었지만 여전히 별 감흥을 느끼지는 못했다.

샤오치는 활동적인 데다 왁자지껄한 분위기를 좋아해서 종종 친구들과 무리 지어 놀러 나가곤 했다. 대다수 독자는 주인공의 주변 친구들과 마찬가지로 성격이 남과 북처럼 정반대인 이 커플이 오래가기 어려우리라 생각했다. 하지만 작가가 줄거리 속에서 두 캐릭터가 서로 포용하는 다정한 모습을 절묘하게 보여준 까닭에, 독자들은 저도 모르게 이 두 사람이 계속 달콤한 사랑을 이어나갈 수 있기를 바라게 되었다.

당시 잔인한 운명 탓에 소설이 중단되는 바람에, 열렬하게 토론에 동참했던 독자 그 누구도 예상하지 못했을 것이다. 거의 20년이 지난 뒤 기적이 일어날 거라고는.

「당신 없이는 미소 지을 수 없어요」를 연재했던 잡지사는 계속 규모를 확대하며 발전을 거듭해 몇 해 후 국내에서 가장 중요한 출판사 가운데 하나로 성장했다. 문학잡지를 꾸준히 간행했을 뿐 아니라 단행본 부문까지 뛰어들어 숱한 우수 작가를 양성했으며, 많은 베스트셀러 작품을 출간했다.

이 문학잡지에서 현재 연재 중인 소설은 이미 결말을 향해가고 있었다. 소설은 폭발적인 인기를 끌고 있는 시리즈의 하나로, 몇 년 전 출간된 이 시리즈의 장편소설이 여러 차례 판매 기록을 갈아치우기도 했다. 한 권 한 권 나올 때마다 평가는 더 높아졌고, 더군다나 이제 곧 완결될 최신작은 잡지 판매량을 최고조로 올려놓았다.

다음 달 연재가 끝난 뒤 책으로 엮어서 출간될 소설을 홍보할 목적으로, 이번 달 잡지는 작가 인터뷰를 먼저 실었다. 작가는 인터뷰 도중 자신이 이 시리즈를 쓰기 시작한 이유가 바로 20년 전 읽은 「당신 없이는 미소 지을 수 없어요」의 섬세한 감정에 깊이 매료되었기 때문이라고 언급했다.

이 인터뷰는 「당신 없이는 미소 지을 수 없어요」의 옛 독자들의 기억을 다시금 환기했다. 잡지사는 인터뷰가 끝난 뒤에 전면 광고를 내고 선언했다. 20년 동안 오래도록 독자들 곁을 떠나 있었던 「당신 없이는 미소 지을 수 없어요」가 다시 연재될 예정이라고 말이다.

'옛 독자들이 작품을 복습하고 새 독자들이 작품을 온전히 체험할 수 있도록, 「당신 없이는 미소 지을 수 없어요」를 예전과 같이 첫 도입부부터 연재하기로 했습니다. 다만 20년 전과 다른 점이 있다면, 이번 연재에서는 모든 독자에게 이야기의 진짜 결말을 알려드릴 예정입니다.'

* * *

잡지사는 과거 「당신 없이는 미소 지을 수 없어요」를 담당했던 편집자가 최근 옛 물건을 정리하던 중, 당시 찾지 못한 유고를 발견했다고 전했다. 비록 20년 전에는 연재를 완결 짓지 못했지만 사실 작가는 이야기를 완성해두었다고 설명했다.

이 기적은 독자들의 흥미를 극도로 고조시켰다. 예전 연재분을 읽어본 독자는 지난날 작품을 읽었을 때 느낀 감동에 대해, 그리고 더 중요한 소설의 후속 전개에 대해 토론을 벌였다. 처음으로 이 미완결 작품에 대해 전해 들은 독자는 덕분에 전설적인 작품의 재현을 보는 듯한 느낌을 받았다. 마치 직접 겪어본 적 없는 아름다웠던 지난날이 생각지도 못하게 현대에 다시 등장하려는 것만 같았다.

인터넷에서 관련 토론이 빠른 속도로 쌓여가자 출판사야 당연히 연재의 성공을 기원하며 희희낙락 들떠 있었다. 사실 이미 독자들에게서 적잖은 메일을 받은 참이었다. 출판사가 일단 예전에 중단된 부분부터 연재를 시작해주기를 바라는 메일이 있었는가 하면, 출판사가 직접 이전 줄거리의 핵심을 정리한 요약판을 게재하기를 건의하는 메일도 있었다.

그녀는 출판사가 이런 요구에 응하지 않는다는 사실을 알고 있었다. 출판사가 작가와 상의도 하지 않고 원고부터 제출해달라고 요구하는 법은 없다. 그녀가 원고를 넘기지 않는 한, 출판사로서는 이어서 연재할 새 내용이 없었다.

편집자가 작가의 유고를 찾았다는 일은 애초에 일어난 적도 없었으니 말이다.

그건 단지 출판사가 화제를 불러일으키기 위해 지어낸 이야기에 불과했다.

그녀는 대필 작가였다. 유명 인사의 작품 대필이 전문이었다.

한번은 그녀가 대필해서 자서전을 출간한 톱스타가 책 내용을 읽고는 깜짝 놀라며 말했다. "제가 한 말이랑 똑같이 쓰셨네요. 꼭 제가 쓴 것 같아요!" 그녀는 겸손하게 웃었다. 사실 톱스타께서 구술하실 때 대명사를 정신없이 섞어가며 시간과 공간을 마구 건너뛰는 바람에, 적잖은 시간을 들인 뒤에야 겨우 사건의 전후 순서를 실제 상황에 맞게 정리할 수 있었다고 콕 짚어주지는 않았다.

그녀는 서로 다른 유명 인사들의 말투와 서로 다른 서술 스타일을 흉내 내는 데 능했다. 유명 인사들이 그녀와 많은 이야기를 나눌 틈이 없어도 그들이 언급한 자질구레한 생각에 출판사의 전체 기획을 덧붙여 그럴듯한 작품을 써낼 줄 알았다. 오히려 작품에 자기 이름이 들어가지 않는 건 별로 개의치 않았다. 그녀는 이 작품들은 일일 뿐이라는 걸, 어쨌든 이런 책을 사는 다수의 독자가 사는 건 유명 인사에 대한 상상일 뿐이라는 사실을 잘 알고 있었다.

그렇지만 이번 작업은 조금 달랐다.

「당신 없이는 미소 지을 수 없어요」는 탄탄한 문학작품이었다. 작업 의뢰를 받은 까닭에 출판사로부터 작가의 이전 산문집과 작가가 게재했던 내용 그리고 당시 잡지사에 온 독자 편지들을 모두 넘겨받았다. 먼저 산문집을 다 읽고 나서 연재된 내용을 읽어보니, 작가가 일부러 산문의 지나치게 번잡하고 화려한 형용 방식을 피했음을 알 수 있었다. 작가는 독자가 술술 읽어 내려갈 수 있도록 훨씬 더 쉬운 표현을 구사했지만 여전히 섬세하고 풍부한 감정을 유지했다.

신중을 기하고자 일단 몇 단락만 써보고서 이만하면 만족스럽다 싶은 생각이 들면 편집자와 몇 번에 걸쳐 논의했다.

이제 준비가 되었다는 확신이 들었다. 지금 해야 할 일은 이 이야기의 마무리를 어떻게 지을지 생각하는 것이었다.

타이어에 바람을 넣고 압력을 점검한 후에 샤오웨이는 차를 몰아 다차오로 돌아갔다. 가서 보니, 놀랍게도 샤오치가 차 안에 앉아 있지 않고 난간 옆에 엎드려 있었다. 무언가를 보는지 아래를 내려다보고 있었다.

차 소리에 놀란 샤오치가 고개를 돌려 샤오웨이를 바라보더니 두 손을 정신없이 흔들며 뛰어왔다. 얼굴에 초조한 빛이 가득했다.

"무슨 일이야?" 샤오웨이가 차를 세우고 차창을 내렸다.

"네가 돌아와줘서 다행이야." 샤오치는 차창 옆으로 달려와 살짝 숨을 몰아쉬었다. "빨리 구급차 좀 불러줘. 전화하는 김에 우리 아빠랑 아정네 가족에게도 연락 부탁할게."

"구급차? 아정?" 샤오웨이는 상황이 심상치 않음을 알아차렸다. "아정이 어떻게 됐는데?"

"빨리 전화하라니까!" 샤오치는 대답하지 않았다. "난 다리 밑에 가서 도와줄 사람 찾아볼게!"

샤오웨이가 다리로 돌아오기 몇 분 전, 아정이 다리에서 떨어졌다.

가뭄철이어서 다리 밑은 졸졸 흐르는 물줄기 하나 외에는 대부분 물이 말라붙어 강바닥이 드러나 있었다. 추락한 아정은 물줄기에서 조금 떨어진 강바닥에 누워 있었다. 교각에서 바깥쪽으로 50~60미터 뻗어 나간 강바닥에 또 한 사람이 있었는데, 그 사람은 하고 있던 새우잡이를 멈추고 목을 빳빳이 세운 채 이쪽을 지켜보고 있었다.

샤오치는 위험을 무릅쓰고 길옆 비탈을 따라 다리를 내려갔다. 그녀는 새우를 잡던 사람에게 달려가 조명 장비를 들고 함께 교각 아래로 가보자고 했다. 그때 사이렌 소리와 함께 구급차 불빛도 다차오의 반대쪽에서 빠른 속도로 다가왔다.

구급차가 늦게 도착한 건 아니었지만, 떨어질 때 머리가 암석에 부딪힌 탓에 아정의 바이털사인은 병원 이송 도중 사라지고 말았다. 응급실 의사가 최선을 다해 응급조치에 나섰으나, 경찰이 응급실에 도착했을 때 아정은 이미 사망 선고를 받은 뒤였다.

경찰은 추후 샤오치를 불러 진술 조서를 작성했다. 샤오치는 샤오웨이가 떠난 뒤 자신과 아정 사이에 말다툼이 일어났으며, 아정이 점점 더 흥분하더니 갑자기 차 문을 열고 난간을 넘어가버렸다고 진술했다. 자신이 미처 말리기도 전에 아정이 다리 밖으로 뛰어넘었다고 했다.

아정의 부모는 샤오치의 증언을 절대 받아들일 수 없었다.

아정의 어머니는 전부터 샤오치가 너무 거칠고 노는 걸 지나치게 좋아한다고 생각해오던 터였다. 더더군다나 지금은 샤오치가 아정의 죽음에 전적으로 책임을 져야 한다고 생각했다.

샤오치는 묵묵히 아정 부모님의 힐난을 견뎌냈다. 그게 자신이 응당 받아야 할 처벌이라고 여겼다. 샤오치는 아정의 장례가 끝나고 난 뒤에야 자신이 살인 사건의 피고인이 되었다는 사실을 깨닫고 질겁하고 말았다.

아정의 부모는 정식으로 소를 제기해, 샤오치가 아정을 살해했다고 고발했다.

* * *

아정의 부모가 소를 제기하게 된 결정적 요인은 사건 당일 밤 다차오 아래에서 새우잡이를 하던 그 사람이었다.

새우잡이꾼 홍洪 모 씨는 사건이 일어난 뒤 경찰에 목격자 신분으로 불려 갔다. 당시 홍 씨는 고개를 숙인 채 새우를 잡고 있었던 탓에 사건이 일어나는 과정을 보지 못했으며, 육중한 무언가가 다리 밑으로 떨어지는 소리를 듣고 나서야 뭔가 심상치 않은 느낌을 받았다고 밝혔다.

하지만 장례 전날 밤, 홍 씨는 아정 부모의 동행 아래 다시 경찰서에 나타나서 이전 증언을 뒤집었다.

홍 씨는 남 일에 끼어들고 싶지 않았지만, 애끓는 아정 부모의 참혹한 모습을 보자 양심의 가책을 견딜 수 없어 사실을 털어놓기로 마음먹었다고 말했다. 홍 씨는 새우를 잡던 도중 다차오 위에서 싸우는 소리가 들리기에 그때 이미 고개를 들어 위를 살펴봤다고 했다. 홍 씨의 증언에 따르면, 샤오치가 다리 위에서 아정을 쫓아와 때렸고, 두 사람이 난간 옆에서 엎치락뒤치락했으며, 샤오치가 여러 차례 아정의 옷깃을 잡아당겼다.

애인끼리 다투는 것으로 보여 싸움 구경은 더 하지 않고 잠시뒤 고개를 돌려 계속 새우를 잡았다. 그렇다 보니 샤오치가 아정을 다리 밖으로 밀었는지 어쨌는지는 확신이 서지 않는다고 말했다. 그렇지만 홍 씨의 증언과 추론으로 미루었을 때 이럴 가능성이 매우 높았다.

그녀는 분명히 샤오치가 범인이라고 생각했다. 당시 독자들이 잡지사에 보내온 편지를 보면 절대다수의 독자 역시 이렇게 생각하고 있었다. 홍 씨의 증언 이외에도 줄거리가 전개되는 와중에 경찰 측이 몇 가지 증거를 더 찾아냈는데, 이 증거들 모두 샤오치가 범행을 저질렀을 가능성을 가리키고 있기 때문이었다.

다차오 난간은 높이가 대략 120센티미터였고, 아정이 입은 바지의 사타구니 밑에는 다차오 난간의 흙먼지가 묻어 있었다. 만일 샤오치가 아정을 당겼다가 난간 아래로 밀어버렸다면 분명히 바지가 난간을 스쳤을 테니 흔적과 물증을 남겼을 터였다.

샤오치는 체력이 매우 강했고 아정은 체중이 가벼운 편이었다. 샤오치라면 충분히 아정을 난간 밖으로 밀어버릴 수 있었다. 게다가 말싸움이 벌어져 크게 화가 난 상황이었다면 샤오치가 아정의 옷깃을 잡아당긴 뒤 단순히 밀기만 한 게 아니라 아정을 다리 밖으로 내던져버렸을 가능성도 있었다.

아정이 떨어진 자리는 교각에서 수평으로 2미터 떨어져 있었고, 이는 샤오치가 아정을 내던졌다는 가설을 뒷받침했다.

경찰은 후속 수사 도중 샤오치와 아정 모두 알고 지내던 두 친구에게서 당시 샤오치와 아정 사이가 아슬아슬했으며 거의 헤어지는 단계까지 가 있었다는 진술을 확보했다. 주원인은 아정이 샤오치가 지나치게 자주 친구들과 어울린다며 새 남자가 생긴 건 아닌지 샤오치를 의심한 한편, 샤오치는 원래 자신의 성격이 이렇다면서 아정이 지나치게 간섭하지 말기를 바랐고, 아정과 같이 집에서 내내 음악이나 듣는 걸 너무 지루해한 데 있었다.

샤오웨이의 증언에 따르면, 샤오치를 다차오로 불러냈을 때 아정은 샤오치와 같이 야경이나 보고 있을 만큼 홀가분한 기분이 아니었다. 이런 까닭에 경찰은 아정이 샤오치를 불러내서 헤어지자고 담판 지을 생각이었다고 추측했다. 그런데 뜻밖에도 담판이 파국으로 치달으면서 도리어 아정 자신이 살해당하는 화를 불러오고 말았다고 말이다.

아귀가 딱딱 맞아떨어지는 추측이었으나 지나치게 단순하다는 것이 이 추측의 유일한 단점이었다. 현재 인터넷에서 벌어지는 토론을 살펴보니 독자들이 받은 느낌도 비슷했다. 국내 작가들은 복잡한 추리 미스터리를 써낸 적이 없다고 비꼬는 독자도 있었지만, 이 이야기가 본래 음모에 치중한 추리소설이 아니니 이 부분을 이렇게 처리한다고 해서 부적절한 건 아니라고 여기는 독자도 있었다.

그녀는 후자와 생각이 비슷했다. 그래서 후속 시놉시스를 이 방향으로 잡기로 했다. 작가가 쓴 본래의 내용으로 보면 아친은 샤오치에게 상당한 호감을 느끼고 있었고, 동기들도 이 사실을 다 알고 있었던 듯했다. 그러니 세심한 아정이 아마 이를 알아챘거나 전해 들었을 수 있다. 작품에 아친과 샤오치가 단둘이 놀러 간 적이 있다는 언급은 없었지만, 적어도 샤오치가 아친이 나오는 친구들과의 모임을 피하지는 않았으니 이것이 아정의 질투를 유발한 지점이었을 것이다.

아정이 이 일로 샤오치와 싸웠다고 가정한다면, 떠들썩한 걸 좋아하는 샤오치는 아정이 자신을 지나치게 간섭한다고, 충분히 존중해주지 않는다고 느꼈을 것이다. 샤오치가 말한 것처럼 아정은 화가 나면 흥분하는데, 샤오치가 양보하려 하지 않고 정면으로 충돌해버렸다고 한다면, 홍 씨가 목격했다는 쫓아와서 때리고 밀고 당기는 상황, 아정을 밀거나 다리 밖으로 내던지는 동작이 이루어졌을 가능성이 있었다.

어쩌면 샤오치가 정말로 아정을 죽이려고 한 건 아니었을지도 모르지만―「당신 없이는 미소 지을 수 없어요」의 앞선 줄거리를 보면, 두 사람은 진심으로 서로를 사랑하는 연인이었다―아정을 죽인 범인은 샤오치가 확실했다. 경찰이 수중에 확보한 증거를 하나하나 조사해서 샤오치 앞에 열거하며 설명을 덧붙이자, 샤오치는 무너져 내리며 인정하고 이야기는 아쉬움과 회한 속에 막을 내린다.

그녀는 시놉시스를 완성해 출판사에 보냄과 동시에 메일로 자기 생각을 알렸다. 출판사가 긍정적인 답변을 줄 때까지 기다렸다가 후속 작업을 시작할 예정이었다.

메일을 보낸 뒤 얼마 지나지 않아 답신을 받았다. 출판사가 호쾌하게 그녀의 시놉시스에 오케이 사인을 보낸 답장일 줄 알았는데, 웬걸 자신과 연락을 주고받고 있는 편집자가 전달한 다른 독자의 메일이 와 있었다.

'아직 후속 작업 시작하지 마세요.' 편집자는 메일에 이렇게 썼다. '이 메일이 흥미로워서요. 일단 생각 좀 해주세요.'

그녀는 마우스를 옮겨 메일 아래쪽으로 스크롤을 내렸다. 독자가 보내온 메일은 딱 두 마디뿐이었다.

이전에 연재된 내용에 이미 뚜렷한 복선이 깔려 있습니다. 샤오치는 절대 범인이 아닙니다.

* * *

"샤오치가 범인이 아니라고 생각하는 독자는 예전에도 있긴 했어요." 그녀는 편집자에게 전화를 걸었다. "하지만 그다지 합리적으로 보이지는 않습니다. 원래 연재됐던 내용으로 보면, 어떻게 봐도 샤오치가 한 짓이에요."

"핵심은 이 독자가 '뚜렷한 복선이 깔려 있다'고 한 거예요." 편집자가 말했다. "호기심을 엄청나게 자극하더라고요."

"제가 본 '뚜렷한 복선'은 모두 샤오치를 향하고 있던데요."

그녀가 웃었다. "제 말은 샤오치가 범인이 아니라고 보는 독자는 소수고, 우리가 모든 독자의 바람을 만족시킬 수는 없다는 거예요. 그분들이 샤오치가 범인이 아니라고 보는 이유는 그저 애틋했던 한 쌍의 연인이 이런 결말을 맞이하는 걸 보고 싶지 않아서잖아요. 그건 감정적인 요소죠. 독자가 책을 읽을 때 느낄 수 있도록 작가가 의도적으로 조성해야 할 부분이기도 하고요. 전 샤오치가 아정이 스스로 다차오에서 뛰어내렸다고 변명했다고 생각해요. 실수로 남자 친구를 죽인 뒤 심리적으로 너무 당황해서 그런 것뿐이죠. 그러다 경찰이 본격적으로 수사망을 조여오자, 후회와 자책에 시달리다 죄를 인정하게 되는 게 틀림없어요."

"선생님이 시놉시스에 배치해주신 결말에 긴장감이 넘치더라고요. 그 부분은 정말 좋았어요." 편집자가 대답했다. "제가 신경 쓰이는 부분은 사실 이 독자가 뭔가 정말 유력한 증거를 읽어낸 것 같다는 거예요. 단순히 감정적인 요소 때문만이 아니라요. 시각을 바꿔서, 만일 우리가 정말 뭔가 중요한 지점을 놓쳤다면 앞으로 쓸 내용이 작가가 애초에 전개하려고 했던 내용과 달라질 텐데, 좀 아쉽잖아요."

"앞으로 어떻게 쓰든," 그녀가 전화기 이쪽에서 쓴웃음을 지었다. "다 원작자가 쓴 내용은 아니죠."

"제 말은 그게 아니라," 편집자도 웃었다. "할 수 있는 한 작가의 구상에 근접하고 싶다는 거죠. 게다가 이런 전개가 너무 단순하다고 비꼬는 독자도 있어요. 만일 우리가 더 복잡하게 뒤얽힌 줄거리를 생각해낸다면, 원작자의 계획에도 더 가까워진다면, 금상첨화 아닐까요?"

"그럼 어떻게 해야 할까요?"

"제가 회사 이메일 계정을 하나 드릴게요. 출판사 편집자 명의로 이 독자에게 메일을 보내보세요."편집자가 제안했다. "'뚜렷한 복선'이 뭔지 명확히 물어보고 참고하시면 어떨까요?"

"만일 손에 넣은 답이 너무 형편없으면요?"그녀가 가볍게 한숨을 내쉬었다.

"그럼 선생님이 처음에 잡으신 시놉시스에 맞춰서 진행하는 거죠."

　　아귀 님, 안녕하세요.

　그녀는 자판을 두드리면서, 이 독자 닉네임이 정말 웃긴다고 생각했다.

　「당신 없이는 미소 지을 수 없어요」의 후속 줄거리에 대해 메일 보내주셔서 고맙습니다. 편집자로서 저는 개인적으로 샤오치를 범인으로 보고 있고 대다수 독자 역시 같은 의견이다 보니, 아귀 님 메일을 받고 정말 뜻밖이었습니다. 그래서 무례하게도 아귀 님의 의견을 듣고 싶어 답 메일을 드립니다. 독자님께서 메일에서 언급하신 '뚜렷한 복선'이란 무얼 가리키는 건지요?

작가가 생전에 남긴 원고에 샤오치가 범인이라고 나와 있는지요?

아귀의 답신은 금세 도착했고, 짧기도 아주 짧았다.

실제 내용을 알려드릴 수 없는 점 너그러이 양해해주시기 바랍니다.

그녀는 자판을 두드려 답신을 쓰면서 속으로 생각했다. 소위 실제 내용이라는 건 아예 없다고.

연재 시작될 때까지 조금만 기다려주세요.

샤오치가 범인이라면, 그건 작가가 남긴 원고가 아니라 누군가 대필한 게 틀림없습니다.

아귀의 답신은 직설적이었다.
그녀는 깜짝 놀라고 말았다.

그렇게 확신하시는 걸 보니, 분명히 다른 독자들은 발견하지 못한 단서를 읽어내신 모양인데, 상당히 호기심이 이네요. 저도 이전 연재를 반복해서 읽었습니다만 독자님과는 의견이 다르거든요. 작가가 짜놓은 진짜 결말을 아직 알 수 없는 상황인데, 일단 토론 해보실 의향은 있으신가요?

독자가 편집자와 토론을 할 수 있다는 건 쉽지 않은 경험이니, 저로서는 당연히 구미가 당기는군요.

아귀의 이번 답신은 조금 늦게 도착했고, 그렇게 짧고 간단하지도 않았다.

저는 아정의 바지에 묻은 다차오 난간의 흙먼지, 사체의 위치, 당시 둘 사이에 싸움이 잦았다는 소문 그리고 아정이 헤어지자고 담판 짓기 위해 한밤중에 샤오치를 불러낸 것 등 이 몇 가지가 모두 샤오치가 범인이 아니라는 사실을 뚜렷이 가리키고 있다고 봅니다.

예상외로 흥미로웠다. 아귀가 언급한 이 몇 가지가 그녀와 다수의 네티즌이 샤오치가 범인이라고 여기게 된 단서인데, 같은 내용을 보고도 아귀는 전혀 다르게 해석한 듯했다.

그렇다면 독자님께서는 누가 아정을 죽였다고 보시나요?

그녀가 메일로 물었다.

아귀는 아주 당연하다는 듯 대답했다.

아정은 자살한 겁니다.

* * *

아정이 스스로 다차오에서 뛰어내려 죽었다는 말씀이세요?

그녀는 그럴 가능성이 높지 않다고 보았다.

아귀가 설명했다.

다차오 난간의 높이는 대략 120센티미터입니다. 아정이 바로 뛰어넘는 건 불가능해도 운전석에서 난간을 당겨서 붙잡으면 뛰어넘을 수 있습니다. 흙먼지가 묻은 위치가 이 추론에서 가장 중요한 핵심입니다.

샤오웨이가 샤오치를 차에 태우고 다차오에 왔을 때, 아정의 차는 역방향으로 난간 옆에 멈춰 서 있었습니다. 다시 말하면, 운전석 측면이 난간 가까이 있었다는 겁니다. 본문에서는 아정이 어째서 차를 역방향으로 세워두었는지 언급하지 않았지만, 밤에 다차오의 차량 통행량이 얼마 되지 않는다는 사실을 언급했죠. 그 바람에 조수석 문이 바깥쪽을 향하게 되었을 겁니다. 샤오치가 편하게 차에 탈 수 있도록 말이죠.

아귀는 샤오치가 조수석에 들어가 앉고 샤오웨이가 떠난 뒤, 아정과 샤오치가 차 안에서 다투기 시작했다고 추측했다. 아정은 격한 말다툼 도중 차 문을 열어젖히고 곧장 난간을 넘어가서 한쪽 다리를 난간 안쪽에, 다른 다리는 난간 바깥쪽에 놓고 앉았다. 그러다가 다른 다리도 난간 바깥으로 옮겨 뛰어내렸다는 것이었다.

그런데 어째서 샤오치가 민 게 아니라는 건가요?

그녀가 의혹을 제기했다.

한 다리를 난간 안쪽에 다른 다리를 난간 바깥쪽에 두고 앉은 이 동작이 꼭 있어야만 합니다.

아귀가 강조했다.

왜냐면 그래야 아정이 입은 바지의 사타구니 밑이 난간에 닿아 흙먼지가 묻게 되니까요. 만약 아정이 샤오치에게 떠밀렸다면 아마 엉덩이나 다리 부위의 바짓가랑이가 난간과 마찰이 일어났겠죠.

사타구니 밑이 아니라요.

그런데요……

그녀는 잠깐 생각에 잠겼다가 계속 자판을 두드렸다.

아정은 죽어버리겠다고 큰소리치면서 난간 사이에 양다리를 벌리고 앉아 있기만 했는데, 샤오치가 손을 뻗어 아정을 밀어버렸다면, 이 역시 이 증거에 맞아떨어지는 상황 아닌가요?

거리가 맞지 않습니다.

아귀가 대답했다.

아정의 시신은 교각에서 약 2미터 떨어진 지점에 있었다. 아귀는 만일 아정이 떠밀려 떨어졌다면 자연 낙하에 가깝기 때문에 교각과의 수평 거리가 그렇게 멀어지지 않았을 거라고 지적했다. 아귀는 여기서 한발 더 나아가 통계에 따르면 추락 상황에서 착지점과 시작점의 수평 변위水平變位는 평균 0.3미터에 불과하며, 이렇게 보면 아정은 뛰어내린 거라고 지적했다.

그녀는 모니터 앞에서 혀를 내둘렀다. 본인은 아예 찾아볼 수도 없는 수치들이기 때문이었다. 하지만 다시 본론으로 돌아가면, 아정과 교각 사이의 거리가 조금 멀다고 한들 샤오치가 아정의 옷깃을 들어 올려 내던졌을 가능성은 여전히 존재했다.

그럴 가능성은 아주 낮습니다.

아귀가 설명했다.

아정은 몸무게가 가볍고 샤오치는 운동의 달인이었다고 알려져 있습니다만, 아무리 샤오치가 팔 힘이 세다 해도 성인 남자를 다리 밖으로 내던지기는 매우 어렵습니다. 샤오치는 극단적으로 거대하고 건장한 데다 근육 폭발력까지 놀라운 반면 아정은 극단적으로 마르고 왜소해야만 그런 상황이 발생할 수 있거든요.

예전에 어떤 엄마가 아이를 구하기 위해서 기적적으로 차를 들어 올렸다는 보도를 본 기억이 나는데요.

그녀는 어디서 읽었는지 기억도 안 나는 글을 떠올렸다.

그런 기이한 이야기는 저도 읽어본 적 있습니다만, 상황이 다릅니다. 그런 상황은 대부분 아드레날린이 대량으로 분비돼서 일어난 결과입니다. 하지만 흔히 말하는 '차를 들어 올렸다'는 얘기는 결코 차 전체를 들어 올렸다는 게 아니라 그중 한쪽을 당겨 올렸다는 겁니다. 그건 순간적인 폭발력만 있으면 되죠.

아귀가 대답했다.

샤오치는 잡아서 들어 올리는 것 외에 내던지는 동작까지 해야 아정을 120센티미터 높이의 난간 밖으로 떨어뜨릴 수 있습니다. 샤오치가 얼마나 분노에 차올랐든, 얼마의 아드레날린을 분비했든 다 불가능한 일입니다.

잠시 상상을 해보니 아귀의 말에 일리가 있다 싶었다.

게다가

아귀가 메일 말미에서 일깨워주었다.

만일 아정이 내던져졌다면 샤타구니 밑에도 난간 위의 흙먼지가 묻지 않았을 겁니다.

좋아요. 이 부분은 일단 더 좋은 해석이 떠오르지는 않네요.

그녀가 아귀에게 답장을 보냈다.

하지만 잊지 마세요. 아정의 부모가 고소를 하고 경찰이 살해 쪽으로 가닥을 잡고 수사를 한 열쇠가 목격 증인인 홍 씨의 증언이라는 점을 말이죠.

홍 씨의 증언은 가짜입니다.

아귀는 가뿐하게 답변했다.

그건 안 되죠.

그녀가 자판을 두드리며 눈을 흘겼다.

현재 줄거리로 보면, 홍 씨는 완전히 외부자잖아요. 나중에 홍 씨와 당사자 사이에 무슨 은원이 있어서 그 사람이 거짓말로 샤오치를 모함한 거라고 덧붙인다고 해도 독자들을 설득하기는 무척 어려울 거예요.

홍 씨가 당사자와 아무 관계가 없는 건 확실합니다. 그 사람이 먼저 한 증언을 뒤집은 이유는 무슨 양심의 가책 따위와는 관계없습니다.

아귀는 이렇게 썼다.

저는 홍 씨가 거짓 증언을 한 까닭은 뇌물을 받았기 때문이라고 봅니다. 일부러 샤오치를 감옥에 보내려 한 거죠.

거짓 증언은 위법이에요. 게다가 살인죄를 고발한 상황인데, 홍 씨가 어떤 유혹에 넘어갔기에 이렇게 심각한 거짓말을 했다는 건가요?

그녀는 아귀의 말을 받아들이지 않았다.

게다가 저조차도 도대체 어느 인물이 그렇게 샤오치를 증오할지 모르겠는데요.

자세히 살펴보면,

아귀가 인내심을 갖고 설득하는 투로 답장을 보냈다.

홍 씨가 나중에 한 증언이 사실 아주 교묘합니다.

* * *

그녀는 원래 원고에서 관련 부분을 찾아 다시 몇 번 읽어보다가 아귀가 말한 '교묘한' 지점을 발견했다.

홍 씨의 새로운 증언은 샤오치가 다리에서 아정을 쫓아가 때리고 난간 위에서 여러 차례 아정의 옷깃을 들어 올리는 건 봤지만, 아정을 밀어 떨어뜨렸는지까지는 보지 못했다는 것이었다. 다시 말해서 이 증언은 샤오치를 의심하게 하고 수사를 시작하게 할지언정, 샤오치가 범행을 저질렀다고 직접적으로 지적하고 있지는 않았다.

독자님 말씀이 무슨 뜻이었는지 이해했어요.

그녀가 아귀에게 메일을 보냈다.

엄밀하게 말하면, 홍 씨는 샤오치가 '살인'을 저질렀다고 고발한 게 아니라 두 사람이 드잡이를 벌인 상황을 얘기한 거네요. 이런 말이 샤오치에게 불리하기는 하지만, 다른 목격 증인이 없는 상황에서는 그 진위를 판단할 방법이 없으니 조사를 시작할 수밖에 없겠죠. 후속 결과가 어떻게 되든 홍 씨는 아무 책임 질 게 없고요.

그게 아마 홍 씨가 거짓 증언을 하겠다고 응했을 때의 속셈이었을 겁니다. 자기는 아무 손해 볼 것 없다고 봤겠죠.

아귀는 이렇게 썼다.

그런데 실은 연재된 내용에서 이미 훙 씨가 거짓 증언을 했다는 사실이 티가 납니다.

자세한 설명을 듣고 싶군요.

작가는 사건이 일어난 당일 밤 달빛이 비치지 않았고 다리 위가 아주 캄캄했다고 언급한 바 있습니다. 샤오치가 아정의 차에 탄 뒤, 아정이 시동과 전조등을 껐고 샤오웨이도 차를 몰고 가버렸으니 다리 위에는 분명히 조명 불빛이 충분하지 않았을 겁니다.

아귀가 대답했다.

훙 씨가 새우를 잡은 지점은 다차오에서 50~60미터 떨어진 강바닥이었습니다. 그 사람이 다리 위 상황을 똑똑히 볼 방법이 있었다는 생각은 들지 않는군요. 쫓아가서 때리는 이런 큰 동작이야 볼 수 있었을지 몰라도 옷깃을 잡는 동작까지 똑똑히 봤다는 건 말이 되지 않습니다. 게다가 샤오치와 아정의 키가 엇비슷한데, 훙 씨가 그 거리에서 둘을 구분할 수 있었는지도 문제고요.

그녀는 그제야 이해가 갔다.

그러면 경찰이 그날 날씨 기록을 조사하고 다리 위에 가서 현장을 재현하면 홍 씨의 증언을 깰 수 있겠네요.

그뿐 아니라 현장 재현은 반드시 한밤중에 해야 합니다. 그게 중요합니다. 낮과 밤의 시야 차이가 상당히 크니까요.

다시 본론으로 돌아가서,

그녀가 물었다.

누가 샤오치를 모함했다고 생각하세요?

그야 물론 샤오웨이죠.

아귀가 말했다.

아귀는 집이 부유하고 아정을 좋아하기도 했던 샤오웨이가 아마 예전부터 샤오치를 질투하고 있었으리라 생각했다. 아정이 샤오치와 함께 있다가 다리에서 떨어져 죽었으니 샤오치에게 화풀이를 하고 싶은 마음이 아마 극에 달했을 것이다. 샤오치가 정말 범행을 저질렀든 아니든 상관없이 샤오치가 아정의 죽음에 책임을 지게 해야 했다. 목격 증인 매수는 가장 직접적이고 효과적인 수단이었다.

생각해보세요. 아정이 샤오치의 성격을 이해하지 못한 게 절대 아니었습니다. 샤오치가 친구들과 나가 놀기 좋아한다는 것도 알고 있었고요. 이건 둘이 사귈 때부터 이미 잘 알고 있던 사실이었어요. 그런데 어째서 아정은 사귀기 시작한 뒤에 이런 상황에 점점 더 신경을 쓰게 됐을까요?

아귀가 반문했다.

아정이 질투가 심했잖아요.

그녀가 추측했다.

어쩌면 사귀기 시작했으니 샤오치가 예전처럼 툭하면 친구들과 만나서 나가 놀 게 아니라 자신과 좀 더 시간을 보내야 한다고 생각하지 않았을까요?

맞습니다. 하지만 전 누군가 늘 샤오치가 친구들과 장난치고 논 얘기를 아정에게 해주었다면, 그로 인해 아정이 더 질투심에 불타올랐으리라 생각합니다.

아귀가 말했다.

게다가 친구 중에 전부터 내내 샤오치에게 호감을 느끼고 있던 아친도 있었죠. 만일 누군가 허구한 날 아정에게 샤오치와 아친이 서로 어떻게 어울리는지 알려줬다면 아정의 질투심과 분노도 점점 더 심해졌겠죠.

그러니까 샤오웨이가 아정과 사적으로 자주 연락을 주고받았다고 생각하시는군요.

그녀는 아귀가 한 말의 속뜻을 알아챘다.

샤오치와 아친이 어울리는 상황에 살을 덧붙여서 아정에게 일러바쳤다?

살을 덧붙였는지는 확실하지 않아요. 적어도 이전에 연재된 내용에서는 관련 정보를 읽어낼 수 없으니까요.

아귀는 사실만 놓고 판단했다.

하지만 이전에 연재된 내용에 샤오웨이와 아정이 연락을 주고받았을 가능성이 넌지시 드러나는 부분이 있는 건 사실입니다.

있나요?

그녀는 깜짝 놀랐다.

아정이 약속을 잡으려고 샤오치에게 전화했을 때, 곧바로 볶음 요리 술집으로 전화했죠.

아귀가 힌트를 줬다.

샤오치와 친구들이 어디에서 야식을 먹는지 아정이 어떻게 알았을까요?

작가가 쓰지는 않았지만……

그녀가 잠시 생각에 잠겼다.

샤오치가 사전에 아정에게 얘기했을 수도 있잖아요.

혹시 작가가 썼다면……

아귀가 말했다.

만일 약속 장소가 임시로 정해지는 바람에 샤오치가 아정에게 미리 알려줄 수 없었다면, 그 약속 장소에 있던 사람 중 아정에게 자기들이 볶음 요리 술집에서 주량을 겨루고 있다고 알려줄 수 있는 사람은 누구였을까요?

틀림없이 샤오웨이였다.

그녀는 작가가 그 모임을 묘사하면서 샤오웨이가 전화 통화를 하러 자리를 잠시 떴다고 언급했던 게 떠올랐다. 전에는 그저 작가가 샤오웨이의 유복한 가정환경을 도드라져 보이게 하려고 이런 부분을 언급했다고 생각했다. 그러나 아귀의 추측대로라면 그 부분에는 다른 함의가 있었다. 샤오치가 아친과 주량을 겨루며 즐거워하는 상황을 샤오웨이가 휴대전화로 아정에게 실시간 중계했다는 의미 말이다.

아정이 볶음 요리 술집에 있던 샤오치에게 전화한 때가 샤오웨이가 통화를 마치고 돌아온 뒤였으니, 시간 순서로 봐도 말이 됐다. 하지만 샤오웨이를 막후에 숨어서 음모를 꾸민 역할로 바꿔놓다니 너무 과한 해석 아닐까?

그녀가 이런 우려를 아귀에게 알리자, 아귀는 또 다른 질문을 던졌다.

다시 생각해보세요. 샤오웨이는 타이어에 바람을 넣은 다음 어째서 또다시 다차오로 돌아간 걸까요?

'응?' 그녀가 모니터 앞에서 눈살을 찌푸렸다.

샤오웨이가 샤오치를 다차오에 데려다주는 길에, 샤오치는 아정이 자기한테 달도 구경하고 야경도 감상하자고 했다고 말했다. 설령 샤오웨이가 그날 밤 구경할 만한 달이 뜨지도 않았다는 걸 알았다 한들, 샤오치가 허튼소리를 했다 한들, 카센터를 떠난 뒤 다시 다차오로 돌아가서는 안 되는 거였다. 다차오에서는 아정과 샤오치, 두 연인이 함께 시간을 보내고 있었으니 말이다. 두 사람이 다정히 기대어 달을 구경하든 말다툼을 벌이며 실랑이를 하든 제삼자와는 다 상관없는 일이었다. 아무리 질투가 났다 해도 샤오웨이가 당당하게 돌아가서 눈치 없는 훼방꾼 노릇을 해서는 안 되는 일이었다.

이 비합리적인 행동에 주의하지 못한 게 사실이었다.

컴퓨터 모니터가 깜빡였다. 아귀가 보낸 다음 메일이 도착했다.

샤오웨이가 샤오치와 아정 사이에 무슨 안 좋은 일이 있었는지 묻자, 샤오치는 아정이 야경을 보러 가자고 했다고 말합니다. 두 사람 관계에 아무 문제가 없다고 강조한 거죠. 하지만 작가는 글을 통해 샤오치의 이 말이 아정이 샤오치를 다차오로 불러낸 진짜 이유가 아님을 암시했어요. 샤오치가 서둘러 친구들과의 모임 자리를 떠나 급히 다차오로 달려갔으니 분명히 평상시보다 더 귀찮은 일을 처리해야 할 상황이었던 겁니다.

제 추측에 따르면, 아정은 볶음 요리 술집에 전화해서 샤오치를 찾았습니다. 샤오치와 헤어지자고 담판을 지으려고 말이죠. 샤오치는 사태가 심각하다는 걸 깨닫고 모임을 중단하고 일단 아정부터 찾아가기로 했습니다. 샤오웨이의 차에 탄 샤오치는 샤오웨이에게 이 일을 알리고 싶지 않아 일부러 핑계를 둘러댔고요. 문제는 샤오웨이가 실상을 속속들이 알고 있었다는 거였죠.

샤오웨이가 아정의 질투심을 자극한 사람이었다. 샤오웨이가 아정 앞에서 아친이 전부터 줄곧 샤오치를 좋아해왔다고 강조한 사람이었다. 샤오웨이가 아정과 샤오치의 말다툼을 부추긴 사람이었다. 샤오웨이가 아정이 샤오치와 헤어질 마음을 먹게 만든 사람이었다.

샤오웨이가 다시 다차오로 돌아간 까닭은 두 사람의 담판 결과가 어떻게 되었는지 보고 싶었기 때문입니다. 만일 샤오치와 아정이 정말 헤어졌다면, 그걸 기회로 삼아 아정을 위로하고 자신과 아정 사이의 거리를 좁힐 수 있겠죠. 심지어 일이 잘 풀리면 바로 아정의 새 여자 친구가 될 수도 있고 말입니다. 두 사람이 헤어지지 않은 거로 보인다면, 곧바로 차를 몰아 현장을 떠나면 되는 거고요.

아귀가 결론을 내렸다.

당신 없이는 미소 지을 수 없어요

* * *

"아정, 나 샤오웨이야." 샤오웨이는 볶음 요리 술집 밖에 서 있었다. 낮은 목소리를 말할 수 있는, 그러면서도 같은 탁자에 앉은 친구들이 떠드는 소리가 들릴 만큼 떨어진 곳. 경쾌하게 웃고 떠드는 소리가 확실히 휴대전화 저쪽 아정의 귓가로 전해지는 곳이었다. "우리 지금 볶음 요리 술집에서 야식 먹는데, 올래?"

"샤오치가 너희랑 같이 모여서 뒤풀이할 거라고 하더라." 아정은 웃었지만, 목소리에서는 외로움이 묻어났다. "내가 시끌벅적한 장소 그다지 좋아하지 않는 거 너도 알잖아."

"너무 아쉽다. 샤오치가 너 데리고 왔어야 하는 건데."

"샤오치야 내 성격 잘 아니까. 내가 매번 거절했더니 나중에는 아예 안 부르더라고."

"그랬구나. 나는 또……" 샤오웨이는 말을 하는 둥 마는 둥 망설였다.

"왜?" 아정의 목소리에 짙은 경각심이 배어났다.

"짠!" 샤오치와 아친이 주량 겨루기를 끝내며 내는 소리가 전해지면서 아정의 귀에도 들어갔다. "방금 그거 샤오치 목소리야?"

"응, 그렇지. 샤오치랑 아친 술 마시고 있거든."

"아친도 있어?" 아정의 목소리가 다소 침울하게 들렸다.

"어, 난 샤오치가 그래서 너 안 데리고 온 줄 알았는데."

"하." 아정은 씁쓸하게 웃더니, 아무 말도 하지 않았다.

"걱정할 필요 없어." 샤오웨이가 아정을 위로했다. "아친이 샤오치 따라다닌 거 하루 이틀도 아니고. 내가 너 대신 유심히 지켜볼게."

"고맙다." 아정이 한숨을 쉬었다. "사실 나도 진지하게 고민하고 있어. 샤오치와 잘 얘기해봐야겠다는 생각이 들어."

"너희 얘기 잘해봐야 해. 왜냐면……" 샤오웨이는 잠시 말을 멈추더니 다 끝맺지 못했다. "애들이 나 불러. 먼저 가볼게. 짬나면 다시 얘기하자."

샤오웨이와 통화를 마친 뒤, 아정은 무척이나 초조해졌다.

원래 오늘 밤 샤오치와 단둘이 오붓하게 음악을 듣고 싶었는데, 샤오치는 친구들과 나가서 시끌벅적하게 노는 쪽을 택했다. 안 그래도 마음이 편치 않았던 아정은 방금 전화를 받고 기분이 더 엉망이 되었다. 카펜터스 남매의 목소리도 본래의 매력을 잃은 듯 들렸다.

샤오웨이가 미처 못 다한 말이 무엇이었을까? 어째서 샤오웨이도 두 사람이 잘 이야기해봐야 한다고 생각했을까? 샤오치가 아친을 대하는 태도 역시 좀 달라졌기 때문일까? 끈기 있게 샤오치를 쫓아다닌 아친이 결국 샤오치의 마음을 흔든 걸까?

아정은 자리에서 일어나 전화번호부를 뒤적였다. 볶음 요리 술집의 전화번호를 찾아 샤오치에게 전화를 걸었다.

'잘 얘기해보자. 이런 상태로 계속 갈 수는 없어.'

아정은 전화를 끊고 차 열쇠를 손에 들었다. 자동차 스테레오를 눌러서 끄자, 카펜터스 남매의 〈당신 없이는 미소 지을 수 없어요〉가 뚝 그쳤다.

'내가 없을 때 샤오치는 더 즐겁게 웃는구나.' 아정은 속으로 생각했다.

그녀는 밤새 한숨도 자지 못한 채 새 시놉시스를 마무리 지었고, 본문도 몇 단락 써두었다.

아정과 샤오치는 다리 위에서 담판을 지었다. 샤오치는 아정이 자신의 친구들을 받아들이려 하지 않는다고 불평했고, 아정은 샤오치가 생활의 중심을 자신에게 두지 않는다고 원망했다. 샤오치는 둘이 같이 노력해서 서로를 포용해야 한다고 했지만, 아정은 자기가 없으면 샤오치가 틀림없이 훨씬 더 즐겁게 지낼 수 있을 거라고 말했다. 샤오치는 홧김에 멋대로 질투나 해댄다고, 남자다운 배포는 조금도 없다고 아정을 비난했다. 그러자 아정이 차갑게 비웃으며 차 문을 열어 다리를 뻗더니 다차오 난간에 앉아버렸다.

샤오치가 어찌 된 일인지 미처 깨닫기도 전에, 아정은 다리 밖으로 뛰어내렸다.

"새 시놉시스 정말 끝내주던데요." 오후에 그녀는 전화 소리에 잠이 깨고 말았다. 전화 저쪽 사람의 말투는 흥분에 겨워 있었다. "선생님께서 쓰신 단락 읽어봤는데 원작자의 필치 그대로더라니까요. 이야기 전개도 이전에 미리 배치해둔 내용과 딱 맞아떨어지고요. 정말 대단하세요."

"아, 음." 잠에서 막 깨어난 그녀는 그제야 뒤늦게 전화를 걸어온 사람이 출판사 편집자라는 걸 알아챘다. "제 메일 확인하셨어요?"

"그럼요. 회사 전체가 다 이번 책 대박 나겠다고 생각하고 있어요." 편집자가 말했다. "선생님께서 그 실마리들을 완전히 뒤집어버리셨잖아요. 독자들도 틀림없이 어마어마하게 놀라면서도 좋아할 거예요."

"그 대부분은 제 공이 아니라 그 아귀라는 분의 지적 덕분이죠." 그녀는 사실대로 말했다. "제가 작업한 건 아친과 다른 친구들이 나오는 부분밖에 없어요."

그녀가 따로 작업한 시놉시스에서는 샤오치의 친구들이 샤오웨이의 입을 통해 샤오치와 아정이 말다툼을 벌였다는 소문을 듣지만, 샤오치가 범행을 저지른 살인자라고는 믿지 않는다. 특히 아친은 경찰 측에서 내민 온갖 증거에 모두 의구심을 내비쳤고, 아예 친구들을 다 같이 불러 모아 현장을 재구성하기까지 했다. 그들은 한밤중 거리를 측정한 것을 포함해 다리 위에서 무거운 물건을 밀어 떨어뜨리거나 내던졌을 때의 가능성을 재연해보았다.

아친의 고집에 경찰은 증거를 다시 살펴봤고, 보다 심층적인 수사에 나섰다. 그러자 아정이 집을 나서 다차오로 가기 전 집에서 전화를 한 통 받았다는 사실이 드러났다. 나아가 경찰은 그 전화가 샤오웨이의 돌고래폰에서 걸려 온 전화였다는 사실도 밝혀냈다.

경찰의 신문 끝에, 샤오웨이는 결국 자신이 돈으로 홍 씨를 매수해 샤오치가 연인을 살해한 죄명을 뒤집어쓰도록 증언을 조작했다고 실토했다.

심문이 끝난 뒤, 아친은 샤오치와 단둘이 밥을 먹었다. 샤오치는 약속 장소로 나가 아친에게 고마운 마음을 전하면서도 남자 친구는 당분간 사귀지 않을 생각이라고 말했다.

아친은 이 틈을 타 뭘 어떻게 해보려고 샤오치를 도와 진상을 밝힌 게 아니었다고 시원스레 말했다. 그래도 샤오치에게 주고 싶은 선물은 하나 있었다.

"1년 전에 주려고 했던 거야. 졸업 전 그 학교 간 미팅이 끝난 뒤에 말이야." 아친이 미소 지으며 어깨를 으쓱했다. "그런데 지금까지 못 줬지. 아정이 너를 채 갔으니까. 그래서 지금까지 계속 남겨두고 있었어. 뜯어서 열어봐."

샤오치는 미심쩍어하며 아친이 건넨 작은 상자를 넘겨받았다. 소박한 크라프트 포장지를 뜯자 안에서 녹음테이프가 나왔다.

"이거 내가 직접 녹음한 곡들인데, 전부 다 내가 좋아하는 노래야." 아친이 말했다. "무슨 귀중한 물건은 아니지만 마음에 들면 좋겠다."

녹음테이프 표지 역시 크라프트지로 재단되었고, 단정한 글씨로 '샤오치에게 보내는 노래'라고 적혀 있었다. 샤오치가 녹음테이프를 뒷면으로 뒤집자 첫 번째 곡목이 보였다. 〈당신 없이는 미소 지을 수 없어요〉였다.

샤오치가 눈물을 터뜨렸다.

"이 결말 무척 마음에 들어요." 편집자가 그녀에게 말했다. "이 작품에 선생님 이름을 올릴 수 없다니 너무 안타깝네요."

"이 작품의 뛰어난 점은 90퍼센트 이상 원작자에게 공이 가야 해요. 거기에 아귀 씨까지도요." 그녀가 말했다. "아귀 씨와 토론하면서 정말 많은 걸 배웠고, 플롯 설정할 때 쓰는 절묘한 수법도 많이 알게 됐어요. 원작자가 문장의 아름다움과 쉽게 읽히는 리듬감을 동시에 갖춘 필치를 선보인 점도 뛰어난 본보기가 되어줬고요. 소설을 쓰기 시작해야겠다는 생각이 들더라고요. 그래야만 비로소 진짜 제 이름으로 발표한 작품이 생기겠죠."

"정말 기대되네요." 편집자가 웃었다. "그때 되면 꼭 저 찾아주셔야 해요."

그녀는 전화를 끊고 컴퓨터 앞에 앉았다.

시놉시스 작업을 서두르던 와중에 흥미로운 소설 소재 몇 가지가 생각나서 일단 문서 파일에 대충 막 기록해둔 터였다. 컴퓨터를 켜서 「당신 없이는 미소 지을 수 없어요」의 후속 집필 작업부터 시작해야 할까? 아니면 기록해둔 소재들을 먼저 살펴보고 하나 골라서 계속 발전시켜나가야 할까? 속으로 이런 생각을 했다.

그러고 나니 한 가지가 떠올랐다.

만일 본인의 소설을 쓰게 되면 그때도 아귀와 토론을 벌이고 싶었다. 그렇지만 어떤 신분으로 아귀에게 연락해야 할까? 이치대로라면 다시 출판사 편집자 명의로 메일을 보내서는 안 될 노릇이지만, 경솔하게 자신의 메일 계정으로 보내서 소설 창작을 놓고 토론을 벌이고 싶다고 하면 틀림없이 뜬금없어하겠지?

미간을 찌푸리며 모니터를 뚫어지게 바라보는데, 갑자기 이런 생각이 들었다. '도대체 아귀는 누구지?'

03

영웅들

Heroes

우린 영웅이 될 수 있어.

단 하루일지라도.

We can be heroes, just for one day.

⟨Heroes⟩ by David Bowie

"이럴 줄 알았으면 그때 퇴직해야 했는데." 침대 가장자리에 앉은 아버지가 수술한 지 얼마 되지 않은 오른 다리를 두 손으로 들어 매트리스 위에 올려놓고 다시 몸을 움직여 제대로 누웠다. "다시 3년을 기다려서 쉰다섯이 돼야 매달 퇴직금을 받을 수 있는데, 내가 이 상태로 그때까지 버틸 수 있을지 모르겠다."

"내근직으로 전환 신청하세요." 그가 침대 틀 높이를 수평으로 맞춰드렸다.

"일단 건드리지 마라. 똑바로 누우면 잠들 테니." 아버지가 그를 막았다. "제대로 몸 놀리지 못하는 게 제일 지루한 거야. 나는 사무실 책상 앞에 앉아 있지는 않으련다. 요즘은 경찰서로 민원 넣으러 찾아오는 사람들이 가면 갈수록 얼마나 무서운지. 그 사람들 상대하고 있으니 길거리 나가서 깡패들이나 쫓아다니는 게 낫다 싶어."

'다리 수술까지 하시고서 깡패 쫓아다니고 싶으세요?' 그는 속으로는 반박하면서도 입 밖으로 말을 내뱉지는 않았다.

아버지가 입원하신 뒤 부자 관계가 많이 개선되었는데, 순간 입방정을 떨어서 망치고 싶지 않았다.

만나자마자 서로 욕지거리를 해대며 팽팽하게 맞서는 사이는 아니었지만, 아버지와 서로 못 할 말이 없을 정도로 마음을 터놓았던 적은 단 한 번도 없었다. 두 사람이 함께 사는 집에서 부자 관계는 딱 경찰 시스템 속 상하 계급 관계 같았다. 아버지는 상관이고, 그는 부하였다. 아버지가 뭐라 말씀하시면, 그저 고개만 끄덕이며 맞장구칠 수밖에 없었다. 이견을 제기할 권리 따위는 있지도 않았고 반항할 가능성은 더더군다나 없었다.

사실 결코 아버지가 싫은 건 아니었다.

어머니가 그를 낳던 중 뜻밖의 사고가 났다. 그는 응급처치를 통해 가까스로 태어났으나, 어머니 목숨은 지키지 못했다. 자라면서 읽은 몇몇 이야기에서 아이 때문에 아내를 잃었다고 생각하는 어떤 아버지들의 모습을 보니, 그런 억지를 부리지 않으신 아버지에게 남몰래 고마운 마음이 들었다.

하지만 어떤 때는 그도 자문하곤 했다. 그때 의사가 어머니를 살리는 데 성공하고 내가 세상에 태어나지 못했다면 좀 더 낫지 않았을까, 라고.

어쨌거나 아이에게 과한 기대를 걸고, 심지어 아이를 거의 편집증에 가까울 정도로 자신이 상상하는 모습으로 키우고 싶어

영웅들

하는 아버지도 있다는 이야기를 몇 군데서 읽은 적이 있었으니 말이다.

아버지는 그의 선택을 좌지우지하는 정도는 아니었지만, 그가 문예과를 선택했을 때는 못마땅해하시는 모습이 역력했다.

경찰은 만 50세가 되면 공무원 '위험 노동 직무' 규정에 맞춰 퇴직 신청을 하고 매달 퇴직금을 탈 수 있었다. 하지만 몇 년 전 법령이 개정된 뒤로는 위험 노동 직무 연령이 55세로 상향 수정되었다. 게다가 개정법이 시행되기까지 5년의 유예 기간이 주어진 덕에, 유예 기간 동안 만 50세를 맞은 아버지의 경찰 동료 여럿은 50세 생일이 지나자마자 퇴직 신청을 서둘렀다.

하지만 아버지는 그러지 않으셨다.

"체력이 아직은 괜찮으니, 몇 년 더 할 수 있다." 그때 아버지가 말씀하셨다. "게다가 네가 일찌감치 경제적인 문제에 맞닥뜨리는 것도 싫고. 네가 그런 걸 공부하고 있으니, 졸업한 뒤 무슨 직업을 찾을 수나 있을지 나로서는 도무지 알 수도 없고 말이다."

병상 옆에 앉아 아버지가 하셨던 말을 떠올리고 있자니, 감사해야 할지 분통을 터뜨려야 할지 여전히 알 수가 없었다. 도리어 이런 생각이 들었다. '아버지가 퇴직하지 않으시려는 이유가 고작 길거리에서 깡패들이나 쫓아다니고 싶으셔서일까?'

하던 이야기 다시 하면, 쉰두 살인 아버지가 지금도 몸이 아주 좋으신 건 사실이었다. 매일 아침 일어나면 늘 하던 대로 팔굽혀펴기와 윗몸 일으키기를 한 다음 집을 나서 달리기를 하러 갔고, 밤에 술을 드시고 나서도 그와 팔씨름하기를 즐기셨다. 그가 지면 아버지에게서 잔소리가 터져 나왔다. 늙은이 우습게 보고 전력투구하려 하지 않는다고 말이다.

물론 팔씨름으로 아버지를 이길 수는 있었다. 하지만 그러고 싶지 않았다.

노인네를 우습게 봐서도, 아버지에 대한 존경심 때문도 아니었다. 그는 선천적으로 강골인 자신의 근육 능력과 운동신경을 발휘하고 싶은 마음이 조금도 없었다.

그는 동체 시력이 아주 좋고, 반응이 상당히 뛰어났다. 거기에 체력도 우수해서 무슨 운동이든 조금만 배우면 금방 고수가 되었다. 아버지는 늘 이게 다 유전자가 뛰어나서 그렇다며 자랑하는 걸 좋아하셨다. 그 말이 사실이기도 했지만, 본인은 운동에 아무런 관심이 없으니 그게 늘 골칫거리였다.

덩치가 크고 우람해서 초등학생 때부터 고등학생 시절까지 반에서 무슨 운동경기에 참여할 일만 생기면, 반 친구들이 당연하다는 듯 그를 경기장으로 밀어 넣었다. 반의 영예와 관련된 일이라 그도 자연히 형식적으로 대강대강 시늉만 할 엄두는 내지 못했다. 하지만 매번 반을 대표해서 상을 받아 오면 다음번에는 거절할 이유가 더 없어졌다. 그렇게 시간이 흐르자, 학교

대항 경기에 학교 운동부 부원들까지 찾아왔다.

'나이를 좀 더 먹으면 단련하기 싫은 체력은 자연히 떨어질 테고 그때가 되면 이런 성가신 일은 다시는 생기지 않겠지?' 그는 속으로 이렇게 생각했다. 대학에 들어간 뒤, 각종 교내 경기 참가 요청도 피할 수 있는 건 다 피해 다녔다. 하지만 이런 상황을 너무 오래 끌고 갈 수도 없는 노릇이었다. 2학년이 되자, 그는 매일 피트니스 센터를 들락거리기 시작했다.

아버지는 아들이 드디어 정신을 차렸다고 생각했지만, 그가 연애하느라 운동을 하기 시작했다는 사실은 모르셨다.

그는 아버지에게 진상을 알리지 않았다. 곧이곧대로 말씀드려도 아버지가 오해하지는 않으시겠지만 어떻게 입을 열어야 할지 확신이 서지 않았다.

사실, 어떻게 입을 열어야 할지 모르겠는 일이 어디 이 일뿐일까? 물론 병원에서 아버지를 돌봐드리는 덕분에 여러 해 동안 꽉 막혀 있던 부자 관계가 드디어 깨끗이 닦고 기름칠한 낡은 시계 톱니바퀴처럼 다시 움직이기 시작했다. 그러나 낡은 시계가 아무리 오랫동안 가지 않았다 한들 그것 때문에 시간까지 흐르지 않은 건 아니었다. 케케묵은 서먹함 탓에 공통 화제 같은 건 생기지도 않았다.

"어이." 아버지가 갑자기 소리를 내기에 고개를 돌렸더니 누군가 병실 문 앞에 서 있었다. "어떻게 짬이 나서 왔나 그래?" 아버지가 그 사람에게 인사를 건네며 말했다. "인사드려라, 기억나지?"

그는 자리에서 일어나 머리를 숙여 인사했다. "샹翔 아저씨."

샹 아저씨는 아버지의 동료로, 나이는 아버지보다 몇 살 아래였다. 20년 넘게 함께 근무한 사이여서 그도 어려서부터 알고 지낸 분이었지만, 최근 몇 년은 거의 만나뵙지 못한 참이었다.

"허허, 이 녀석 아주 건장하네." 샹 아저씨가 그의 어깨를 툭툭 쳤다. "딱 아버지 젊었을 때 그대로야. 예전에 깡패들이 네 아버지만 봤다 하면 겁을 집어먹고 죄다 불어버렸다니까."

"예?" 그가 눈을 깜빡거렸다. 아버지는 한 번도 일 이야기를 하신 적이 없었다.

"아버지가 얘기 안 해주셨냐?" 샹 아저씨가 그의 표정을 살폈다.

그는 고개를 내저었다. 아버지가 온종일 당직을 서느라 바빠서, 부자 두 사람이 같이 살면서도 사실 얼굴 마주치는 시간은 얼마 되지 않았다. 문예과에 들어가자 아버지가 못마땅해하시는 바람에 서로 간의 대화는 더 줄고 말았고.

"아주 끝내줬지." 샹 아저씨가 파안대소를 터뜨렸다. "내가 제일 끝내줬던 얘기 몇 개 해주마."

"헛소리 그만해." 아버지가 손을 휘휘 내저었다. "젊은 애들은 우리가 이런 얘기 하는 거 듣기 싫어해."

"전 듣고 싶은데요." 그가 다급히 부인하고 나섰다.

아버지는 조금 놀란 듯 그를 바라보더니 이내 웃으셨다.

＊＊＊

집중해서 들어드렸더니 아버지와 샹 아저씨는 이야기를 하면 할수록 신바람이 나셨다. 그날 밤 샹 아저씨가 떠난 뒤에도 아버지는 날 새는 줄을 모르셨다. 이어 며칠 동안 아버지는 자신이 참여했던 중대 형사사건의 수사 과정을 들려주었다.

아버지를 즐겁게 해주려고 집중해서 듣는 척한 건 아니었다. 아버지 입에서 나오는 단서 분석, 사방을 돌아다니며 벌인 탐문, 범죄 주변을 맴돌며 각 세력 간의 알력 사이에서 돌파구를 찾아 사건을 해결한 경험이 재미있게 읽는 추리소설보다 더 자극적이고 매력적이었다. 어떤 때는 이야기 중간에 끼어들어 몇 가지 질문을 던지기도 했는데, 그때마다 훨씬 더 흥미로운 내막이 이어졌다. 자신이 최고의 인터뷰 대상을 찾은 기자가 되어 사람들이 알지 못하는 신기한 이야기를 파헤치고 있는 듯한 느낌이 들었다.

'이걸 아예 글로 써봐?' 이런 생각이 들어 아버지에게 의견을 물었다. 아버지는 잠시 생각에 잠기셨다. "써서 발표할 거지? 그럴 거면 안 쓰는 게 낫겠다. 만일 사건 관련자가 봤다가 무슨 논란이 생길지 누가 알겠냐."

'쓰면 당연히 발표를 해야지. 게다가 요즘 발표할 수 있는 경로가 얼마나 많은데, 혼자만 간직하고 있으면 무슨 의미가 있어?'

"사건이랑 인명을 바꾸면요?" 그가 물었다.

"그럼 좀 낫기는 하지. 이렇게 하자." 아버지가 말했다. "앞으로 사건 수사 경험을 얘기할 때는 실명은 일절 쓰지 않으마. 내용은 네가 창작 소재로 써먹어도 문제없어. 하지만 너도 창의성을 발휘해서 양념을 쳐봐. 그냥 그대로 베껴 쓰기만 하지 말고. 어떠냐? 너 온종일 이것저것 끄적거리다가 허구한 날 무슨 문학상이니 뭐니 그런 데 나가니까 이런 거 요구한다고 문제가 되지는 않겠지?"

그는 약간 감동했다.

늘 아버지가 자신의 창작에는 손톱만큼도 관심이 없다고, 심지어 자기가 이미 여러 차례 문학상을 받아 인정받았다는 사실도 모르시리라 생각했다. 그런데 이렇게 대수롭지 않게 언급하시는 걸 듣고 나서야 아버지가 계속 자신에게 관심을 두고 계셨다는 걸 깨달았다.

그는 블로그에 아버지의 이야기를 글로 쓰기 시작했다.

몇 년 전에 연 블로그였는데, 원래는 자신이 쓴 글을 발표할 용도로 개설한 것으로, 실제로 한동안은 진지하게 글을 쓰기도 했다. 다만 몇 개월 지나고 나니 소설을 쓰려 해도 소재가 없고, 산문을 쓰려 해도 자신의 일상생활에서 딱히 쓸 만한 게 없다는 사실을 깨닫게 되었다. 어차피 블로그까지 와서 작품을 읽는 독자도 손에 꼽을 정도여서 그냥 내팽개쳐놓은 바람에 블로그는 나날이 썰렁해졌다. 이제 와 다시 글을 쓰려고 했다가 하마터면 로그인 비밀번호도 깜빡할 뻔했다.

아버지가 흥미로운 소재를 제공해주신 덕인지, 아니면 그가 글을 올린 뒤 그중 재미있는 단락이 원본글 링크까지 삽입되어 페이스북으로 옮겨진 까닭인지, 잡초만 무성했던 블로그가 인기를 끌기 시작했다. 매번 글이 삽입된 페이스북 '좋아요' 클릭수를 볼 때마다 소소하게 마음이 들뜨고 설레었다.

하지만 동시에 희미하게 부끄러운 기분이 들기도 했다.

부자 두 사람이 분명히 함께 살아왔건만, 조금씩 나이를 먹은 뒤로는 본인이 나서서 아버지 일에 관심을 기울인 적이 거의 없었다. 요즘 들어 아버지 이야기를 듣게 되면서 그제야 그간 자신의 무관심에 놀라고 말았다.

그는 범인 잡는 경찰을 주인공으로 내세운 이 시리즈 작품에 「영웅들」이라는 제목을 붙였다.

집에서는 늘 과묵하기만 했던 아버지가 입원한 며칠 동안은 청산유수로 말을 쏟아내며 이야기를 맛깔나게 풀어내셨다. 한번은 이런 의심도 들었다. '다리 수술이 숨어 있던 모종의 스위치를 건드려서 아버지의 이야기보따리가 열리는 바람에, 아버지가 말수 적은 경찰에서 토크쇼 사회자로 바뀌기라도 하신 건가?' 하지만 이어서 생각을 바꾸었다. 아버지의 이야기를 통해 근무를 서고 수사를 할 때 아버지가 온갖 어중이떠중이에 서로 다른 계층의 사람들과 접촉해야 했다는 걸 알 수 있었다. 아버지가 집에서 말수가 적었던 이유는 그저 아들과 무슨 이야기를 해야 할지 모르셨기 때문이었다.

아버지는 얼마 전 출동을 나갔다가 날카로운 무기에 허벅지를 베인 적이 있었다. 그때는 단순한 찰과상인 줄 알고 간단하게 약을 바르고 붕대만 감았지 의사에게 진료받지는 않았다. 상처 부위가 벌겋게 부어오르면서 달아오르고 서서히 커지는데도 아버지는 센 척하며 버티기만 하셨다. 그러다 열이 나기 시작하자 그제야 상관의 명령에 따라 진찰을 받았다. 의사는 찰과상이 이미 연조직염으로 변했다며 수술로 고름을 빼내야 한다고 했고, 그런 뒤에도 한동안은 병원에 입원해야 한다고 말했다.

"경찰 밥 먹으면서 크고 작게 다치는 일이 한두 번도 아닌데, 이렇게 심각해질 줄 알기나 했겠냐?" 아버지가 말씀하셨다. "정상적으로 돌아다니지 못하면 답답해서 죽어. 너랑 잡담 떨 기회라도 생겼으니 그나마 다행이지. 온종일 병원에 있으려니 너도 따분해 죽을 지경이지?"

아버지는 수술이 끝난 뒤 거동이 불편해지셨다. 누군가 옆에서 돌봐주는 편이 나았다. 어차피 여름방학이 돼서 한가한 터에 흥미로운 창작 소재도 주워들을 수 있고 아버지와의 관계도 회복할 수 있으니 따분하다는 생각은 조금도 들지 않았다.

"그렇게 많은 사건을 해결하셨는데, 그중에 지금까지 해결하

영웅들

지 못해서 너무 안타까운 사건은 없으세요?" 그가 물었다.

"미해결 사건이 어디 하나밖에 없겠냐." 아버지가 목을 가다듬었다. "나는 명탐정이 아니라 그냥 경찰이야. 게다가 예전에는 수사 기법도 그렇고, 과학수사도 아직 보편적이지 않았어. 증거 분석 속도도 느린 편이었고. 서에 일손은 부족하지, 크고작은 사건은 끝도 없이 터지지, 어떤 때는 수사 도중에 밀쳐두기도 했어. 어쩔 도리가 없었지."

"그럼 범인을 잡았는데도 사건이 해결되지 않은 경우도 있었어요?" 그가 다시 물었다.

"범인 잡고 사건 해결했다고 발표까지 했지만, 여직 미해결 사건이라는 생각이 드는 사건이 하나 있지."

"범인을 잡았는데도 사건이 해결되지 않았다고요? 왜요?"

"피해자 시체를 못 찾았거든."

깊은 밤, 아버지는 벌써 잠이 드셨다. 그는 병실에 앉아 노트북을 켜고 아버지가 오늘 해주신 이야기에 살을 덧붙여 소설을 썼다. 조용히 자판을 두드리는데, 휴대전화가 진동하기 시작했다.

그는 휴대전화 액정 화면을 보다 입꼬리를 올리며 미소를 짓더니, 자리에서 일어나서 병실 밖으로 걸어 나가 전화를 받았다.

"괜찮아? 아버님은 괜찮으셔?" 남자 친구의 관심 어린 목소리가 휴대전화에서 전해졌다.

　남자 친구는 한 학년 아래 공대 후배였다. 운동을 좋아해서 툭하면 포스터 속 운동선수의 탄탄한 근육선을 보며 감탄을 금치 못하곤 했다. 그래서 사귀기 시작한 뒤에 계속 피트니스 센터를 다니기로 한 것이었다. '그까짓 운동선수들이 뭔데? 이 몸이 진짜 몸짱 뇌섹남의 모습을 보여주겠어!'

　"난 아주 잘 지내. 아버지 수술 후 상태도 괜찮으시고. 다만 제대로 다니실 수 없으니 너무 불편하다고 계속 투덜대시기는 해." 그가 웃으며 대답했다. "넌?"

　"학기 내내 집에 안 왔잖아. 엄마 잔소리에 귀에 딱지가 앉을 지경이야." 남자 친구도 웃었다. "하지만 시골은 너무 따분해서 빨리 학교로 돌아가고 싶은 마음이 굴뚝같아."

　"학교로 돌아가고 싶은 거야, 아니면 내가 보고 싶은 거야?" 그가 남자 친구를 놀렸다.

　"알면서 묻지 마시고." 남자 친구의 말투가 뾰로통한 느낌이라고는 하나도 없이 너무나 달콤하게만 들렸다.

* * *

　아버지 입에서 나온 그 '범인을 잡았는데도 해결되지 않은' 사건은 그가 태어나기 전에 일어났는데, 과정이 우여곡절투성이였다. 그는 연이어 사흘을 글 쓰는 데 매달렸다. 진도는 이미 경찰이 용의자를 잡았으나 용의자가 진술한 시신 매장 지점이 계속 달라지는 바람에 여전히 시체를 찾지 못하는 장면까지 나가 있었다.

「영웅들」은 그가 블로그에 글을 쓰기 시작한 이래 조회 수가 가장 높은 글이 되었다. 매번 페이스북에서 공유되는 단락에도 적잖은 네티즌이 '좋아요'를 클릭하거나 댓글을 남겨주었다. 그는 이런 생각을 하기 시작했다. '마지막 결론을 '여전히 시체를 찾지 못했다'고 사실대로 써야 할까? 그러면 네티즌들이 읽고 나서 불만족스러워하지 않을까? 아니면 사람들이 입이 마르도록 칭찬할 기막힌 마무리를 설계해야 할까? 그런데 그걸 어떻게 설계해야 하지?'

생각에 잠긴 채 블로그의 '좋아요' 클릭 수를 점검하다가 언뜻 사적으로 보내온 메시지가 눈에 들어왔다. 이런 메시지는 블로그 페이지에서는 보이지 않고, 그처럼 이렇게 글쓰기 인터페이스에 들어가야 볼 수 있었다.

메시지를 남긴 사람은 자신이 페이스북에 공유된 글을 보고 이 블로그를 찾아오게 되었으며, 그와 소설 줄거리에 관해 토론하고 싶어 개인 메시지를 남겨 연락하게 되었다고 설명했다.

이 사람이 메시지를 남기면서 사용한 닉네임은 '아귀'였다.

아귀는 그가 최근에 올린 글 몇 편에 이상한 문제가 있다고 언급했다.

경찰이 단서 추적 끝에 체포한 용의자의 별명은 다허大河로, 학력이 높지 않고 일정한 직업이 없었으며, 스물몇 살에 이미 지방에서 조폭 우두머리로 이름을 날린 자였다. 그는 퇴학당한 미성년 소년들을 끌어들여 빚 독촉 일을 시켰다.

다허는 적어도 두 개의 사건에 연루된 것으로 고발당했다. 하나는 한 여성 보험 판매원을 상대로 한 강도 및 토막살인 사건이고 다른 하나는 초등학생 유괴 및 몸값 요구 사건이었다. 두 사건은 서로 다른 소도시에서 대략 한 달 차이로 일어났다. 당시 아버지가 참여한 사건은 초등학생 유괴 사건으로, 아버지는 다허를 신문할 때도 이 사건을 위주로 조사했다.

유괴된 초등학생의 이름은 샤오루小路였다. 사건 발생 당일은 12월 말로 크리스마스를 며칠 앞두고 있던 시점이었다. 샤오루는 학교가 파한 뒤 학원에 가서 수업을 들었다. 늘 하던 대로라면 학원 수업을 마치고 부근에서 가족을 기다렸겠지만, 그날 밤 가족이 학원에 도착했을 때, 샤오루는 그림자도 보이지 않았다. 약 한 시간 뒤, 샤오루의 가족은 몸값 요구 전화를 받았다. 유괴범은 샤오루를 돌려주는 대가로 100만 위안을 요구했다. 샤오루의 가족은 돈을 마련한 다음 유괴범의 요구대로 고속도로 남쪽 방향 모 구간에서 돈을 넘겨주었으나 샤오루는 결코 풀려나지 못했다.

새해가 시작된 지 얼마 되지 않은 시점에 경찰 측은 비밀 제보를 받고 먼저 공범 몇 명부터 체포했다. 신문 과정에서 공범들은 샤오루가 이미 살해되었으며 다허가 바로 주범이라고 진술했다.

다허는 이렇게 해서 체포되었다. 그해 10월, 경찰은 사건이 해결되었다고 발표했다.

그러나 샤오루의 시체는 계속 찾지 못했다.

"우리랑 검사야 당연히 다허를 신문했지." 아버지가 말했다. "하지만 계속 결과가 나오지 않았어."

"다허가 협조적으로 나올 생각이 없어서 말을 하지 않은 거 아녜요?" 그가 어림짐작해보았다.

"아니, 다허는 아주 협조적으로 나왔어. 매번 신문할 때마다 시체를 숨긴 지점을 알아낼 수 있었지." 아버지는 콧방귀를 뀌었다. "문제는 다허가 우리한테 알려준 지점이 매번 다 달랐다는 거야."

"매번 달랐다고요?" 그의 눈이 휘둥그레졌다.

"그래. 매번 다허가 진술한 지점으로 출동해서 시체를 찾는다고 한나절을 바삐 보내고 나면 피곤해 죽을 지경이었지만, 결국에는 아무것도 찾지 못했어." 아버지는 부아가 나서 말씀하셨다. "다시 다허를 신문하면 이 작자가 또 다른 지점을 불고, 그러면 전체 과정을 다시 한번 반복해야 했지. 경찰이 하는 일은 태반이 헛수고야. 난 우리가 한 일이 헛수고가 돼서 언짢았던 게 아니었어. 대다수 사건에서는 헛수고 몇 번 하면 결국 그중한 번으로 사건에 진전이 있게 마련이거든. 그런데 다허가 사체를 숨긴 지점을 도합 열 군데나 내놓았는데도 그중 하나도 정확한 게 없었어. 그놈이 작정하고 우리를 갖고 논 거지."

　　작가님 작품에서 바로 여기가 제가 문제가 있다고 생각하는 부분입니다.

아귀가 메시지에서 지적했다.

　　이야기의 맥락으로 볼 때, 시체를 찾았든 찾지 못했든 상관없이 다허의 죗값은 가벼워지지 않습니다. 반대로 다허가 협조적으로 나오면 오히려 형량을 줄이는 데 그나마 도움이 되죠. 어째서 이런 플롯을 배치하셨을까? 너무 궁금해서 혼자 추측을 좀 해보았습니다. 만일 제 메시지에 답할 의사가 있으시다면, 후속 플롯을 놓고 토론을 벌여보고 싶습니다.

　　소위 독자 반응이라는 걸 처음 접한 데다 상대가 진지하게 메시지를 써 보내는 바람에 그는 순간 어떻게 반응해야 할지 감이 잡히지 않았다.

　　아버지의 설명에 따르면, 다허는 사형을 면하기 어렵다는 걸 알고 한바탕 낚시질을 해서 경찰을 원숭이 데리고 놀 듯 갖고 논 것이었다. 구치소에 갇혀 있기는 해도 경찰이 바깥에서 자기가 멋대로 지껄인 지점을 찾아가 이리 뒤지고 저리 찾고 있을

꼴을 생각하면 기분이 째질 지경이었을 것이다.

　어쩌면 아귀의 메시지에 더 명확하게 답신을 써 보내야 하는지도 모른다.

　하지만 그는 후속 토론을 벌이고 싶지 않았다. 뭘 어떻게 해야 할지 아예 생각도 하지 못했기 때문이었다.

＊ ＊ ＊

　점심이 지난 뒤, 아귀의 두 번째 개인 메시지가 도착해 있었다.

> 오늘 오전에 업데이트하신 내용 읽어봤습니다. 이번에 묘사하신 다허의 심리 상태는 별로 설득력이 없더군요.

　아귀가 첫 번째 메시지에서 다허가 시종일관 정확한 시신 매장 지점을 진술하지 않은 점이 너무 이상하다고 지적했기에, 어젯밤 이 상황에 대한 아버지의 견해를 정리해서「영웅들」속에 형사와 기자의 대화로 삽입한 터였다. 물론 아귀의 의혹은 기자의 질문으로, 아버지의 견해는 형사의 대답으로 바꾸어놓았다.

　블로그에「영웅들」진도를 업데이트하고 나자 잠이 쏟아져서 컴퓨터를 끄고 자기로 했다. 잠에서 깬 뒤 짬을 내 아귀의 메시지에 답신을 보냈다. 다음 날 아버지를 모시고 점심밥을 먹고 나서 아버지가 잠시 쉬시는 사이 컴퓨터를 켜보니 뜻밖에도 아귀에게서 벌써 새 메시지가 와 있었다.

게다가 메시지 말투가 좀 무례했다.

아귀는 분명히 최근 업데이트한 부분이 자신이 메시지로 제기한 문제에 대한 답변임을 알아차렸을 것이다. 하지만 딱 봐도 아귀가 형사의 말에 전혀 동의하지 않는다는 건 확실히 알 수 있었다.

'그렇다고 이렇게 대놓고 이야기할 필요는 없잖아.'

아귀는 그가 페이스북에 공유한 단락을 보고 블로그까지 왔다고 했다. 그는 문득, 그렇다면 아귀가 자신의 페이스북 친구 중 한 사람일지도 모른다는 생각이 들었다.

그는 자칭 신중하게 친구를 사귀는 사람이다. 특히 인터넷에서는 더욱 그렇다. 페이스북 팔로우 기능도 열어놓지 않았고 페이스북 친구 수도 많지 않았다. 원래 사고방식이 이런 사람이었다. 그래서 휴대전화 페이스북 앱에서 '친구 목록'을 클릭해 아래로 스크롤을 쭉 내리다가 명단이 거의 끝없이 이어진다는 걸 깨닫고는 깜짝 놀라고 말았다. 친구 목록에서 나와 '프로필 정보 수정'을 클릭해보니 페이스북 친구가 100명이 넘었다.

도대체 언제 어물어물 이렇게 많은 친구를 추가한 걸까?

페이스북 친구 100명이 어떤 사람들에게는 분명히 별거 아니다. 알고 지내는 친구 중 페이스북 친구 수가 100명에 0이 하나 더 붙는 이들이 한둘이 아니었다. 그런데 이 페이스북 친구 100명을 다시 살펴보다 보니 그중 반 이상이 전혀 모르는 이름이었고, 나머지 아는 이름 중 몇몇은 자신이 겁도 없이 친구 요청 메시지를 보냈던 문단 선배들이었다. 비록 상대가 친구 요청을 수락하기는 했지만 사실 교류는 없었다. 나머지 자신이 아는, 실제 서로 오가는 페이스북 친구는 대략 스무 명에서 서른 명밖에 되지 않았다.

이 100명의 이름 속에서 '아귀'라는 이름은 전혀 보이지 않았다.

만일 아귀가 그가 모르는 그 50여 명의 페이스북 친구 가운데 하나라면, 그로서는 아귀가 그중 누구인지 전혀 알 도리가 없었다. 설사 아귀가 그가 아는 다른 50여 명 중에 있고, 심지어 평상시 오가는 스무 명에서 서른 명의 페이스북 친구 중 한 명이라 해도, 그중 누구인지는 그도 확신할 수 없었다.

게다가 「영웅들」이 받은 '좋아요' 수와 공유된 횟수가 적지 않으니, 어쩌면 아귀는 그의 페이스북 친구가 아니라 다른 사람의 페이스북 타임라인에서 글을 본 사람일 수도 있었다. 이렇게 되면 그로서는 아귀가 누군지 영원히 찾아낼 방법이 없었다.

'그만두자.' 속으로 한숨을 쉬고는 휴대전화 페이스북 앱에서 나오는데, 얼핏 병실 문 앞에 서 있는 상 아저씨가 보였다.

"젊은 애가 온종일 컴퓨터만 보고 있으니, 도무지 뭐가 그렇게 바쁜 건지 알 수가 없네." 샹 아저씨가 허허 웃으며 병실로 걸어 들어오시더니 손에 들린 과일 바구니를 침대 옆 탁자에 내려놓았다.

"사람만 오면 됐지, 이런 걸 뭐 하러 들고 와?" 아버지가 언제 깼는지 일어나 계셨다.

"지난번에 여기 왔다 집에 갔더니만 우리 마누라가 30년 전에 자기 생일 까먹은 것부터 시작해서 저번에 병문안 올 때 과일 안 가져온 것까지 쭈욱 잔소리를 해대더라니까요. 잔소리 무서워서 안 가져올 수가 있어야지. 제발 좀 받아줘요." 샹 아저씨가 능청스럽게 사정하는 시늉을 하며 지폐를 한 장 꺼내셨다. "아저씨 대신 아래 내려가서 캔 음료 세 개만 사 와라. 내 거는 콜라 사고, 나머지는 네가 알아서 골라 와."

"헛돈 쓰지 마." 아버지가 말리셨다.

"내가 마시고 싶어 그러우. 나 마시는 김에 두 사람도 사주는 거지." 샹 아저씨가 과일 바구니 뚜껑을 열어 사과를 한 알 꺼내셨다.

"그러면 다행이고."

"당연히 그렇죠. 안 그랬다가는 집에 가서 마누라한테 돈 어디다 썼는지 보고하기 엄청 힘들다니까요. 우리 마나님이 제일 꼴 보기 싫어하는 게 내가 쓰레기 음료수 사 먹는 거거든." 샹 아저씨가 주머니에서 스위스 칼을 꺼내더니 주변을 쓱 둘러보셨다. "접시 있나?"

* * *

음료수를 들고 병실로 돌아갔더니, 샹 아저씨는 이미 침대 옆 의자에 앉아 아버지와 웃으며 잡담을 늘어놓고 계셨다.

"고맙다. 자, 사과 먹어라." 샹 아저씨가 한 손으로 콜라를 받으며 다른 한 손으로 깎아서 잘라놓은 사과를 접시에 담아 넘겨주셨다. "네 아버지한테 들으니까 너 요즘 예전에 우리가 수사했던 사건들을 소설로 바꿔 쓰기 시작했다며? 작가라도 되고 싶은 거냐? 그거 괜찮지!"

"내 체격을 물려받아놓고 글재주 부리는 걸 좋아하니." 아버지가 고개를 내저었다. "말을 해도 어디 들어먹어야지."

"체격 좋으면 작가 못 된다고 누가 그럽디까? 거 답답하게 좀 굴지 마쇼!" 샹 아저씨가 그에게 말했다. "아버지 잔소리는 신경 쓰지 마라. 아저씨가 응원해주마."

"이 자식이 점점 더 아래위가 없어지네." 아버지는 눈살을 찌푸렸지만 웃음을 참지 못하셨다. "차렷해! 선배님이라고 부르고!"

"선배님, 그런 레퍼토리는 남겨뒀다가 생짜 신입 놀랠 때나 써먹으슈!" 샹 아저씨는 아버지는 신경도 쓰지 않은 채 그에게 앉으라고 턱짓을 했다. "글 쓸 때 보충 자료 필요하면 나한테 물어봐라. 네 아버지 노망나서 이거 까먹고 저거 빠뜨리고 얘기할까 봐 그런다."

"내가 겨우 세 살 많은데 무슨!" 아버지가 소매를 걷어 올리셨다. "팔씨름하면 너 같은 자식은 가뿐히 이기고도 남아!"

"팔씨름 잘한다고 머리 좋은 것도 아니고." 샹 아저씨가 아버지를 바라봤다. "그리고 이 몸은 환자 괴롭히고 싶지도 않습니다요."

"아저씨," 옆에서 조용히 두 사람이 피우는 소란을 지켜보던 그가 입을 열었다. "정말 아저씨한테 여쭤보고 싶은 게 하나 있는데요."

"다허?" 샹 아저씨는 영문을 모르겠다는 듯 아버지 쪽을 바라보셨다.

아버지가 설명했다. "한 30년 전에 있었던 그 초등학생 유괴 사건 있잖아. 주요 용의자는 잡았는데 끝까지 인질 시신을 못 찾았던 그 사건 말이야. 불필요하게 성가신 일 생길까 봐 내가 실명은 얘기 안 해줬어."

"아아, 그랬구만." 샹 아저씨는 그제야 감을 잡으셨다. "네가 묻고 싶은 게 어째서 그…… 다허가 잡히고 나서도 시체 유기한 지점을 말하지 않았느냐 그거냐?"

"예." 그가 말했다. "아버지 말씀으로는 다허가 일부러 경찰들

영웅들

을 갖고 논 거라고 하시는데, 다허야 이미 체포된 마당인데 솔직히 말해야 형량이니 뭐니 좀 유리해지는 거 아닌가요?"

"네가 알아야 할 게, 다허한테 걸려 있던 죄명이 하나가 아니었다는 거야. 살인죄도 하나 걸려 있었거든." 샹 아저씨가 그를 바라보자, 그는 고개를 끄덕였다. 아저씨가 계속 말씀하셨다. "당시 상황으로는 시체 유기 지점을 말하든 말든 다허가 사형을 면할 수 없기는 매한가지였다고. 그러니 그놈이야 당연히 경찰들 편하게 해주고 싶지 않았겠지. 어쨌든 자기는 죽은 목숨이니."

샹 아저씨는 계속 설명을 이어갔다. 똑똑한 아이였던 샤오루는 유괴범에게 속아서 차에 올랐을 가능성이 그다지 높지 않았다. 더구나 학원이 바로 시내에 있었고, 샤오루가 평소 늘 가족을 기다리던 곳이 절대 외진 곳이 아니었기에 샤오루가 폭력에 의해 차로 납치되었다고 보기 어려웠다고 했다. 만일 그랬다면 행인의 주의를 쉽게 끌었을 거라고 말이다.

유괴 사건의 진행 과정에서 인질범이 경찰에게 공략당하기 가장 쉬운 부분이 바로 인질의 몸값을 넘겨받을 때다. 그렇지만 샤오루 사건에서는 인질범이 여기서도 전혀 허점을 보이지 않았다.

순조롭게 납치했고 순조롭게 돈을 받아 갔다. 경찰은 다허가 샤오루를 유괴하기 전 이미 완벽하고 구체적인 계획을 짜두었으며, 저지를 수 있는 실수를 하나하나 세심하게 따져봤다고 판단했다. 체포된 다른 공범이 배신하지 않았다면 다허는 아마 지금까지도 유유히 법망을 빠져나간 채 살고 있었을 가능성이 매우 높았다.

"그렇게 완벽하게 계획을 짰는데도 결국 잡혔으니 틀림없이 직성이 풀리지 않았을 거야. 그래서 끝까지 시신 유기 지점을 실토하지 않았던 거라고." 샹 아저씨가 결론을 내리셨다. "다허는 아주 잘 알고 있었어. 시체를 찾지 못하면 유가족과 경찰로서는 사건이 끝나지 않은 것 같은 느낌을 받을 거라는 걸 말이지."

"게다가 그때 다허가 겨우 스물두 살이었으니 나이라고 해봤자 지금 너보다 좀 더 먹은 정도였는데, 밑에 데리고 있는 애들은 또 적지 않은 우두머리였다고." 아버지가 끼어드셨다. "젊어 혈기가 왕성할 때는 원래 경찰이랑 맞짱 뜨는 법이지 않냐."

"젊어 혈기 왕성할 때 얘기가 나와서 말인데," 샹 아저씨가 웃었다. "우리도 그때는 대충 그 나이대였잖수."

"게다가 이게 그때는 엄청나게 큰 사건이라, 신문에서 매일 떠들어댔단 말이야. 샤오루 아버지가 또 이런저런 인맥 다 동원해서 사건 수사 진도에 관심을 보이는 바람에 윗선에서 아주 바짝 쪼아댔어." 아버지가 회상했다. "위에서는 매일같이 사건 해결하라고 독촉을 해대는 판에 우리가 할 수 있는 일이라고 해봤자 다허 찾아가서 신문하는 것뿐인데 이 작자가 계속 잘못된 지점을 내놓은 거야. 그야말로 개자식이었지."

"우리가 매일같이 초조해하면서 분통을 터뜨리며 찾아갔으니," 샹 아저씨가 말을 이어받았다. "다허가 이 일로 경찰들을 갖고 놀 수 있겠다고 알아챈 거라고."

"그때 윗선들이 진짜 우리 찍어 눌러대는 데는 선수였지." 아버지가 한숨을 쉬셨다.

* * *

그는 한참을 생각하다가 아귀의 개인 메시지에 회신을 보내기로 했다. 아귀가 두 번째 메시지를 남기면서 그다지 예의를 차리지는 않았지만, 그래도 저렇게 진지하게 소설을 읽어줬는데 그걸 보고 모른 척하자니 약간 미안한 생각이 들었다.

다허는 안 그래도 마음이 언짢은 판에 젊어 왕성한 혈기에 뜻하지 않게 체포되었으니 경찰과 유가족이 원하는 대로는 해주고 싶지 않았고, 그래서 계속 잘못된 시신 매장 지점을 알려줬다. 그는 아버지와 샹 아저씨의 말을 정리해서 답장을 썼다. 이것이 자신이 설정한 다허 캐릭터라고 설명하면서, 앞으로 이어질 줄거리에서 기회를 봐서 다허의 대사를 통해 이런 생각을 드러낼 예정이라고 밝혔다. 그는 아귀의 메시지에 삽입되어 있던 전자메일 계정으로 답신을 보냈다.

미처 메일함에서 로그아웃도 하지 않았는데, 아귀의 답 메일이 도착했다. 메일에는 딱 일곱 글자뿐이었다.

말이 안 되는데요.

'저기, 이봐, 이 아귀라는 사람 정말 너무하네!' 독자가 작가에게 이러니저러니 불평하는 것도 모자라 아예 노골적으로 의혹을 제기하다니. 그는 눈을 부릅뜨고 아귀의 답 메일을 보면서 속으로 생각했다. '이거 100퍼센트 리얼한 제1차 자료에서 나온 거라고!'

어떻게 답변을 보내야 할지, 답 메일을 보낼지 말지 아직 생각도 못 한 참인데, 아귀가 또다시 메일을 보내왔다.

아까는 너무 급하게 답신을 보내느라 실례를 범했습니다. 죄송합니다.

아귀의 이번 메일은 사과로 시작됐다.

하지만 솔직히 말씀드릴 수밖에 없습니다. 작가님이 다허라는 캐릭터를 정말 이렇게 생각하고 설정하셨다면, 이 설정이 줄거리 전체를 망가뜨리고 말 거라고 말이죠.

'으응?' 그는 눈살을 찌푸린 채, 계속 아래로 읽어 내려갔다.

영웅들

앞에서 사건을 묘사할 때 언급하신 바 있습니다. 다허는 교육 수준이 높지 않고, 일찌감치 조폭 세계에 발을 들여놨으며, 받아들인 밑의 애들도 모두 중퇴생이라고 말이죠. 제가 읽어본 느낌으로는 다허는 결코 지능형 범죄자가 아닙니다. 경찰 입에서 나온 것처럼 그치들에게 거의 완벽에 가까운 유괴 계획을 세울 능력이 있었다는 건 상상도 할 수 없습니다.

물론, 학력이 낮다고 해서 똑똑하지 않은 건 아닙니다만, 선생님께서 경찰을 데리고 놀 정도의 능력을 갖춘 범인 캐릭터를 구축하고 싶으신 거라면 앞부분에서 독자가 그 점을 느낄 수 있게 하셨어야 합니다.

아귀는 그가 앞에서 썼던 관련 부분을 하나하나 열거했다. 다허가 빚 독촉을 할 때 보인 오만방자한 행동 스타일이 언급된 부분도 있었고, 경찰들이 다허를 놓고 내린 관련 평가가 나오기도 했다. 쭉 읽어보니 정말 다허가 무슨 대단히 똑똑한 조폭은 아니다 싶었다.

설마 아귀가 창작 경험이 풍부한 문단의 모 선배이기라도 한 걸까, 일부러 이름을 숨기고 지적하고 있는 걸까? 그는 화들짝 놀라 서둘러 답장을 보냈다.

아귀 선생님, 여쭙고 싶은 게 있습니다. 제가 지난 메일에서 한 얘기가 다허의 생각이 아니라 경찰의 추측이라면 원래 줄거리가 성립될 수 있을까요?

저는 그냥 평범한 독자일 뿐이니, 선생님이라고 부르지는 말아주십시오.

잠시 뒤, 아귀가 답신을 보내왔다.

경찰이 이렇게 추측했다 해도 여전히 성립되지 않습니다. 하지만 그게 경찰이 대외적으로 한 말이라면, 성립되죠.

'무슨 뜻이지?' 알아들을 수가 없어 질문을 보냈다.

좀 더 명확하게 설명해주실 수 있을까요?

또 잠시 기다렸더니, 아귀의 메일이 나타났다.

앞서 나온 줄거리로 보면 경찰은 다허가 이런 납치 범죄를 저지를 만한 자인지 아닌지 사실 아주 잘 알고 있습니다. 다허가 체포된 주원인은 누군가 다허의 짓이라고 불어버렸기 때문이죠. 하지만 앞선 줄거리로 볼 때, 다허와 연결 지을 만한 유력한 증거는 거의 없다시피 합니다. 다시 말해서, 공범의 증언 외에 '다허가 주범이다'라고 느끼게 할 만한 유일한 뭔가가 겨우 '느낌'뿐이라는 겁니다. 다허가 지방의 조폭 우두머리니 틀림없이 범인일 거라는 느낌 말이죠. 우리로서는 공범이 거짓말을 했는지, 증언이 믿을 만한지 알 수 없습니다. 다른 증거라고는 없이 증언 하나에만 기대 다허에게 죄가 있다고 단정한다면 그건 너무 빈약한 거죠.

아귀는 경찰이 범인은 바로 다허라고 확신한 판국이니, 다허를 체포하고 사건이 해결됐다고 공포한 뒤라면, 설사 다허가 이런 범죄를 저지를 만한 능력이 없다 해도 최선을 다해 다허를 진짜 범인으로 만들어버리려고 했을 수도 있다고 지적했다. 다허가 매번 잘못된 시신 매장 지점을 내놓은 이유가 경찰을 골탕 먹이려고 한 짓이 아닌, 시신이 어디 있는지 전혀 몰라서 그랬을지도 모른다는 말이었다.

그는 식겁하고 말았다.

선생님 말씀은 경찰이 다허가 진범이 아니라는 사실을 똑똑히 알고 있으면서도 그냥 그대로 밀고 나갔다는 건가요? 그게 가능한 일인가요?

아시겠지만 이야기의 구성에는 몇 가지 필수 요소가 있습니다. 전제, 주제, 인물, 플롯 그리고 설정. 그중 '설정'에는 상황이 발생한 시간과 공간 설정이 포함됩니다.

아귀의 답장 내용은 문제에 대한 정면 대답이 아닌 창작 수업에 가까웠다.

이전에 게재하신 줄거리에 명확한 시간과 공간 배경을 언급하신 적이 없기는 합니다만, 저는 이 사건이 분명히 1980년대 말에 일어났으리라 짐작했습니다. 이야기 속 경찰의 수사 수법을 보면 현대에 상당히 근접해 있기는 하지만 어떤 인물도 휴대전화를 쓰지 않거든요. 만일 선생님께서 정말로 이야기의 무대를 1980년대 말의 타이완으로 설정하셨다면, 당시 경찰이 이렇게 큰 사건을 실제로도 이렇게 처리했을 가능성이 있습니다. 제 말이 선생님이 처음 설계하신 이야기와는 다르다는 걸 잘 알고 있습니다만, 후속 수정하실 때 그 시대 관련 자료를 찾아서 참고해보시는 것도 괜찮을 것 같습니다. 수정을 거친「영웅들」이 뛰어난 작품이 되리라 믿습니다.

'아귀라는 사람, 읽어도 너무 꼼꼼하게 읽은 거 아냐?' 샤오루 사건이 자신이 태어나기 전에 일어났다고 아버지가 말씀하셨으니, 실제로 1980년대의 마지막 몇 년 사이에 일어난 사건일 가능성이 있었다. 하지만 그는 소설을 쓰면서 이야기 속에 휴대전화가 등장했는지에는 전혀 주의를 기울이지 않았다.

그렇지만 아귀도 그의 의문을 풀어주지는 못했다.

이건 아버지나 샹 아저씨에게 물어볼 수 있는 일이 아니었다.

'내가 직접 자료를 찾아봐야 해.' 이런 생각이 들었다.

＊＊＊

아버지가 일부러 관련 인물의 실명을 감추기는 하셨지만 아귀의 말처럼 사건 자료는 결코 찾기 어렵지 않았다. 이 사건은 그해 전국적으로 알려지며 나라를 뒤흔든 사건이었다. 무슨 기밀 문건을 찾을 필요도 없이 인터넷에 접속하기만 해도 관련 보도와 논평이 무더기로 쏟아졌다.

하지만 자료를 찾다 찾다 식은땀을 흘리게 될 줄은 미처 예상하지 못했다.

우선, 다허가 잡힌 뒤 자백한 진술 내용의 앞뒤가 모순투성이였다. 어떤 때는 자기가 주범이라고 인정하다가 또 어떤 때는 자기는 사건에 연루되지 않았다고 했다. 사실 다허만이 아니라 사건 관련 모든 피고가 체포된 뒤 죄를 인정했다가 이를 뒤집은 진술 기록이 남아 있었다. 자기가 범죄를 저질렀다는 걸 인정하고 싶지 않은 마음이야 이해가 갔지만, 이런 건 체포되자마자 나와야 하는 반응 아닌가? 어떻게 처음에는 인정했다가 나중에 억울하다고 하소연한단 말인가?

설사 체포 직후 순간적으로 긴장한 탓에 인정했다가 나중에야 잡아떼고 싶어졌다 해도 수사 과정에는 여전히 수많은 의문점이.남아 있었다. 당시 경찰 측은 범인이 유괴 후 몸값을 요구한 쪽지에서 지문을 채취했으며 몸값 요구 전화의 녹음 내용에서 성문聲紋*을 확보했다. 그런데 이 증거들을 다허의 그것과 비교했더니 들어맞지 않았다. 다허는 당시 외부 현시縣市**에서 차를 빌려 타고 아이를 유괴했다고 진술했고, 경찰도 분명히 이웃 현의 렌터카 업체에서 차량 렌트 계약서를 찾아내기는 했다. 계약서에는 다허의 친필 서명도 있었다. 문제는 계약서에 기록된 차량 대여 시각이 샤오루가 유괴된 뒤였다는 점이었다. 다시 말해 계약서에 따르면, 샤오루의 가족이 샤오루가 실종되었다는 걸 깨닫고 집에서 몸값 요구 전화를 받았을 때, 다허가 다른 현시의 렌터카 업체에서 차를 빌렸다는 이야기였다.

'그래.' 그는 자료를 보며 머리를 긁적였다. 쪽지는 다른 사람이 쓴 거라 지문이 일치하지 않을 수도 있고, 전화도 다른 사람이 걸어서 성문이 맞지 않는 걸 수도 있다. 차는 유괴할 때 사용한 게 아니라 나중에 인질을 옮기는 과정에서 사용했거나 차량 대여 계약서를 쓰면서 시간을 잘못 썼을 수도 있고…… 가능성은 아주 높았다. 이 증거들이 다허와 직접적으로 연결되지 않는다고 해서 다허가 이 사건을 저지르지 않았다고 할 수는 없었

• 손가락 지문처럼 목소리에도 유사 문양이 있는데, 이를 '성문'이라고 한다. 성문 분석을 통해 음성별, 발음별 독특한 문양을 관찰할 수 있으며 여기서 성별, 나이, 지역, 학력, 언어 습관, 동일인물 여부 등 다양한 정보를 얻을 수 있다.
•• 타이완의 행정구역 중 하나로, 현과 시를 합쳐 '현시'라고 부른다.

다. 게다가 다허가 주범이라면, 수하를 시켜 이 많은 순서의 일을 처리했을 수도 있었다.

이런 일들이야 다른 해석을 찾아낼 수 있었지만 다허의 진술에는 또 다른 이상한 점이 있었다.

가령, 다허는 그날 아침 샤오루의 가족이 샤오루를 차에 태워 등교시키는 모습을 보고 집안 형편이 괜찮겠다는 생각이 들어 샤오루를 바짝 뒤쫓아 다녔고, 해 질 무렵에 납치하기로 계획했다고 진술했다.

그러나 사실 샤오루는 그날 버스를 타고 등교했다. 다허가 사체 유기 지점을 엉망으로 알려준 이유가 어쩌면 정말로 경찰을 갖고 놀려는 심산이었기 때문인지도 모른다. 그렇다고 해도 다허가 샤오루의 등교 방식을 거짓으로 꾸며서 말해야 할 이유가 도대체 무엇인지 도무지 생각이 나지 않았다.

더군다나 다허가 정말 그날 아침 샤오루의 뒤를 바짝 쫓아다니며 해 질 무렵에 계획을 실행했다면, 이는 다허가 몇 시간 동안 일을 알맞게 배치하고 가뿐하게 유괴를 끝냈다는 뜻이었다. 아귀의 질문이 떠올랐다. "다허에게 정말 이 짧은 시간 동안 완벽하게 아이를 유괴하고 몸값을 요구하는 계획을 실행에 옮길 능력이 있었을까요?"

자료를 찾으면 찾을수록 미간의 주름이 깊어져갔다.

그해 샤오루 유괴 사건 외에도 재벌 2세 납치 사건이 하나 더 있었다. 재벌 2세를 납치한 쪽은 제대로 훈련받은 범죄 집단으로 적어도 세 건의 납치 사건을 벌인 경험 많은 베테랑이었다. 이 범죄 집단의 우두머리가 총살되기 전, 샤오루 유괴 사건도 자신들이 저질렀다고 자백했지만, 그 지문이 쪽지 지문과 일치하지 않아 법원에서는 이를 인정하지 않았다.

문제는 다허의 지문도 일치하지 않았다는 점이었다. 상황은 똑같은데 어째서 다허는 유죄 판결을 받고 범죄 집단 우두머리는 이 사건과 무관하다고 봤을까?

더구나 샤오루 사건의 치밀한 계획, 몸값을 건네는 방식을 포함한 온갖 수법이 납치 집단의 범죄 방식과 모두 근접해 있었으니, 법원의 판단에는 정말이지 일리가 없었다.

다허가 잡히고 난 이듬해, 경찰은 어느 오래된 우물에서 이름을 알 수 없는 남자아이 시신 한 구를 발견했다. 아이의 발에 아령이 묶여 있는 것으로 보아 발을 헛디뎌 우물에 떨어진 게 아니라는 건 확실했다. 남자아이의 나이가 샤오루와 비슷했기에 경찰은 샤오루 가족을 찾아가 시신을 확인해달라고 요청했다. 그러나 샤오루의 가족은 나서려 하지 않았고 경찰 역시 추가 감정을 하지 않은 채 남자아이 시신을 허둥지둥 묻어버렸다.

일단 이 시신의 주인이 샤오루인지 아닌지는 제쳐놓고서라도, 발에 아령이 묶인 채 오래된 우물에서 죽어 있었다는 것은 타살 사건일 가능성이 높다는 뜻이었다. 하지만 경찰은 이를 분석하거나 증거를 모으지 않고 곧장 아이를 묻어버렸다. 이는 두 말할 필요 없는 직무상 과실로, 감찰원에서도 이를 근거로 시정을 요구한 바 있었다.

'아버지와 샹 아저씨는 이 이름 없는 남자아이 일을 알고 계실까? 두 분이 남자아이를 묻고 이 사건을 더 어떻게 해볼 수 없는 지경으로 만든 이들일까?' 자료를 읽는데 손끝이 가늘게 떨려오는 것이 느껴졌다.

* * *

난관에 부딪혔습니다.

그는 아귀에게 메일을 써서 도움을 청했다.

앞선 줄거리를 고치고 싶지는 않습니다만, 아귀 님께서 일전에 제기하신 인물 설정 문제 역시 동의합니다. 그러다 보니 이야기가 막혀서 더 써지지 않습니다.

초조해하지 마세요. 이야기를 끝맺기 위해 앞선 줄거리를 고쳐야만 한다면, 고치세요. 그게 무슨 문제인가요.

아귀의 답신은 아주 침착했다.

하지만 올가미를 풀어줄 열쇠가 줄거리가 아닌 다른 요소에 있을 때도 있죠. 이 이야기 속의 시간과 공간을 어떻게 설정하셨죠?

전에 추측하신 것처럼, 이야기의 시간적, 공간적 배경은 1980년 대 마지막 몇 년의 타이완입니다.

그는 빠른 속도로 자판을 두드렸다.

저도 당시 자료를 좀 찾아봤습니다만, 무슨 도움이 될지 모르겠던 데요?

사건이 1980년대 말에 일어났다는 얘기는 곧 사건 발생 시점이 계엄 시기의 마지막 몇 년이었거나, 계엄이 막 해제되었지만 여전 히 동원감란動員戡亂이 끝나지 않은 시기였다는 의미입니다.

아귀는 이렇게 썼다. 그는 모니터 앞에서 열심히 수업 듣는 학생처럼 정신없이 고개를 끄덕였다.

중국의 국민당 정권은 여전히 중국 공산당과 국공내전*을 치 르고 있던 1948년, 제1차 계엄을 선포했다. 타이완은 계엄 지

• 1927년 이후 중국 국민당과 공산당 사이에 일어난 두 차례의 내전. 이 내전에서 패한 국민당은 이후 타이완으로 정부를 옮겼다.

역에 포함되지 않았으나 이듬해 국민당 정권과 공산당 정권이 타이완 해협을 사이에 두고 대치하게 되면서, 국민당은 타이완성* 전체에 계엄을 선포했고, 계엄령은 이 정권이 타이완을 통치하는 근간이 되었다. 이는 타이완과 중국이 전쟁 상태에 있다고 선포한 것이기도 했다. 1987년, 당시 총통이 계엄 해제를 선포하고 나서야 38년이 넘는 계엄 시기가 막을 내렸다.

동원감란 시기는 이보다 훨씬 더 일찍 시작되어 훨씬 더 늦게 끝났다. 1947년 국공내전으로 국민당 정부는 '동원감란'을 선포했다. 동원감란이란 전쟁 시기 정부 기관이 모든 자원을 국방 군사 활동에 동원하고 투입해서 온갖 동란을 평정하는 것을 말한다. 당시 국민대회**는 「중화민국 헌법」을 개정하지 않은 채, 헌법에 우선하는 「동원감란시기임시조관」을 제정했다. 동원감란 시기는 1991년까지 거의 45년 동안 지속되었다.

이 두 시기 모두 그가 태어나기 전에 끝이 났다. 자료를 찾아보기는 했지만, 당시 사회 분위기에 대해 별달리 느껴지는 게 없었고, 아귀가 말한 소위 '올가미를 풀어줄 열쇠'가 무엇인지도 알 수 없었다.

• '성省'은 우리나라의 '도道'에 해당하는 행정 구역 명칭이다.

•• 1946년 제정된 「중화민국 헌법」에 따라 설립된 최고 권력기관으로, 군사 독재 시절 한국의 '통일주체국민회의'와 성격이 비슷했다. 2005년 6월 7일 타이완 국회의 헌법 수정안 결의에 따라 중앙 정부 기구에서 제외되었다.

계엄이나 동원감란 시기에는 사회 분위기가 매우 스산했습니다.

아귀가 메일에서 설명했다.

중국과 타이완이 교전을 벌이던 전쟁 고조기는 지나갔고 타이완의 경제 상황도 차차 좋아지기는 했지만, 정부는 여전히 '비밀 유지와 간첩 방비'를 대대적으로 호소하며 중대한 사회 사건의 경우 엄격하고 신속하게 수사했습니다. 사건 혐의자를 체포해 민심을 안정시키기 위해서만이 아니라, 위엄과 능력을 갖추고 신속하게 사건을 처리하는 정부 이미지를 만들어내기 위해서였죠. 그런 시간적, 공간적 배경에서 경찰은 사건을 수사하며 정의 구현과 국민들의 기대에서 오는 압력뿐 아니라 정치적 요소라는 압력까지 받아야 했습니다. 「영웅들」 속 사건이 이러한 시간적, 공간적 설정속에서 일어났다면, 다허가 다른 사람의 증언으로 붙잡히고, 경찰이 대외적으로 사건이 해결되었다고 선포한 뒤에 수단 방법 가리지 않고 다허를 꽉 물고 늘어졌을 가능성도 있습니다. 다허를 어떻게든 진짜 범인으로 만들려고 말이죠. 그렇게 하지 않으면 국민들 볼 낯도 없거니와 윗선들 쳐다볼 엄두는 더더욱 나지 않았을 겁니다.

그렇다면 정말 아귀 님이 전에 말씀하신 게 사건의 진상이고, 다허는 절대 범인이 아니겠군요.

자판을 두드리는데 손바닥에서 땀이 배어났다.

그런데 다허는 어째서 시신을 숨긴 장소를 그렇게 여러 번 틀리게
자백했을까요?

다허가 범인이 아니라면, 그 사람이 실토한 장소가 잘못된 거야
너무나 당연한 일이죠.

아귀가 대답했다.

그 사람이야 샤오루의 시체가 어디 있는지 전혀 알지 못했을 테니
말입니다.

그러면 도대체 왜 말을 한 걸까요, 그것도 그렇게나 여러 번을?

그는 정답을 알고 있었지만, 진실을 마주하고 싶지 않았다.
아귀의 이번 답 메일은 매우 짧았다.

고문이 있었으니까요.

***

"어떻게 여기까지 왔냐? 허허, 무슨 사고라도 친 건 아니겠지?" 샹 아저씨는 경찰서에 나타난 그를 보고 조금 의아해했다. "아니면 병원 밥에 질려서 이 아저씨한테 밥 사달라고 온 거냐?"

그가 고개를 내저었다. "아저씨께 여쭤보고 싶은 게 있어서요."

샹 아저씨는 그를 가만히 올려다보다가 기다란 몸을 일으켜 세웠다. "그래, 아저씨랑 나가서 담배나 태우자꾸나."

아귀는 「영웅들」이 실제 사건을 바탕으로 한 이야기라는 사실을 몰랐지만, 객관적으로 다허가 경찰 손에 고문을 당했으리라 추측해냈다. 매우 합리적인 추측이었다. 아버지 입에서 나온 '다허는 계속해서 잘못된 시신 유기 지점을 내놓았다'는 문제뿐 아니라 그가 찾은 자료 속에서 다허가 죄를 인정해놓고도 다시 진술을 번복하려고 시도했던 점, 진술한 범행 과정 여러 부분이 사실과 모순되었던 상황도 설명할 수 있었다.

하지만 그는 단 한 번도 생각해본 적 없었다. 아버지가 범인을 고문했을지도 모른다는 걸.

아버지가 체력 자랑을 즐기는 분이기는 했지만, 그렇다고 그게 아버지가 폭력을 즐겨 사용하는 분이라는 뜻은 아니었다. 그와 의견이 엇갈릴 때면 몇 마디 중얼거리시기는 해도 복종을 강요한 적은 한 번도 없었다.

그렇지만 깊이 생각하면 할수록 유일한 가능성은 아귀가 추측한 내용밖에 없다 싶었다.

그는 아버지에게 어떻게 물어야 할지 알 수 없어 샹 아저씨에게 물어보기로 마음먹었다.

"그래," 샹 아저씨가 실눈을 뜬 채 담배 연기를 들이마셨다. "뭐가 묻고 싶은데?"

어떻게 입을 열지 여러 방법을 궁리해보았지만 어떻게 물어도 껄끄러울 터였다. 어쨌거나 물어보기는 해야 하니, 배짱 두둑하게 물어보자 싶었다. "아저씨, 전에 범인 때려본 적 있으세요?"

"있지." 샹 아저씨는 그를 보지 않고 담배 연기를 내뱉었다.

"네?" 단박에 질문에 긍정하는 답변이 나오니 약간 당황스러웠다.

"체포 과정에서야 당연히 용의자랑 치고받은 적 있지. 그건 어쩔 수가 없어." 샹 아저씨는 담뱃재를 조금 떨어냈다. "그 나쁜 놈들이 어디 순순히 잡히냐. 사내놈은 주먹 휘두르고, 여자들은 아예 잡아서 물어뜯고, 얼마나 사나운데."

"그거 말고요." 그가 목을 가다듬었다. "범인 수사하고 신문할 때 그러신 적 있냐고 여쭤본 거예요."

"없어."

"정말요?" 그는 안도의 한숨을 내쉬면서도 의심을 거두지 못했다.

"경찰학교 어느 교과서에도 우리한테 범인 때리라고 가르치지는 않아." 샹 아저씨가 담배 연기를 들이마셨다. "그렇지만 그거야 어쨌거나 학교 안에서 얘기고 실제 일할 때야 순순히 실토하는 범인이 얼마나 되겠냐. 그래서 선배가 우리한테 범인이 사실대로 털어놓게 만드는 방법들을 알려줬지. 사건을 해결하는 게 제일 중요하니까."

"때리는 게 아니면요? 어떤 방법인데요?"

샹 아저씨가 고개를 돌려 그를 바라봤다. 입꼬리를 살짝 올려 웃으면서도 대답은 하지 않으셨다.

"아버지, 여쭤보고 싶은 게 있어요." 병원으로 돌아오니 막 저녁 식사 시간이 지난 참이었다. 그는 식판을 정리해서 나가는 간호사를 스치고 지나가 아버지 침상 앞에 섰다.

"어디 갔었어? 저녁은 먹었냐?" 아버지가 웃으며 물었다. "방금 그 간호사 아가씨 봤냐? 온화하지 예쁘지 세심하지, 아비가 소개해주랴?"

"저 농담할 기분 아니에요." 그가 눈을 부릅뜬 채 아버지를 바라보았다. "아버지, 수사하고 신문하는 과정에서 범인한테 손대신 적 있어요? 아니, 아예 이렇게 여쭤볼게요. 다허 고문하신 적 있어요?"

아버지가 눈을 가늘게 뜨고 그를 바라봤다. "어쩌자고 그런 걸 물어?"

"대답이나 해주세요!" 그가 낮게 외쳤다.

"때린 적 있지. 주먹으로, 팔꿈치로, 다리로 차기도 했고, 몽둥이도 들고 그랬지." 아버지는 아무렇지 않게 말씀하셨다. "더 자세한 얘기가 듣고 싶은가 보구나. 고춧가루 물 들이부은 적도 있고, 손톱 틈에 송곳을 꽂기도 했지. 네 그 소설에 써넣으려고?"

"소설에는 신경 끄세요!" 그가 주먹을 꽉 쥐었다. "지금 현실 얘기를 하고 있는 거라고요! 어떻게 그러실 수가 있어요?"

"어떻게? 내가 일하는 데 너한테 동의라도 구해야 하냐?" 아버지는 콧방귀를 뀌었다. "너, 내가 누구인 줄 아는 거냐? 나 경찰이야! 온종일 눈에 보이는 인간들이라고는 죄다 선량한 사람들한테 폭력이나 행사하는 개자식들이란 말이야! 너 강도 신문해본 적 있어? 살인범 신문해본 적 있냐? 내가 그놈들한테 '선생님, 이 사건 선생님께서 저지르신 건가요?' 이렇게 물어보면, 그 작자들이 성실하게 '맞습니다. 경찰 선생님, 제가 그랬습니다' 이렇게 대답이라도 하는 줄 알아? 어? 이 아무것도 모르는 놈아, 혼자 잘난 척하지 말라고!"

"그렇지만……" 그의 기세가 사그라들었다. "고문은 옳지 않잖아요."

"고문이 옳지 않아? 그래, 어쩌면. 하지만 사건을 해결할 수만 있다면 그게 옳은 거다."

"하지만 다허는⋯⋯" 막 입을 여는데, 아버지가 말을 끊어버렸다. "그래, 다허가 딱 그 짝이지. 젊은 놈이 조폭 두목질이나 하면서 사람을 몇이나 죽였는데, 그런 놈 상대하기가 쉬운 줄 알아? 손을 안 대면, 그 작자가 어떻게 죄를 인정하겠냐고?"

"문제는요, 아버지," 그가 몸을 낮췄다. "그 사건에 의문점이 많았잖아요? 고문으로 답을 얻을 수 있을지 몰라도 아버지가 얻어내신 진술은 사실과 맞지 않는 부분투성이였다고요. 그건 고문이 아버지 말씀처럼 그렇게 유용하지 않다는 뜻이잖아요. 샤오루를 범행 대상으로 정한 이유하며, 차 빌린 일이며, 도대체 그때 이상하다는 생각 안 해보셨어요?"

아버지는 순간 멍해지셨다. "네가 그걸 어떻게 알아?"

"자료 찾아봤어요." 그는 솔직하게 말했다. "다허는 억울하게 죄를 뒤집어썼을지도 몰라요."

"다허가 뭘 억울하게 뒤집어써!" 아버지의 대답은 단호했다. "우리는 사건을 해결했어!"

"다허가 샤오루를 유괴했는지 어쨌는지는 정말 모르겠지만, 지금 전 그 사람이 고문에 못 이겨 자백했다고 확신해요. 다허는 매번 견디지 못할 정도로 맞다 못해 아무렇게나 대충 주소를 하나 꾸며냈어요. 그렇게 했다가는 다음번에 더 끔찍하게 맞을 거라는 걸 잘 알면서도 일단 잠시라도 경찰 손에서 벗어나려면 그 방법을 쓸 수밖에 없었던 거예요. 너무 잔인하지 않나요?"

아버지는 아무 말이 없으셨다.

"게다가 설사 다허가 폭력을 써서 빚을 독촉하는 무리의 우두머리였다고 해도 그 사람이 지은 죄는 다른 죄잖아요." 그가 계속 말했다. "유괴 사건에 의심스러운 점이 이렇게 많았는데도 경찰들은 그 사람한테 죄를 억지로 뒤집어씌웠고, 사건이 해결됐다고 일찌감치 선포해놓고는 다른 실마리는 추적도 하지 않았어요. 그러다 진짜 유괴범은 놔주지 않았나요?"

아버지는 여전히 아무 말이 없으셨다.

"물론," 그는 아버지의 표정을 관찰하다 고개를 살살 끄덕였다. "아버지도 이런 가능성을 생각해보셨을 거예요. 그렇죠? 하지만 인정하고 싶지 않으셨던 거예요. 아니면 당시 다른 이유 때문에 인정할 수 없으셨거나요. 그래서 저한테 왕년의 영웅담을 늘어놓으시면서도 사실대로 말할 엄두를 내지 못하신 거고요."

"사실대로 말을 해?" 아버지가 눈을 위로 치켜뜨며 그를 쳐다보았다. "그럼 너는 나한테 사실대로 말했냐?"

"뭘요?"

"너 동성애자지, 맞지?"

그는 얼이 빠지고 말았다.

* * *

　한참 뒤, 아버지가 침묵을 깼다. "내 한동안 너 유심히 지켜봤다. 너는 잘 숨겼다고 착각했나 본데, 나는 못 속여."

　말 그대로 아버지는 예전부터 그를 쭉 지켜봐왔다. 그는 마음이 후련하면서도 의구심이 들었다. 아버지가 딱히 화를 내시는 듯 보이지 않았으니 말이다. 그가 우물쭈물 망설이며 입을 열었다. "저기, 아버지……"

　"그 얘기 하고 싶지 않다." 아버지가 손을 내저었다. "외아들이라는 놈이 뭔 짓을 하는지…… 됐다. 너 좋을 대로 해라. 내 의견 따위 상관하지 말고. 네가 내 말 들을 것도 아니니."

　'아버지 성격에, 저 말은 간섭하지 않으시겠다는 뜻일까?' 그는 잠시 생각에 잠겼다. "……아버지, 다허는 나중에 어떻게 됐나요?"

　"뭐? 아직도 네 소설 생각 중인 거냐?" 아버지가 한쪽 눈썹을 치켜세웠다. "너 진지하게 소설가가 될 생각이야?"

　"제가 작가가 될 수 있을지 없을지는 아직 확신할 수 없어요." 그가 솔직하게 말했다. "하지만 현실 세계를 좀 더 이해하고 싶고, 아버지 얘기도 좀 더 듣고 싶어요. 아버지에게 다른 이야기를 해달라고 하기 전에, 이 뒷이야기가 어떻게 전개되는지 알아야만 이 이야기를 어떻게 끝맺을지 결정할 수 있다고요."

　창밖에서 구급차가 도착하는 소리가 전해졌다. 누군가 다급히 문밖 복도를 지나가는 소리도 들렸다.

"다른 공범들은 몇 번의 상고와 재심을 거쳐 대부분 판결이 뒤집히면서 유기징역을 살게 됐다만, 다허는 주범이기 때문에 사형 판결이 지금까지 유지되고 있지." 아버지는 눈을 감으셨다. "아직 감옥에 있다."

아버지의 말투에서 숨길 수 없는 피로감이 묻어났다. 문득 아버지가 늙었다는 생각이 들었다. 육체적으로 노쇠한 게 아니라 정신적으로.

30년 동안, 아버지가 혹시 그때 자신의 행동을 반성하신 적이 있지 않을까? 30년 동안, 아버지는 다허의 사형이 쭉 집행되지 않았다는 데 감사하면서, 어떤 결정적인 증거가 나타나 진범이 법의 심판을 받고 다허가 더는 자신과 아무 관련 없는 죄명을 뒤집어쓰지 않아도 되기를 몰래 바라지 않으셨을까? 그는 방금 후련하고 솔직하게 고문을 했다고 인정한 아버지를 떠올렸다. 그러니까 아버지는 계속 가슴을 억눌러온 이 일에서 벗어나기 위해, 동료가 아닌 누군가에게 이 일을 털어놓을 기회를 내내 기다려오신 게 아니었을까? 아버지와 일찌감치 대화를 나눴다면 아버지가 다허 사건을 알려주는 정도가 아니라 자신 역시 자신의 성적 정체성을 아버지에게 사실대로 말할 수 있었을까, 혼자 고민할 필요 없이?

"알아요." 그가 고개를 끄덕였다. "체포된 이후로 지금까지, 이제 곧 30년이 되어가죠. 그렇지만 제가 물어본 '뒷이야기'는 그게 아니에요."

아버지는 눈을 크게 뜬 채 고개를 돌려 그를 올려다보며, 뭔가 물어보는 듯한 표정을 지어 보이셨다.

"제가 알고 싶은 건 이거예요. 30년 동안 이 사건에 대한 아버지의 생각이 바뀌었나요? 제게 이 이야기를 해주실 때 당시 판단이 옳았다고 확신하셨지만, 30년 동안 자신을 의심하며 질문을 던져본 적은 없으셨어요? 아버지도 말씀하셨듯, 당시에는 윗선의 압력이 강했고 사회 분위기도 지금과는 전혀 딴판이었잖아요. 만일 이 사건이 지금 시대에 일어났다면 다르게 처리하셨을까요? 아버지," 그가 조심스레 물었다. "다허의 사형은 아직 집행되지 않았어요. 누군가 다허 대신 사건을 뒤집으려고 한다면 당시 고문이 있었다는 사실을 증언하실 의향이 있으세요?"

"어쩌면…… 모르겠구나." 아버지는 모처럼 주저하는 모습을 보이셨다. "그거 물어서 뭐 하려고 그러냐?"

이게 그가 방금 확정한 「영웅들」의 결말에 써넣을 내용이기 때문이었다.

영웅도 보통 사람이고, 잘못을 저지를 때가 있다. 하지만 잘못을 직시하고 바로잡으려고 최선을 다한다면, 그 사람이야말로 진정한 영웅이다.

이 이야기의 결말은 마땅히 영웅이 잘못을 인정하기 시작한 지점부터 시작되어야 한다.

아버지에게 아직 이 말을 하지 못한 참인데, 병실 문 앞에 돌연 사람 그림자가 나타났다.

"저기, 부자간에 마음 터놓고 이야기하는데 내가 방해했나?"
샹 아저씨가 문 앞에 서서 둘을 향해 인사를 건넸다.

"너 요즘 시간이 남아도냐?" 아버지의 말투가 평소대로 돌아
갔다.

"나 엄청 바빠요." 샹 아저씨가 병실로 걸어 들어왔다. "미안
한데, 갑자기 오느라고 빈손으로 왔수다."

"귀찮게 그럴 필요 없다고 했잖아. 그렇게 바쁜데 병문안은
어떻게 왔대?"

"형님 병문안하러 일부러 온 게 아니라," 샹 아저씨가 침상 옆
에 앉았다. "재소자 하나가 오후에 응급실로 호송되는 바람에
퇴근하고 보러 왔어요. 교도관 몇 명이 지금 회복실 밖에 지키
고 서 있다우."

"회복실? 수술했어?" 아버지는 좀 놀라는 눈치였다. "재소자
누구?"

"그러니까 그게……" 샹 아저씨가 아버지를 바라보았다. "그
다허 있잖수."

"다허가 어쨌는데?" 아버지가 다급히 물었다.

"교도관이 하는 말이 다허가 오늘 아침에 배가 아프다고 푸념
했는데, 교도소 쪽에서는 뭘 잘못 먹은 줄 알고 별달리 신경을
안 썼대요." 샹 아저씨가 말했다. "나중에 다허가 구토를 하기

시작하더니 열이 나더라는 거야. 교도소 동료 말이 토사물에서 냄새가 심하게 난다고 했다는데, 교도소에서 점심 무렵이 되도록 호전이 안 되는 걸 보고 그제야 의사를 찾아가야겠다고 논의했다지 뭐요. 결국 그러느라 반나절을 끌었는데, 점심때 의사가 와서 보더니 심상치 않다고 해서 급히 병원에 보냈대요. 급성 복막염으로 확진이 나서 수술해야 한다고 하더랍니다."

"그렇게 심각해?" 아버지가 눈을 크게 떴다.

"초저녁에 서에 통지가 내려와서 보러 왔어요. 그 김에 형님이랑 인사도 하러 온 거고." 샹 아저씨가 어깨를 으쓱했다. "방금도 교도관이 범죄자들 때문에 아주 성가셔 죽겠다고 여태 불평을 해댑디다. 내 짐작에는 지들이 그따위로 생각하니 일 처리가 그렇게 늦어지는 거구만."

"다허 깨어나면," 아버지가 잠시 생각에 잠겼다. "나한테 좀 알려줘. 같이 가서 좀 보자고."

"뭐 하게요?" 샹 아저씨가 괴상한 표정을 지었다. "다허 못 본 지 한 이십몇 년은 되지 않았수? 어쩌면 아예 우릴 알아보지 못할지도 모르는데."

"알아보든 말든," 아버지가 그를 흘끗 바라보더니 몸을 앞으로 기울여 샹 아저씨를 뚫어지게 바라보셨다. "그 사람 상황이 어떤지 가서 좀 보고 싶어서 그래."

"어, 그럽시다." 아버지의 진지한 표정에, 샹 아저씨는 뭔가 어쩔 줄 몰라 하셨다.

영웅들

'다허를 보면 아버지가 뭐라고 하실까?' 이 생각에 빠져 있는데, 휴대전화가 울렸다.

"지금 시간 있어?" 휴대전화에서 남자 친구 목소리가 들려왔다.

"시간 있어도 피트니스 센터에는 같이 못 가." 그가 대답했다. "언제 돌아올 거야?"

"헤헤," 남자 친구가 짓궂게 웃었다. "나 아래 층이지롱."

"진짜?" 돌연 마음이 확 풀어지면서 최근 일어난 일을 전부 남자 친구에게 알려주고 싶어졌다.

"당연히 진짜지." 남자 친구가 말했다. "과일 들고 병문안 왔으니까, 내려와서 받아다가 나 대신 아버님께 전해드려."

"네가 갖고 올라오면 되잖아." 그가 잠시 생각에 빠졌다. "아버지한테 너 소개해주려고 그래."

"오늘 정말 대충 입고 왔단 말이야." 남자 친구가 웃었다. "애인 아버님 처음 뵙는 자리인데, 이건 좀 예의가 아니지."

"아냐. 내 남자 친구가 일부러 병문안 왔다고 하면, 너 엄청 자상하다고 생각하실 거야!"

"아버님께 우리 관계 말씀드리려고?" 남자 친구의 목소리에 깜짝 놀란 느낌이 역력했다.

"응." 그는 저도 모르게 웃고 말았다. "얼른 올라와."

04

우리와 그들

Us and Them

이봐, 들어봐. 총을 든 그 사람이 말했지.
안에 너를 위한 자리가 있다고.*

Listen son, said the man with the gun.
There's room for you inside.

〈Us and Them〉by Pink Floyd .

• 이 가사 중 '안에 너를 위한 자리가 있다'는 표현에서 '너를 위한 자리'란 곧 '감
  옥'을 말한다. 범죄자를 체포할 때 흔히 쓰는 표현이다.

"자기야, 이제 자야지." 남자 친구가 사각팬티 차림으로 욕실을 걸어 나왔다.

"나 아직 자료 찾는 중." 그녀는 고개도 돌리지 않고 컴퓨터 모니터를 뚫어지게 바라봤다.

"그만 찾아." 남자 친구가 뒤까지 걸어와서 눈살을 찌푸리며 모니터를 빤히 내려다봤다. "뭐 찾는데?"

"탈북자들 경험." 그녀가 마우스를 움직여 클릭하더니 창을 새로 하나 열었다.

"'탈북자'가 뭔데?" 남자 친구가 모니터로 가까이 다가오자, 남성용 바디클렌저 향이 풍겼다.

"북한 정권에서 탈출한 사람." 그녀가 설명했다.

"연재하는 데 이런 자료가 필요해?" 남자 친구가 몸을 일으켜 세우더니 미심쩍은 표정을 지었다.

"응." 그녀는 종이 위에 글자를 몇 획 끄적이다가 필기한 내용을 골똘히 내려다보며 생각에 잠겼다.

"네가 쓰는 SF 추리소설이랑 북한이 무슨 관계가 있는데?" 남자 친구가 물었다.

"원래는 관계없었는데," 그녀가 남자 친구를 흘끗 바라보았다. "지금부터 범인이 누구인지와 북한이 관련되기 시작할 거거든."

남자 친구가 어깨를 으쓱거렸다. "그 추리소설 아이디어 내가 제공했잖아. 범인이 누구인지야 다 알고 있다고."

"아니 아니 아니, 아이고," 그녀가 고개를 내젓다가 시선을 다시 필기해둔 내용으로 돌렸다. "나중에 시간 나면 다시 설명해줄게."

"오늘 금요일이야. 이렇게 늦었는데도 시간 없다면서 언제 시간이 나냐?" 남자 친구가 구시렁댔다.

"오늘 자료 다 찾아서 시놉시스 마저 짜야 한단 말이야." 그녀가 종이 위에 몇 글자 끄적이고 나서 화살표를 그리더니 다시 또 글자를 몇 개 적었다. "그래야 내일 새 진도 나갈 수 있다고. 안 그러면 이번 회 연재에 못 맞춰."

등 뒤에서 실내 슬리퍼가 바닥을 스치는 소리가 들리더니, 남자 친구가 침대에 쓰러지다 침대 머리 어딘가에 부딪히는 소리가 났다. 이어서 아파서 지르는 "아야아야야야" 하는 소리가 뒤따랐다. 마지막 소리는 듣자마자 엄살이라는 걸 알았기 때문에 거들떠보지도 않았다.

인터넷 플랫폼에 소설을 연재하기로 했을 무렵, 계절은 여전히 서늘한 초봄의 기운을 내뿜고 있었다. 연재를 시작한 지 3개월이 지나자 계절도 본격적으로 밤이면 섭씨 30도가 넘어가는 혹서에 들어섰다. 이 3개월여 동안 그녀는 격주마다 5천여 자 분량의 진도를 빼서 연재 플랫폼에 올려 발표했다.

은행에서 일하는 그녀의 업무 시간은 대개 고정적이었다. 은행 주변은 명품 백화점이 즐비한 상업 지구로, 퇴근하면 일단 백화점 몇 곳을 골라 둘러보고 마지막에 커피숍 한 곳을 택해 잠시 앉아서 남자 친구가 퇴근하기를 기다렸다가 같이 저녁을 먹었다. 얼마간 시일이 흐른 뒤로는 대개 그중 한 백화점에 있는 서점에 자리를 잡고 책을 넘겨 보며 에어컨 바람을 쐬었다. 돈도 들지 않았다.

엔지니어인 남자 친구는 수입이 안정적이었고 나쁜 취미도 없었다. 시간 때우기용으로 제일 자주 하는 일이라고 해봤자 휴대전화 게임을 하거나 추리소설을 읽는 정도였다. 둘이 사귄 지는 1년이 조금 넘었고 함께 산 지는 4개월째였는데, 생활은 규칙적이었으며, 그녀는 이런 생활이 무척 마음에 들었다. 계획에 맞춰 사는 걸 좋아하는 사람이라, 매시간 자기가 어디에 가 있어야 하는지 다 알고 지냈다. 골치 썩을 필요가 없었다.

하지만 연재소설을 쓰기 시작한 뒤로는 매일 퇴근하면 일단 집으로 돌아가서 자료를 찾고 시놉시스를 짜고, 남자 친구가 밖에서 음식을 포장해서 집으로 돌아오기를 기다리는 식으로 저

넉을 허둥지둥 때웠다. 그녀는 풋내기 소설가였다. 더듬더듬 찾아가며 쓰는 부분이 많았다. 연재를 시작하기 전에 이야기 전개 방향을 설정해두기는 했지만 그래도 쓰면서 고쳐야 했다. 격주에 5천 자 분량이 소설 쓰는 데 익숙한 작가에게는 별거 아닐지 몰라도 그녀에게는 크나큰 도전이었다. 게다가 여덟 시간을 충분히 자지 못하면 은행에서 숫자 들여다보는 게 불가능한 사람이라, 평일에는 소설 쓸 시간이 얼마 되지 않았고 주말에도 애를 많이 써야 했다.

이왕 소설을 연재하기로 했으니 규칙적으로 끝까지 버텨야 했다. 이런 고집이 효력을 발휘하면서 연재 플랫폼 구독자 수도 안정적으로 증가했고, 이따금 네티즌들의 격려 메시지도 올라왔다.

그녀는 컴퓨터 앞에 앉아 자신이 상상한 바를 한 자 한 자 글로 옮기는 일이 무척 즐거워지기 시작했다. 낮에 생기는 온갖 짜증 나는 일은 제쳐놓고 온전히 자신이 지배하는 세상으로 들어갔다. 원래 계획대로라면 이 작품은 4만여 자 정도 되는 중편이었다. 그녀는 계속해서 진도를 맞춰가며 작품을 창작했다. 그러니까 지금쯤이면 이미 이야기의 결말을 쓰고 있었어야 한다는 뜻이다. 그러나 계획이란 늘 바뀌기 마련. 지금은 이야기를 끝맺기는커녕 여전히 새로 전개할 내용을 구상하는 중이었다.

소설을 쓰다 보니 최근 남자 친구와 함께 보내는 시간이 줄어들었다. 남자 친구가 불평을 하지는 않았지만, 좀 기분이 안 좋기는 하려나?

그녀는 방금 남자 친구가 옆으로 다가왔을 때 맡은 바디클렌저 향을 떠올리다 순간 정신이 멍해졌다.

"바디클렌저 바꿨어?" 그녀가 침대 쪽으로 고개를 돌렸다.

"바꾼 지 일주일 됐네요." 침대에서 남자 친구 목소리가 들렸다.

좀 놀라웠다. 이런 종류의 일상적인 변화는 늘 바로 알아차리곤 했으니까. 죄책감도 살짝 들었다. 자기가 최근 정말 남자 친구에게 별 신경을 쓰지 않은 것 같았다.

"사실," 남자 친구가 침대에서 일어나 앉았다. "너한테 이 소설 연재하라고 한 일 좀 후회돼……"

자기에게 소홀했다고 남자 친구가 불평이라도 하려는 걸까? 그녀는 귀를 쫑긋 세우고 남자 친구가 계속 중얼거리는 소리를 들었다. "……연재 안 했으면, 그 네티즌이랑 알 일도 없었을 텐데."

"그 사람은 그냥 선의로 도와주려는 것뿐이야." 그녀는 웃음이 났다. 지금 한 말이 진심이라는 건 자신이 잘 알았다.

"수상쩍게 막 숨기기나 하면서." 남자 친구가 콧방귀를 뀌었다. "호의는 무슨 놈의 호의래?"

＊＊＊

몇 개월 전, 그녀는 여느 때처럼 서점에 들러 전날 다 읽지 못한 책을 찾아 구석에 자리를 잡았다. 읽는 데 정신이 팔려서 옆에 사람이 서 있는 것도 눈치채지 못했다. 그 사람이 입을 열 때까지 말이다. "아가씨, 입고 계신 분홍 레이스 속옷 너무 야한데요."

깜짝 놀란 그녀는 무의식적으로 옷깃을 꼭 여미고 나서야 셔츠 단추가 다 얌전히 단춧구멍에 끼워져 있다는 걸 알았다. 훤히 들여다보이는 게 아예 불가능했다. 눈을 부릅뜨고 위를 올려다보니 말을 한 사람은 바로 남자 친구였다.

"엄청나게 집중해서 읽더라." 남자 친구가 히죽히죽 웃어댔다. "가자. 밥 먹으러."

"왜 사람을 깜짝 놀라게 하고 그래?" 그녀가 눈살을 찌푸리며 자리에서 일어나 책을 도로 서가에 내려놓았다. "이 책 엄청 재미있단 말이야."

"무슨 책인데?" 남자 친구가 물었다.

"『빼앗긴 자들』이라고 SF 소설이야." 그녀가 남자 친구의 손등을 툭툭 쳤다. "기이한 살인 사건 같은 건 없으니까, 자기는 손톱만큼도 흥미가 없겠지만."

"잘 아네. 재미야 추리소설이지." 남자 친구가 의기양양하게 말했다.

"잠깐만," 막 발을 내딛으려는데 돌연 뭔가가 떠올랐다. "내가 오늘 어떤 속옷 입었는지 어떻게 알았어?"

"그게 바로 추리라는 거야." 남자 친구가 눈을 찡긋했다.

그녀는 추리소설에는 별 흥미가 없었지만, 판타지 소설이나 SF 소설은 좋아했다. 뒤이은 며칠 동안 그녀는 간간이 『빼앗긴 자들』을 읽어나갔고, 할 일이 없으면 남자 친구에게 책 속 설정을 이야기해주곤 했다. 이따금은 자신의 상상까지 덧붙여 소설 설정에 디테일을 더해주었다.

"난 판타지 소설과 SF 소설에서는 세계관 설정이 가장 중요하다고 봐." 그녀가 남자 친구에게 말했다. "현실 세계가 아니니까. 하지만 모든 이야기가 그 허구의 세계에서 일어나잖아. 그러니 작가들이 어마어마한 설정을 해두는 거야. 이야기가 자연스럽게 보이도록."

"다 먹고 나서 얘기하셔." 남자 친구는 그릇 바닥에 남은 마지막 국물을 한입에 들이마셨다. "네 라멘 다 식었어."

"하지만," 그녀가 면발 한 가락을 빨아 당기더니 고개를 들고 계속 이야기했다. "현실 세계에서 일어나는 이야기가 아니다 보니 모든 일이 작가가 쓰는 방식대로 일어난다고. 비합리적이고 어쩌고 하는 문제 같은 거 없이 말이야. 작가들은 상상력이 정말 풍부해!"

옆에 앉은 남자 친구가 고개 숙인 채 라멘을 먹는 그녀를 바라보다 잠시 뒤 물었다. "그럼 자기도 직접 소설 써보지 않을래?"

"어?" 그녀가 남자 친구를 바라보다 고개를 내저었다. "장난 그만하셔. 나 소설 쓸 줄 모른단 말이야."

"SF 소설을 쓰는 거야!" 남자 친구는 아주 가볍게 말했다. "SF 소설은 세계관 설정이 제일 중요하다며? 설정이야 자기가 요 며칠 나한테 왕창 늘어놨잖아. 그걸 안 쓰다니 아깝지 않아?"

"그거야 그냥 내 멋대로 생각한 거고." 그녀는 좀 민망해졌다.

"내가 듣기에는 꽤 그럴싸하던데?" 남자 친구가 계속 옆에서 부채질을 해댔다. "요새 어떤 인터넷 사이트에서 작품 연재할 작가를 모집하더라고. 유료로 할지는 작가 본인이 결정한다니까 한번 써봐. 부수입도 좀 올릴 수 있잖아."

그날 밤, 그녀는 잡동사니 상자를 뒤져 오래도록 쓰지 않은 공책을 한 권 꺼내놓고는 요 며칠 생각해둔 설정을 써 내려갔다. 그러고 나서 남자 친구와 함께 연재 플랫폼을 둘러보고 소설 게재 규칙을 꼼꼼히 읽어보았다.

"여기는 글 올리는 방법이 엄청 단순하네. 빨리 익힐 수 있겠다." 남자 친구가 모니터 속 설명을 들여다봤다. "한번 해봐."

그녀가 고개를 내저었다. "역시 됐어."

"왜 그러는데?" 남자 친구가 물었다.

"방금 설정 몇 개를 써봤는데," 그녀가 손에 들린 공책을 빙글 빙글 돌렸다. "내가 설정한 규칙에 따른 세계를 상상해보는 일이 엄청 재미있기는 하지만, 그 세계에서 어떤 일이 일어나야 하는 건지 하나도 모르겠어."

"그럼……" 남자 친구가 서둘러 아이디어를 내놓았다. "추리소설을 써봐!"

"추리소설 어떻게 쓰는지 모르네요." 그녀가 남자 친구를 흘겨보았다.

"누워서 떡 먹기라고." 남자 친구가 웃었다. "추리소설의 장점은 주요 미스터리만 생각해내면 거기서부터 여러 상황을 전개해나갈 수 있다는 거야. 앞에서 일단 누군가 살해되면 이야기 대부분이 다 실마리 찾고 증거를 긁어모으다가 마지막에 가서 사건을 해결하는 거로 채워져. 이러면 소설 하나 다 쓴다니까."

"내가 추리소설을 읽기 싫어하는 이유가 바로 그 알아먹지 못할 미스터리가 너무 싫어서란 말이야." 그녀가 입을 뾰족 내밀었다. "그러니 내가 직접 미스터리를 설계해서 독자를 속여야 한다는 얘기는 더더군다나 하지 마셔. 너무 어렵단 말이야. 자기가 어떻게 내가 어떤 속옷을 입었는지 알아맞혔는지도 모르겠구만."

"그거야 나한테 맡기시고!" 남자 친구가 가슴팍을 툭툭 쳤다. "내가 『추리로 5분 안에 미스터리 풀기』 같은 책 몇 권 살펴봤는데, 그 안에 단순한 추리 미스터리 천지더라. 같이 그중에서 적절한 미스터리를 하나 찾아서 살을 좀 붙이면 소설 하나 써지는 거지."

그녀는 의심스러운 눈빛을 보냈다. "그렇게 간단하게 되는 일이 어디 있어?" 남자 친구는 늘 너무 낙관적인 게 탈이었다. 그 말대로라면 추리소설 작가는 한 쪽이면 다 끝날 미스터리 하나만 생각해내면 300쪽짜리 책도 글자 꽉 채워서 써낼 수 있게?

"문제없어. 게다가 이 몸이 벌써 자기한테 가장 알맞은 추리 형식을 생각해놨다 이 말씀이야." 남자 친구가 득의양양하게 말했다. "내일 알려드릴게."

"왜 내일까지 기다려야 하는데?" 그녀가 물었다.

"내가 지금은 바쁜 일이 있어서 말이지." 남자 친구가 아주 진지하게 대답했다.

"이 늦은 밤에 뭐가 바쁘다는 거야?" 그녀는 이해가 가지 않았다.

"님 속옷 벗겨드리느라 바쁘다고요."

* * *

딱히 자신은 없었지만, 그녀는 몇 주일을 작업 준비에 매달린 끝에 컴퓨터 자판 위에서 글자를 두드리기 시작했다. 자신의 머릿속 환상이 응축되어 모니터 속 글자가 되기 시작하는 모습을 보고 있자니 기분이 정말 묘했다. 1회 연재 진도는 딱히 별다른

우리와 그들

문제 없이 예정대로 써냈다. 2회도 마찬가지였다. 점점 자신이 정말 소설을 쓸 수 있을 것 같다는 생각이 들었다.

소설 표제가 너무 평범한 점이 좀 아쉬웠다. 다음에는 훨씬 매력적인 제목을 생각해내야겠다 싶었다. '뭐래니, 다음이래.' 속으로는 가볍게 웃어넘기면서도 은근히 그게 망상은 아니라고 생각했다.

그녀의 소설 제목은 「우리와 그들」이었다.

머나먼 은하 저편에 두 개의 행성이 있었다. 큰 행성 하나와 작은 행성 하나가 이중 행성 체계를 이룬 채 두 행성 사이에 자리한 중력의 중심을—즉 질량의 중심을—빙빙 돌며 상호 운행했다. 큰 행성의 이름은 '나鎿'였고, 작은 행성의 이름은 '타이鈦'였다. 나 행성 정부는 늘 타이 행성은 나 행성의 위성이라고 공언했지만, 많은 타이 행성 사람들은 결코 그렇게 생각하지 않았다. 그들은 대량의 실제 증거를 내세우며 타이 행성은 예부터 독립 행성이었다고 말했다.

사실, 나 행성 정부가 이런 말을 하는 주원인은 결코 '행성'과 '위성'에 대한 천문학적인 정의 때문이 아니라, 현재 타이 행성을 통치하는 정권이 예전에 나 행성을 통치한 적이 있기 때문이었다.

약 반세기 전, 나 행성 정권 내부에서 권력투쟁이 일어났다. 각 영주 사이에서 종주 자리를 쟁탈하기 위한 정치 싸움이 갈

수록 격렬해지더니 참혹한 내전으로 확대되었다. 여러 해 이어진 내전으로 평민들의 고통이 극심해지자 드디어 사태를 간파한 사람이 나타났다. 자신이 봉건사회의 특권계급이 벌이는 권력투쟁을 위해 목숨을 내놓을 필요가 없다는 생각을 하게 된 것이다. '권력을 공유하고 이익을 똑같이 나눈다'는 사상을 중심으로 한 민간 세력이 들고일어나더니 특권계급의 통치 지위에 도전하기 시작했다. 여러 해 이어진 전쟁 끝에 민간 세력이 승리해 나 행성의 정권을 탈취하자, 잔존한 영주 세력은 어쩔 수 없이 타이 행성으로 망명했다.

두 행성의 정권은 우주를 사이에 두고 있었는데, 처음에는 이따금 서로를 공격하기도 했지만 둘 다 얼마 지나지 않아 우선 자기 행성부터 정비해야 한다는 걸 깨달았다. 그래서 전쟁은 줄이고 사회 건설에 매진했으며 두 행성은 각자 발전하기 시작했다.

놀라운 점은 나 행성에 새로 들어선 정권이 '권력 공유, 이익 균분'을 주장했음에도, 통치 지위를 얻은 뒤로는 겉으로는 행성 전체의 공동 번영을 주장하면서도 실제로는 중앙집권 정치체제로 급변했다는 점이었다. 한편 타이 행성으로 망명한 나 행성의 영주들은 서로 통합을 이루었다. 이전보다 약화된 봉건정치 체제가 먼저 세워졌고, 오랜 충돌과 협상 끝에 타이 행성의 원주민과 나 행성의 반정부 인사들은 서서히 모든 사람이 정치에 참여하는 민주정치에 가까운 체제를 만들어냈다. 더는 나 행성 사람이 정치를 독점하는 계급이 아니게 되었으며, 나 행성과 타이 행성 사람들이 결혼해서 낳은 후대 역시 차차 타이 행성을 자신의 모母행성이라고 생각하게 되었다.

다시 말하면, 이전에는 이념이 달라 결국 두 행성으로 정치체제가 갈라졌는데, 나중에는 자기들이 반대했던 그 방향으로 전진해 발전해버린 것이다. 그리고 수십 년 동안 서로 교류가 단절되었다가, 두 행성의 주민들은 조금씩 조금씩 관계를 다시 복구해나가기 시작했다.

우선 두 정부는 친척 방문을 시작으로 경제 협력을 점차 개방해나갔고, 경제 활동이 나날이 빈번해지자 교통이 편해지길 바라는 요구도 늘어났다. 교통이 나날이 편해지니 두 행성 사이를 떠도는 범죄 행위도 증가했다.

사실상, 두 행성의 정권이 서로 왕래하지 않았던 그 시절에도 범죄자들은 이미 온갖 밀입국 경로를 통해 두 행성 사이를 누비고 다녔다. 타이 행성 범죄자의 경우 나 행성으로의 밀입국에 성공하면 범죄 소득으로 사치스러운 생활을 영위할 수 있었다. 나 행성 범죄자의 경우 심지어 우주 비행선을 납치해 당당하게 타이 행성에 착륙해서는 타이 행성 정부로부터 수많은 예우를 받아가며 나 행성 정권의 온갖 저열하고 낙후된 행위를 알리는 타이 행성 정부의 선전 인사가 되기도 했다.

이것이 처음에 그녀가 생각한 이 소설의 설정이었다. 두 행성의 지형 자원, 발전 경과, 사회경제적 역량 그리고 서로 견제하면서도 서로 탐색하는 상황을 쓰고 있자니 쓰면 쓸수록 내용이 늘어났고 쓰면 쓸수록 자세히 쓰게 되었으며 쓰면 쓸수록 흥미도 생겼다. 하지만 그녀는 이런 설정만으로는 이야기를 구성할 수 없다는 걸 너무나 잘 알고 있었다. 충분한 분량의 사건이 일어나야 이야기를 만들어낼 수 있었다.

남자 친구가 대량의 추리 수수께끼를 모아둔 책에서 찾아낸 몇 가지를 종합하고 한데 모아 많은 사람이 살해당하는 사건으로 변형시켰다. 원래는 이렇게 하면 너무 복잡해서 자신이 감당할 수 없으리라 생각했지만, 남자 친구는 이 수수께끼의 단서들이 모두 어렵지 않으니 몇 개를 모아야 분량이 충분히 나올 거라고 알려주었다.

"게다가," 남자 친구가 말했다. "살인 사건이 그중 한 행성에서 일어나는데 그 행성 경찰이 수사 도중 모든 증거를 찾아내는데도 사건을 해결하지 못한 거로 쓸 수도 있어."

"어?" 그녀는 무슨 말인지 알아들을 수 없었다.

"그러고 나서 경찰이 다른 행성 탐정에게 단서를 알려주는 거야." 남자 친구가 계속 말했다. "이 탐정이 단서를 전해 듣고 사건을 해결하는 거지."

"왜 그래야 하는데?"

"내가 그랬잖아. 이게 자기한테 가장 알맞은 추리 형식이라고." 남자 친구가 대답했다. "그야말로 자기가 설정한 상황에 딱 맞춰 제작한 모델이라니까."

＊ ＊ ＊

　남자 친구는 이런 추리 유형을 '안락의자 탐정'이라고 부른다
고 말했다. 이름 그대로 이야기 속 명탐정 캐릭터가 실제 사건
수사와 범인 체포, 증거 수집 과정에 거의 참여하지 않고 수사
인원들이 찾아낸 잡다한 단서 속에서 그저 뛰어난 지혜로 실마
리를 찾아 사건의 진상을 밝혀낸다고 설명했다.

　"많은 추리소설에서 사건이 연속적으로 일어나. 탐정은 처음
에는 범인이 누구인지 감을 잡지 못하지만 몇 가지 사건을 통
해 증거가 어느 정도 쌓이면 이걸 한데 모아 맞출 수 있게 돼."
남자 친구가 손짓 발짓을 해가며 말했다. "그렇지만 자기는 추
리소설에 익숙하지 않으니까 이렇게 하면 좀 귀찮아질 거야. 그
래서 내가 이런 아이디어를 생각해낸 거라고."

　남자 친구가 상상한 바에 따르면, 이야기가 시작되자마자 여
러 사람이 피살당하고 수사 인원들이 관련 증거들을 찾아내기
는 하지만 미스터리를 풀지는 못한다. 뒤이어 다른 행성에 명탐
정이 있다는 이야기를 들은 수사 인원이 단서를 그에게 넘기고
명탐정은 일거에 이 미스터리를 풀어버린다.

　"이러면 무슨 증거 수집이나 탐정을 잘못된 길로 이끄는 플

롯은 생각할 필요 없이 사건 수사 과정을 단순화할 수 있어. 명탐정도 사건이 일어난 그 행성에 가서 현지 수사를 하고 말고 할 것도 없이 단서만 알면 되는 거지." 남자 친구가 손가락을 하나 치켜세웠다. "자기가 설정한 이중 행성 상황에 딱 들어맞지 않아?"

듣고 보니 과연 그랬다.

「우리와 그들」 연재 첫 회는 다섯 명이 살해당하는 사건으로 시작된다.

사건은 나 행성에서 일어난다. 피살자 다섯 명 중 두 사람은 타이 행성에서 나 행성으로 건너가 공장을 세운 타이 행성의 상인이고, 나머지 세 사람은 현지에서 고용된 나 행성의 직원들이다. 범인은 다섯 사람을 납치해 목을 베고 공장 사무실에 있던 대량의 현금을 훔친 뒤 흔적도 없이 자취를 감춘다.

출동한 나 행성 경찰은 현장에서 각종 흔적과 증거를 모으는 한편 관련 증인을 찾아 나선다. 그녀는 매회 연재 분량의 글자 수를 맞추려고 주의를 기울였다. 일부는 나 행성 경찰의 수사와 감식 결과 및 증언을 묘사하는 데 할애하고, 다른 일부는 두 행성의 역사적 연혁과 사회적 상황을 설명하는 데 할애했다.

그녀는 이런 작법으로 시간적, 공간적 배경 묘사가 지나치게 길어지는 상황을 피할 수 있다고 보았다. 이렇게 해야만 독자들이 지지부진한 이야기 전개 탓에 소설을 역사적 설정 읽듯 따분하게 읽지 않게 되리라 판단했다. 그러면서도 점차 두 행성 사이의 관계를 명확히 이해하고, 타이 행성 탐정이 나 행성에 가서 수사에 참여할 수 없는 원인도 이해할 수 있게 될 거라고 말이다. 이렇게 해서 결말에 이르면, 타이 행성 탐정은 나 행성 경찰이 제공한 감식 자료와 증언만으로도 멋들어지게 사건을 해결하게 된다. 이야기가 술술 풀리게 되는 것이다.

이런 계획이 괜찮은 효과를 발휘하면서 「우리와 그들」의 구독자 수는 안정적으로 증가했다. 그녀는 매번 늘어나는 구독자 수를 볼 때마다 어마어마한 성취감을 느꼈다.

일주일 전, 제6회를 올렸다. 이야기는 벌써 나 행성 경찰이 증거를 모두 찾고도 여전히 범인을 알아내지 못하던 차에, 나 행성의 수사반장이 타이 행성 탐정의 명성을 듣는 부분까지 전개되어 있었다. 나 행성의 수사반장은 다섯 명이 살해된 이 사건이 두 행성 사람들과 동시에 연관되어 있다는 이유로 이런저런 제약을 받는 상황에서, 정부의 동의를 얻어 관련 자료를 타이 행성으로 보냈다. 다음 회 연재에서는 타이 행성 탐정이 등장해 단서부터 하나하나 분석해서 다시 연결 지을 것이며, 마지막 회 연재에서는 용의자가 한 사람이 아님을 지적하고 타이 행성 부자 셋으로 구성된 범죄단체를 찾아낼 것이다. 미제 사건을 완벽하게 해결함은 물론 두 행성 정부 당국의 합작도 한발 더 나아가게 될 터였다.

연재 플랫폼과 협의한 바에 따라, 연재 6회분까지는 무료로 구독할 수 있지만, 미스터리가 풀리기 시작하는 마지막 2회에 이르면 유료로 전환해야 구독할 수 있었다.

"유료 구독이 저희가 연재 플랫폼을 만든 주목적입니다." 그녀와 연락을 주고받는 연재 플랫폼 담당자가 밝혔다. "저희는 작가가 전통적인 경로로 작품을 출간하지 않더라도 창작 활동을 통해 얼마간의 수입을 올릴 수 있기를 바라거든요."

"하지만 돈을 받으려고 하면 아무도 안 보지 않을까요?" 그녀는 약간 걱정스러웠다.

"유료로 보려고 하는 사람이 무료 구독자 수보다 적기는 할 겁니다. 하지만 작가님은 구독자 수가 이렇게 많으시니 고민할 필요 없을 거예요." 담당자가 안심시켰다. "저희도 내부에서 논의해봤는데, 선생님 작품을 좋아하는 사람이 아주 많더라고요. 원하신다면 저희가 출판사와 연결해드릴 수도 있습니다. 개인적으로는 이 이야기를 어서 책으로 내고 싶어 할 출판사가 틀림없이 있으리라 생각합니다."

출간하면, 자신이 작가가 되는 것 아닌가? 그녀는 흥분에 겨워하면서도 속으로는 자신을 일깨웠다. 마지막 2회는 신중하게 처리해서 멋지게 마무리 지어야 한다고, 유료 구독 독자에게 큰 만족을 선사해야만 한다고.

6회 연재가 올라간 뒤, 연재 플랫폼에 마지막 2회 유료 전환 공지를 띄웠다. 이와 함께 자신이 일전에 만들어놓았던 시놉시스를 다시 점검하며, 훨씬 더 예상 밖으로 느껴질 결말로 전개해나갈 방법은 없을지 곰곰이 생각해보았다. 로그아웃하고 컴퓨터를 끄려는데 메일함에 연재 플랫폼에서 보내온 메일이 한 통 도착했다.

메일에는 네티즌이 보낸 메일을 연재 플랫폼 시스템을 통해 전달한다는 핵심 내용이 간단한 격식에 맞춰 설명되어 있었다. 이런 종류의 메일은 연재 시작 후 이미 몇 통 받아본 적이 있었다. 전부 네티즌들의 격려 메일이어서 그녀도 감격스러운 마음에 일일이 답장을 보내주었다. 그러나 '열어보기'를 클릭한 뒤 이 이메일은 이전과는 다른 메일이라는 사실을 깨달았다.

안녕하세요. 「우리와 그들」 독자입니다. 저는 이 작품이 무척 마음에 듭니다.

메일의 첫머리는 다른 격려 메일과 크게 달라 보이지 않았지만 이어진 내용은 전혀 달랐다.

방금 다음 회 연재부터 미스터리가 풀릴 거라고 작가님이 올리신 공지를 봤는데, 도무지 의문이 풀리지 않아서요. 작가님이 해두신 설정으로 추측해보건대, 현재 이야기가 겨우 5분의 1 정도, 많아봤자 4분의 1 정도밖에 진행되지 않은 게 분명한데, 다음 회 연재부터 미스터리가 풀린다니 너무 불합리하게 느껴집니다. 유료로 구독하고 싶지 않아서 이러는 게 아닙니다. 사실 이렇게 멋진 이야기는 처음부터 유료로 구독할 마음도 있거든요. 다만 그냥 여쭤보고 싶은 마음에 이런 메일을 써서 귀찮게 해드리게 되었습니다. 어째서 반 이상의 분량을 할애해서 미스터리를 풀려고 하시는 건지요?

'이 네티즌 지금 뭐라는 거야? 증거를 다 찾았으면 이제 수수께끼를 풀어야 하는 거 아냐? 반 이상의 분량을 할애해? 이 이야기 겨우 4분의 1밖에 안 남았다고요.'

그녀는 눈살을 찌푸리며 메일 말미의 서명을 뚫어지게 바라봤다. '아귀.'

* * *

아귀 님, 안녕하세요. 제 작품을 좋아하신다니 정말 기쁩니다. 아귀 님이 보내주신 메일이 풋내기 작가인 제게는 정말 큰 격려가 되었어요. 아귀 님이 보신 바와 같이, 현재까지 연재된 「우리와 그들」에는 이미 모든 증거가 나열되어 있습니다. 그래서 진도에 맞춰 자연스럽게 수수께끼를 풀기 시작하고 마무리 지으려고 합니다. 이 이야기는 처음부터 중편으로 쓸 생각이었기 때문에 2회만 더 연재하면 끝나게 됩니다. 독자님께서 말씀하신 것처럼 '반 이

상의 분량을 할애해서 수수께끼를 푸는' 상황은 결코 아니랍니다.
고맙습니다.

그랬군요. 아쉽네요.

  그녀는 모니터 앞에서 실눈을 떴다.

  아귀는 메일을 엄청나게 빨리, 또 아주 짧게 써 보냈다. '저 '아쉽네요'는 무슨 뜻이지? '아쉽네요. 중편밖에 안 된다니. 이 중 행성 세계 이야기를 더 많이 보고 싶었거든요' 이건가?' 아 니다. 아귀는 이 이야기가 그녀가 예정했던 길이보다 훨씬 더 길어야 한다고 생각했다. 그러니 더 다양한 이야기를 보고 싶다 는 게 아니라 이 이야기를 더 보고 싶다는 것이었다. '그렇다면 '아쉽네요. 이야기가 너무 짧네요' 이거겠지? 그런데 아귀는 어 째서 이 이야기가 많아봤자 4분의 1밖에 진행되지 않았다고 생 각하는 걸까?'

  그녀는 아귀의 첫 번째 메일을 다시 읽어봤다.

    작가님이 해두신 설정으로 추측해보건대, 현재 이야기가 겨우 5 분의 1 정도, 많아봤자 4분의 1 정도밖에 진행되지 않은 게 분명한 데—

아귀는 메일에서 '5분의 1' '4분의 1'의 비율을 말했다. 어떻게 계산한 걸까?

아귀는 첫 번째 메일에서 「우리와 그들」을 긍정적으로 평가했지만, 다른 격려 메일과는 달리 소설 구조에 대한 나름의 생각을 밝혔다. 혹시 선배 창작자인가? 아니면 아예 작가?

그녀는 연재 플랫폼 담당자가 언급했던 출간 가능성을 떠올렸다.

만일 아귀가 정말로 작가라면, 이 기회에 가르침을 청해야만 했다.

지난번에는 답장을 너무 급히 보내드렸죠. 양해 부탁드려요.

그녀는 질문 메일을 발송한 뒤 아귀로부터 글자 수가 적지 않은 답장을 받았다.

현재 진도가 전체 이야기의 5분의 1에서 4분의 1 정도까지만 진행되었다고 보는 이유는 3막극에서 비롯된 것입니다. 작가님도 아시듯, 전통적인 3막극 구조에서 제1막은 충돌을 촉발하는 데, 제2막은 충돌을 묘사하는 데 쓰입니다. 제3막은 충돌을 해결하는 데 쓰이죠. 추리소설에서는 보통 제1막이 매우 짧습니다. 주로 사건을 설명하면 끝나요. 제3막은 그보다 좀 긴데, 분량을 어느 정도 할애해서 사건 속 수수께끼를 설명해야 하기 때문입니다. 보통 제2막이 차지하는 비중이 가장 큽니다. 여기서는 증거를 찾고 판단을 내리고 좌절에 맞닥뜨리고 다시 추론하는 등의 방식으로 인물들이 어떻게 사건을 마주하는지 묘사합니다. 작가님이 설계하신 사건이 절대 복잡하지는 않습니다만, 상황이 온전히 설정되어 있고 사건이 허구의 행성에서 일어나는 까닭에, 제1막은 좀 길게 써야겠지만 제3막은 틀림없이 좀 짧아지리라 생각했습니다. 지금 진도로 보면, 제2막이 시작한 지 얼마 안 된 게 분명하기 때문에 그렇게 계산한 겁니다.

하지만 나 행성 경찰은 이미 증거를 충분히 찾아냈고, 타이 행성 수사반장 역시 증거를 타이 행성 탐정에게 넘겼는데요.

그녀가 답신을 보냈다.

전 '안락의자 탐정' 형식으로 사건을 해결할 생각이에요. 그래서 탐정은 증거를 확보하면 사건을 해결하게 되는 거고요.

안락의자 탐정이요? 안 되는데요.

곧바로 아귀의 답장이 도착했다.

"안 된다고? 왜?" 아귀의 메일을 남자 친구에게 보여줬더니, 남자 친구가 동의할 수 없다는 듯 눈썹을 치켜세웠다. "이 아귀란 사람 누군데?"

"내가 어떻게 알아?" 그녀가 눈을 흘겼다. "엄청 전문적으로 메일 쓴 거 보니까, 작가일 것 같아."

"작가? 내가 보기엔 그냥 일부러 자기 잘났다고 자랑하려는 거구만, 여자 꼬시려는 거겠지!"

"이 사람은 내가 남자인지 여자인지도 모른다고요."

"연재 플랫폼에 작가 사진 올리지 않았어?"

"어슐러 르 귄 사진 올려놨어."

"누구?"

"『빼앗긴 자들』 작가 말이야."

"아, 그 사람도 여자잖아!"

"르 귄은 호호 할머니라고요."

"그럼 호호 할머니한테 흥미를 느끼는 변태인가 보네!"

"저기요." 그녀가 고개를 내저었다. "과장이 너무 심하시네요."

"게다가 사건이 복잡하게 설계되지 않았다고?" 남자 친구는 아직 말을 멈출 생각이 없었다. "그거 내가 까다롭게 엄선한 추리 미스터리라고!"

"어쨌든 '안락의자 탐정'은 쓸 수 없다잖아." 그녀가 말했다.

"말도 안 되는 소리야!" 남자 친구가 손을 내저었다. "니시자와 야스히코의 『치아키의 해체 원인』에 수록된 모든 단편이 다 그냥 뉴스나 일상적인 사건을 얘기하는 정도야. 인물들이 떠

들면서 수수께끼가 풀려버린다고. 교고쿠 나쓰히코의 『광골의
꿈』에서는 앞부분에서 책 반 이상을 수수께끼를 늘어놓는 데
쓰고 탐정인 교고쿠도는 마지막 두 장에서나 나타나서 수수께
끼를 풀어버린단 말이야. 이게 다 '안락의자 탐정' 형식을 응용
한 건데, 이걸 쓸 수 없다는 게 말이 되냐?"

"흠." 그녀는 말을 어떻게 받아야 할지 알 수 없었다. 남자 친
구가 이야기한 두 권 다 읽어본 적이 없었다.

"답 메일 보낼 때 이 두 사례를 언급해서 형식적으로 문제없
다고 알려줘." 남자 친구가 고개를 끄덕였다. "너도 준비했다는
걸 보여주란 말이야!"

＊ ＊ ＊

분명히 『치아키의 해체 원인』과 『광골의 꿈』 모두 '안락의자 탐정'
형식을 쓰고 있기는 합니다.

아귀의 답신에서는 원망도 불쾌한 감정도 느껴지지 않았다.

하지만 이 두 사례야말로 제가 「우리와 그들」이 '안락의자 탐정'을
응용하기 적절하지 않은 작품이라고 생각하는 이유랍니다.

이미 잠든 남자 친구를 뒤로하고 그녀는 혼자 컴퓨터 앞에 앉아 아귀가 보낸 기나긴 메일을 읽었다.

『광골의 꿈』에 등장하는 여러 인물은 모두 교고쿠도가 자기들이 각자 맞닥뜨린 기괴한 사건에 해답을 내려주리라 기대합니다. 그래서 교고쿠도의 책방에 모여들고, 교고쿠도가 집에 돌아가기를 기다렸다가 수수께끼를 푸는 부분으로 진입하죠. 여기서 핵심은 이 인물들이 교고쿠도에게 제공하는 정보가 모두 그들이 아는 '정확한' 정보라는 겁니다. 『광골의 꿈』 속 상황으로 보면, 그들은 교고쿠도를 속일 필요가 없어요. 하지만 「우리와 그들」 속 나 행성 정권과 타이 행성 정권은 관계가 미묘합니다. 사망자 중에는 타이 행성 사람도 있고 나 행성 사람도 있고요. 현재 작가님이 내놓으신 단서로 볼 때, 범인은 분명히 수사 과정에서 언급된 타이 행성의 부자 삼인조일 겁니다. 타이 행성 탐정은 추론 끝에 이 세 사람이 돈을 훔치려고 범행을 저질렀다는 결론을 내릴 게 분명해요.
이런 상황에서라면 타이 행성 탐정이 증거에 의구심을 가져야만 합니다. 만일 나 행성에서 제공한 증거에 문제가 있다면 자신의 추리 때문에 타이 행성 사람 셋이 범죄자가 될 테니 말입니다.

그녀는 정신이 멍해졌다. 그래, 어째서 타이 행성 탐정이 무조건 나 행성에서 제공한 단서를 믿어야 하지? 나 행성 정부가 타이 행성 정부의 주권에 이견을 갖고 있고, 나 행성의 공공 부처에서 타이 행성 사람에게 불리한 범죄 증거를 내놓는 상황이다. 그런 가운데 역시나 타이 행성 사람인 탐정이 그걸 무턱대고 믿다니 당치 않은 일이었다.

아귀가 계속 설명했다.

『광골의 꿈』의 등장인물들은 온갖 토막 시체 사건을 놓고 토론을 벌입니다. 이 단편집에 나오는 사건 중 일부는 사실 결코 '사건'이 아닙니다. 사건이든 아니든 간에 이 이야기들엔 중요한 지점이 있습니다. 인물들이 수사 과정에 실제 참여하지 않고, 이들의 토론 결과가 수사 방향에 영향을 끼치지도 않는다는 겁니다. 다시 말해서, 이 사람들의 추리 결과가 정확하든 그렇지 않든 그저 노닥거리는 이야기에 불과할 뿐, 범인 검거와는 관계가 없다는 거죠.

그렇지만 작가님의 타이 행성 탐정은 누군가가 억울하게 옥살이를 하게 할 수도 있습니다. 경찰이 정말로 그 탐정이 내린 결론에 따라 용의자를 체포할 테니까요.

그녀는 미간을 찡그리며 생각에 잠겼다. 그러니까 문제가 돌고 돌아온 거다. 타이 행성 탐정은 나 행성 경찰이 제공한 단서가 정확하다고 어떻게 확신할 것인가? 그녀가 머릿속으로 그린 이 두 정권의 최고 형벌은 사형이었다. 비록 이야기에 써넣을 필요는 없겠지만, 다섯 명을 죽인 타이 행성 사람 셋은 분명 사형당하리라는 걸 그녀는 알고 있었다.

만일 이 세 사람이 진범이 아니라면, 함부로 세 사람의 목숨을 빼앗게 되는 것 아닌가?

그녀는 돌연 소설을 쓰는 데서 오는 중압감이 너무 크게 느껴졌다.

사실, '안락의자 탐정'은 아주 흥미로운 추리 유형입니다. 고전적인 수수께끼 풀이 추리소설에 적합하기도 하고요. 이런 종류의 이야기의 핵심이 바로 수수께끼를 풀어나가는 지적인 게임에 있기 때문입니다. 하지만 작가님의 설정으로 보면, 「우리와 그들」의 매력 포인트는 두 행성의 관계에 있죠. 단순히 수수께끼를 푸는 데 있는 게 아니라요.

아귀가 예를 들었다.

사실상, 나 행성 수사반장이 현재 확보한 증거, 이를테면 사건이 발생하자마자 타이 행성으로 돌아간 우주 수송선 승객 명단이나 범죄 현장에서 수집한 지문…… 등등 이런 증거들이 모두 타이 행성 사람 셋을 가리키고는 있지만, 죄를 확정하기에는 충분하지 않은 양이고 도리어 의도적으로 배치한 결과라는 느낌을 주는 탓에, 제가 타이 행성 탐정이 응당 의문을 제기해야 한다고 본 겁니다.

아귀의 기나긴 메일은 다음과 같이 마무리되었다.

우리와 그들

물론, 현재 범인이 누구인가에 대한 제 추측에도 오류가 있을 수 있습니다. 작가님께서 '안락의자 탐정 형식이 적절하지 않다'는 제 의혹을 피해 갈 수 있는, 제가 생각하지도 못한 사건 해결 방식을 이미 설계해두셨을 수도 있고요. 기나긴 우려의 메일을 몇 통 보내드린 까닭은 그저 구조적으로 완전하고 재미있는 소설을 읽고 싶은 마음 때문이었습니다. 만일 작가님께서 제 추측이 빗나가는 설계를 해두셨다면, 이 몇 통의 메일은 신경 쓰실 필요 없습니다. 저를 깜짝 놀라게 할 결말이 무척 기대되네요.

그녀는 컴퓨터를 끄고 한숨을 내쉬었다.

그 증거들은 물론 남자 친구가 제공한 아이디어를 바탕으로 의도적으로 배치한 거지만, 그녀는 아귀의 말이 이해가 갔다. 자신이 창작 기교가 아직 숙련되지 않은 데다가 증거들을 배치하는 방식도 서툴러서 튀어 보였던 것이다. 아귀는 이런 증거들 속에서 작가가 준비해둔 범인을 정확하게 알아챘음에도 그렇게 하는 게 결코 합리적이지 않다고 완곡하게 지적해준 거였다.

그녀로서는 아귀의 메일 내용에 신경 쓰지 않을 도리가 없었다.

사실, 아귀에게 완전히 설득당한 참이었다.

문제는 어떻게 해야 이런 것들을 합리적으로 배치할 수 있을지 모르겠다는 점이었다. 이미 공개된 연재에 이 증거들을 다 써넣었는데, 후속 이야기를 어떻게 해야 할까?

"어떻게 하지?" 이튿날 밤, 남자 친구의 의견을 묻자, 남자 친구는 갑갑해하며 대답했다. "원래 계획대로 하는 거지. 2회 더 연재하고 끝내라고. 그 네티즌이 뭐라 하건 무슨 상관인데? 그 사람이 소설 내용에 만족하지 않는다고 해도 그거야 그냥 그 사람 의견일 뿐이야."

"하지만 아주 전문적인 의견이잖아." 그녀가 한숨을 쉬었다. "내가 타이 행성 삼부자를 실수로 죽일 수도 있다 생각하니 중압감이 너무 커졌단 말이야."

"세 사람 죽이는 게 뭐?" 남자 친구가 눈을 부릅뜨고 그녀를 노려봤다. "처음에 다섯 명이나 죽이고 시작하지 않았어?"

"그건 달라. 그 다섯 사람이 죽어야 사건이 비로소 시작될 수 있잖아." 그녀도 똑같이 눈을 부릅뜨고 남자 친구를 노려봤다. "게다가 그건 자기가 준 아이디어였잖아. 엄격하게 말하면 그 사람들은 자기가 죽인 거라고."

"상관없어." 남자 친구는 그녀의 시선을 피해버렸다. "어쨌거나 작가가 왕이잖아. 넌 원래 시놉시스대로 이야기만 끝맺으면 되는 거야. 그리고 추리 수수께끼를 수록한 책들도 다 마찬가지란 말이야. 그렇게 재능 넘치는 네티즌이 출판사에 그 책들 항의하러 안 가고 뭐 한다냐?"

'으응?' 그녀가 눈을 깜빡였다. 분명히 아귀에게 물어볼 만한 문제였다.

추리 수수께끼는 추리소설이 아니니까요.

아귀는 냉정하고 조리가 분명한 답장을 보내왔다.

추리 수수께끼는 수수께끼를 푸는 데 필요한 단서를 제공할 뿐, 설정과 인물들의 성격을 상세히 소개할 필요가 없습니다. 독자도 적은 양의 단서에서 수수께끼의 답을 찾아내기만 하면 되고요. 그러니까 추리 수수께끼는 어떤 형식을 갖춘 퀴즈인 거죠. 수수께끼를 푸는 게 그런 책을 읽을 때의 유일한 즐거움이고요.

그녀는 모니터 앞에 앉아 고개를 끄덕이며 계속 읽어 내려갔다.

하지만 추리소설은 온전한 이야기입니다. 훨씬 더 복잡한 플롯과 더 정확한 설정, 더 입체적인 인물이 담겨 있어요. 수수께끼를 푸는 게 추리소설에서 가장 중요한 부분이기는 하지만 결코 전부는 아닙니다. 수수께끼를 푸는 것 외에도 추리소설에는 각 관련 인물이 수수께끼에 보이는 반응과 의견, 인물들이 이야기가 진행되는 가운데 겪는 심리적인 변화까지 포함되어 있거든요. 「우리와 그들」로 보면, 다섯 명이 살해된 사건이 나 행성 경찰과 수사반장, 타

이 행성 탐정, 피해자 가족과 친구 심지어는 이 두 행성의 정부에 끼친 영향이죠. 이 밖에,

아귀는 메일 끄트머리에 이렇게 썼다.

설정과 플롯이 어떻게 발전하는지와도 관련이 있습니다. 사실 이 게 제가 현재까지 진행된 진도는 제2막의 서두 정도밖에 되지 않는다고 보는 이유이기도 해요.

그녀는 아귀가 언급했던 '3막극'을 떠올리며 잠시 생각을 하다가 본인이 적극적으로 물어보기로 했다.

독자님이 말씀하신 3막극 구조로 진행할 경우, 「우리와 그들」이 앞으로 어떻게 전개되어야 한다고 생각하시나요?

전 작가에게 영향을 주고 싶지는 않습니다.

아귀의 이번 대답은 짧고 간결했다.

인색하게 굴지 말고 의견 좀 주세요.

이번에는 그녀가 재빨리 답신을 보냈다.

우리와 그들

편집자에게 물어보세요.

곧바로 아귀의 답장이 떴다.

전 그저 풋내기 작가일 뿐이에요. 도와주는 편집자가 없어요.

그녀는 굴하지 않고, 보내기를 클릭하기 전 한마디를 덧붙였다.

정말 도움이 필요해요. 부탁드려요.

아귀는 답장이 없었다. 그녀는 우울해졌다. 아귀 성격이 오락가락하는 것처럼 보였다. 남 도와주는 게 좋아서, 혼자 고고하게 거들먹거리는 법 없이 예의를 차려가며 자세하게 설명을 해주더니만, 이번에는 또 냉담하기 짝이 없게 나왔고, 답장하면서도 말을 아꼈다. 태도가 단호하기 그지없었다.
몇 분이 지나, 아마 답장을 받지 못할 거라는 느낌이 들 즈음, 메일함에 연재 플랫폼에서 전달한 메일이 도착했다.

제가 처음에 머릿속으로 그려봤던 내용을 알려드릴 테니, 참고하시기 바랍니다.

아귀의 메일은 이렇게 시작됐다.

다만 제가 추측한 바로는 앞으로 남은 2회 연재로는 이야기를 끝낼 수가 없습니다. 작가님께서 이 방향으로 써나갈 의향이 있으시다면, 원래 정해두셨던 이야기의 결말을 대폭 고쳐 쓰셔야 할 겁니다.

＊ ＊ ＊

「우리와 그들」의 상황 설정 방식과 작가님이 올린 작가 사진을 보고 저는 작가님이 르 귄의 작품 『빼앗긴 자들』을 읽어보신 적이 있으리라 대담하게 추측했습니다.

아귀의 말에 그녀는 '그렇게 티가 났나?' 하고 쓴웃음이 나왔다.

물론, 작가님이 르 귄의 창작물을 표절했다는 뜻은 아닙니다. 작가님은 두 행성이라는 설정에 다른 아이디어를 많이 덧붙이셨고, 개인적으로는 그게 참 좋았습니다. 사실, 전 작가님의 설정이 현재 타이완의 어떤 정치적 상황을 반영하고 있다고 생각합니다.

'응?' 그녀는 호기심이 일기 시작했다. 설정을 잡을 때, 자신이 뉴스에서 본 것, 생각한 것을 덧붙인 건 사실이었다. 하지만 그걸 가공의 세계에 가져다 놓았으니 거기에 주의하는 사람은 없으리라 생각한 터였다.

『빼앗긴 자들』속 상황 설정을 예로 들면, 이 작품은 행성과 위성 정권의 서로 다른 정치체제를 언급합니다. 이야기의 플롯은 위성인 아나레스의 과학자 쉐벡이 연구하는 '일반 시간 이론'에서 비롯되죠. 쉐벡의 '일반 시간 이론'은 광속光速의 제약을 넘어 행성계 간의 동시 통신을 가능하게 해줍니다. 하지만 너무나 배타적인 아나레스 정권은 쉐벡의 이론이 아무짝에도 쓸모없다고 생각하고, 이로 인해 쉐벡은 아나레스의 전통을 깨고 우라스 행성으로 가서 지원을 요청하지 않을 수 없게 되는데, 서로 다른 정치체제 속에서 어려움을 겪게 되죠.

아귀는 『빼앗긴 자들』을 훤히 꿰뚫고 있는 모양이었다. 그녀 역시 몇 개월 전 서점에서 『빼앗긴 자들』을 다 읽기는 했지만, 지금은 이미 책 속 행성과 위성의 이름이 무엇이었는지조차 가물가물해진 참이었다.

『빼앗긴 자들』의 전체 이야기는 쉐벡이 두 개의 정치체제 속에서 분투하는 과정처럼 보입니다. 「우리와 그들」의 전체 이야기가 나 행성의 수사반장과 타이 행성 탐정이 다섯 명이 살해당한 사건을 수사하는 과정을 얘기하고 있는 것처럼 말이죠.

정말 그랬다.

하지만 쉐벡의 경험은 결코 『빼앗긴 자들』의 주제가 아닙니다.

'어?' 그녀가 눈을 깜빡거렸다. '이게 무슨 뜻이지?'

대부분의 이야기는 전제, 주제, 설정, 인물, 플롯 이 다섯 가지 기본 구성 요소를 담고 있습니다. 이 다섯 가지 요소가 서로 영향을 끼치는데, 이것들이 절묘하게 결합하면 좋은 이야기가 만들어집니다.

아귀의 메일은 마치 창작 강의안 같았다.

『빼앗긴 자들』의 주제는 자본주의 사회와 공산주의 사회 간의 온갖 상황을 탐구하는 겁니다. 그래서 르 귄이 두 행성에 두 가지 종류의 정치체제를 설정해놓고 쉐벡이 그 차이를 체험하게 한 거고요.

'그런가?' 그녀의 눈이 휘둥그레졌다. 『빼앗긴 자들』을 읽으면서 이런 차원까지 생각해본 적은 한 번도 없었다.

바꿔 말하면, 『빼앗긴 자들』의 플롯은 주인공과 상황 설정에서 함께 나온 거고, 주인공과 상황은 또 주제에 따라 설정된 거죠. 「우리와 그들」을 읽기 시작할 때부터 전 상황이 매우 절묘하게 설정됐다고 생각했습니다. 나 행성 수사반장을 설계하신 것도 무척 흥미롭더군요. 그래서 작가님도 이야기 속에서 두 행성 사이의 서로 다른 정치적 입장의 충돌을 표현하실 거라고 생각했습니다. 말하자면 원래 제가 상상한 바로는 제2막이 시작된 뒤, 타이 행성 탐정과 나 행성 수사반장 사이에는 협력해야 하는, 그러면서도 서로 믿지 못하는 상황이 벌어집니다. 동시에 사망자 중에 나 행성 사람도 있고 타이 행성 사람도 있으니 두 행성의 정부도 아마 어떤 움직임을 보일 테고요. 제2막에서 사건의 증거와 정부의 지시를 놓고 두 인물이 서로 다른 견해를 보이게 되면서, 이로 인해 새로운 단서를 찾게 될 수도 있고 또 더 많은 관련 세력이 얽혀 들 수도 있을 거예요. 마지막에 둘이 모종의 공감대를 형성하게 되면 그제야 제3막에서 수수께끼가 풀리기 시작합니다.

상당히 복잡하게 들렸다. 눈이 뻑뻑한 느낌이 들어 깜빡거리다 시계를 보니 시간은 이미 자정을 넘어 있었다. 다행히 아귀의 메일은 마지막 한 문단만을 남겨두고 있었다.

SF 소설을 좋아하신다면, 아이작 아시모프의 『강철 도시』를 읽어

보시는 것도 좋을 듯합니다. 이 이야기에도 입장은 다르지만 협력

해서 수사해야 하는 두 주인공이 나오는데, 아시모프가 아주 경쾌

한 필치로 그려냅니다. 순식간에 다 읽으실 수 있을 거예요. 얼마

간 도움도 되리라 믿습니다.

온라인 서점에서 『강철 도시』를 주문하고 나니 하품이 나

왔다.

아귀가 무척 자세히 써주기는 했지만, 다 읽고 난 뒤에도 구

체적으로 뭘 어떻게 해야 할지 곧바로 방법이 떠오르지 않았다.

다음 연재를 업데이트할 때까지 시간이 일주일이 조금 넘게 남

아 있었다. 그녀는 속으로 생각했다. 이번 주말 전에 『강철 도

시』를 다 읽고, 주말에 시놉시스를 다시 구상해서 쓰기 시작하

면, 다음 주말 전에는 정해진 진도만큼 다 쓸 수 있을 테고 일정

대로 업데이트할 수 있을 거라고. 『강철 도시』를 읽고 난 뒤에

도 딱히 뭔가 생각나지 않으면 아귀에게 무슨 조언해줄 건 없

는지 다시 물어보자고.

자리에서 일어나 나른하게 기지개를 켰다. 출근할 때 휴대하

는 소지품을 핸드백에 챙겨 넣고 옷장에서 위아래 속옷을 한

벌 꺼냈다. 아침에 일어나서 샤워하고 출근하는 습관이 있기에

일단 갈아입을 옷과 핸드백을 준비해놔야 잠에서 막 깨어 흐리

멍덩할 때 허둥지둥하다가 이것저것 빠뜨리지 않을 수 있었다.

속옷을 욕실 수납장에 넣는데 몇 개월 전 남자 친구의 '속옷 추리'가 떠올랐다.

　욕실에서 걸어 나와 침대에서 잠에 곯아떨어진 남자 친구를 내려다봤다. 남자 친구는 도대체 어떤 단서를 보고 자신이 분홍 레이스 속옷을 입었다는 사실을 추리해낸 걸까? 도무지 알 수가 없었다.

　"도대체 어떻게 추리한 거야?" 그녀가 조용히 물었다.

　남자 친구가 고개를 비스듬히 기울이더니 코를 드르렁드르렁 골았다.

＊ ＊ ＊

　조언 고맙습니다. 『강철 도시』 읽어봤어요. 정말 흥미롭더군요. 아귀 님께서 타이 행성 탐정이 분명 나 행성의 수사반장이 제공한 단서를 의심할 거라고 하셨는데, 저도 상당히 일리가 있다는 생각이 들더라고요. 다음 연재를 바로 이 부분부터 쓰기 시작할 생각이에요. 문제는 앞으로 어떤 일이 일어날지 제가 확신할 수 없다는 거예요. 타이 행성 탐정은 자기 손에 들어온 자료를 완전히 믿을 수 없어 이 단서들만 갖고 추리하지는 않겠다고 밝히게 될 텐데, 그다음은 어떻게 해야 할까요?

그녀는 편의점에서 『강철 도시』를 찾아온 다음 날 책을 다 읽었다. 아시모프의 작법 스타일이 무척 직접적이고 명쾌해서 정말 즐겁게 읽었다. 생각해보니, SF 세계에서 벌어진 이야기이기는 했지만 그녀가 읽은 첫 번째 추리소설이기도 했다.

하지만 즐겁게 읽은 건 읽은 거고, 읽으면서 자신의 소설을 어떻게 전개해야 할지 생각해보는 건 또 다른 일이었다. 벌써 목요일이니, 금요일 전까지 구체적인 방향을 생각해내지 못하면, 주말 이틀 동안 자료 찾고 다시 시놉시스를 작성하는 데도 시간이 빠듯할 터였다. 이렇게 되면 일주일 뒤 연재에 펑크가 날 것이다.

전문 작가라면 순식간에 하나에서 열을 알아챌 테고 자신의 독서 경험에서 합당한 도움을 받을 수 있겠지만, 그녀는 자신이 아직 그런 경지에 이르지는 못했다는 사실을 너무나 잘 알고 있었다.

진도를 따라잡을 가장 빠른 방법은 바로 아귀에게 가르침을 구하는 것이었다.

인물이 자연스럽게, 합리적으로 행동하게 하려면 인물을 설정한 다음 인물의 정체성과 개성을 통해 추측해봐야 합니다.

아귀는 물어보기만 하면 반드시 답을 해주는 선생님 같았다.

작가님의 타이 행성 탐정이 아직 등장하기 전이니, 저로서는 그 탐정의 성격이 어떤지 전혀 알 수 없고, 그가 어떻게 할지도 확신할 수 없습니다. 하지만 나 행성 수사반장은 등장한 뒤 이미 시간이 어느 정도 지났죠. 사건에 대한 이 사람의 수사 태도, 정치적 교착 상태를 깨고 타이 행성 탐정을 찾아내 도움을 구하고 싶어 하는 행동으로 보건대 그는 피가 뜨겁고 강직한, 수사할 때 몸과 마음을 100퍼센트 쏟아붓는 경찰일 거라는 생각이 듭니다. 타이 행성 탐정은 좀 게으르고 규칙 같은 건 지키지 않지만 신중하고 꼼꼼한 인물로 설정하셔도 되겠네요. 말투도 약간 비꼬는 투로 하면 나 행성 수사반장과도 대비가 될 거고, 두 인물 사이에서 다양한 충돌이 일어나기도 하겠죠.

그녀는 『강철 도시』속 두 주인공을 떠올렸다. 하나는 로봇을 혐오하는 전통적인 경찰, 다른 하나는 사실만 놓고 옳고 그름을 따지는 로봇. 두 캐릭터는 실제로 의견이 맞지 않았는데, 이런 의견 충돌이 이야기를 앞으로 밀고 나갔다.

그 밖에도 이미 완전하게 설정해두신 상황에서 출발해 이 둘이 앞으로 마주하게 될 상황을 배치하실 수도 있을 겁니다.

아귀는 계속 써 내려갔다.

이미 나 행성 수사반장이 제약이 있는 상황에서 타이 행성 탐정에게 단서를 넘길 수밖에 없다고 쓰셨잖습니까. 그러니 타이 행성 탐정은 서면 자료와 나 행성 수사반장의 보충 설명만 보게 될 뿐 실제 증거물은 손에 넣을 수 없을 거고, 증인 신문 기회도 없겠죠. 만일 작가님의 원래 계획대로 '안락의자 탐정' 형식으로 수수께끼를 풀면 이렇게 전개가 될 겁니다. 하지만 이치대로라면 현실에서는 용의자에게 죄를 선고할 때 실질적인 증거가 필요합니다. 게다가 타이 행성 탐정도 정치적 상황을 의심하고 있으니, 작가님이 필요로 하는 플롯은 이런 상황 설정에서 발전되어 나올 수 있겠죠.

타이 행성 탐정이 자료를 의심하는 건 이미 언급하신 적이 있고, 저도 일리 있다고 생각해요.

그녀는 잠시 생각하다 질문을 이어나갔다.

하지만 원래 '안락의자 탐정' 모델로 수수께끼를 풀어나갈 예정이었기 때문에 이미 연재된 부분을 통해 나간 나 행성 수사반장이 손에 쥔 감식 자료는 모두 정확한 거로 되어 있어요. 게다가 이 사람이 사건을 해결하려고 정치적 대치 상황까지 깨가면서 타이 행성 탐정에게 도움을 청할 대책까지 강구한 마당인데, 문제가 있는 자료를 탐정에게 넘겨줄 리 없잖아요. 이걸 어떻게 해야 할까요?

우리와 그들

그건 인물 설정으로 돌아가 살펴보시면 됩니다. 나 행성 수사반장이 앞서 말한 것처럼 표면적으로 그렇게 정직한 사람이 아니라 다른 속셈이 있다면 어떻게 될까요? 나 행성 수사반장이 실은 타이 행성 탐정에게 사적인 원한이 있다면 또 어떻게 될까요?

아귀는 가뿐하게 대답했다.

아니면 인물 설정을 너무 복잡하게 바꿀 필요 없이 지금 상황 설정만으로 해결할 방법도 있기는 합니다.

'정말?' 그녀가 눈을 부릅떴다.

사망자와 용의자 중에 모두 타이 행성 사람이 있기 때문에, 설사 나 행성 경찰 측이 제공한 자료가 거짓으로 조작되지 않았다 하더라도 타이 행성 정부나 탐정은 직접 증거물을 검사하고 증인을 신문하겠다고 주장해야 합니다. 만일 현재 증거가 타이 행성의 용의자에게 불리하다면, 공권력이 더더욱 끈질기게 개입해야겠죠. 어쨌거나 피해자도 많은 사건인데, 이 두 행성의 정치적 관계가 미묘한 상황에서 양쪽 정부 모두 신중하게 일을 처리해야 하니까요. 게다가 나 행성 경찰 측에 증거물 감정 기술이 있다 해도 타이 행성 탐정이 그 자료가 정확하다고 생각하리란 법도 없고요.

아귀가 설명했다.

타이 행성 탐정에게 나 행성 경찰 측의 감정 기술은 나 행성의 일
방적인 공언에 불과합니다. 예를 들어, 「우리와 그들」 속 나 행성
경찰 측은 피해자를 묶는 데 쓰인 접착테이프에서 DNA를 채취하
고, 나 행성의 처리 절차에 따라 감식 보고서를 완성합니다. 당연
히 나 행성 수사반장한테야 이 보고서가 문제가 없습니다. 하지만
나 행성의 처리 절차가 타이 행성에서 보기에는 이미 시대에 뒤떨
어진 낡은 방법이라면, 또는 타이 행성에서 들어보지 못한 신기술
이라면, 타이 행성 탐정으로서는 자연히 이 DNA 보고서를 온전히
믿을 수 없겠죠. 증인의 증언도 마찬가지입니다. 서로 다른 사람
이 서로 다른 상황에서 신문을 하면 다른 결과가 나올 수 있습니
다. 이 모든 게 탐정의 추리를 좌우합니다. 제가 이 작품이 '안락의
자 탐정' 형식을 쓰기 적합하지 않다고 생각하는 주요 원인이기도
하고요.

아귀는 마지막에 이렇게 썼다.

사실, 작가님이 설정하신 상황에서 상당히 다양한 전개가 나올 수
있습니다. 피해자의 배경을 아주 많이 이야기하지는 않으셨잖아
요. 독자들이 너무 빨리 범인을 알아보지 못하게 하려고 타이 행
성 삼부자와 관련된 내용도 별달리 언급하지 않으셨고요. 하지만

불안정한 정치적 상황에서 다른 행성으로 넘어가 사업을 하면서 이 인물들은 서로 다른 수많은 세력과 관련을 맺게 되었을 겁니다. 나 행성 정권은 공산주의를 내건 독재 체제인 반면 타이 행성은 민주화를 시작한 봉건사회입니다. 현실에서 유사한 자료를 찾아 참고해보세요. 창작에도 도움이 되시리라 믿습니다.

그녀는 갈아입을 옷을 욕실에 가져다 놓고는 이를 닦고 세수를 했다. 침대 모서리로 가서 앉으니 기나긴 한숨이 터져 나왔다.

"피곤해?" 휴대전화 게임을 하던 남자 친구는 고개도 들지 않고 말했다. "하루만 더 버티면 주말이잖아."

"주말에 시놉시스 다시 써야 한단 말이야." 그녀가 말했다.

남자 친구가 휴대전화를 내려놨다. "수정하려고?"

"수정만 하는 게 아니야." 그녀가 고개를 끄덕였다. "길이도 엄청나게 늘어날 거야."

"그럼 원래 생각했던 수수께끼를 쓸 수는 있는 거야?" 남자 친구가 물었다. "추리 내용 직접 늘리게?"

"그건 계속 쓸 수 있어. 하지만 그게 최종 해답은 아닌 거지."

"무슨 뜻이야?"

막 대답하려는데 갑자기 다른 일이 떠올랐다. "물어볼 게 있는데, 그때 내가 어떤 속옷 입고 있었는지 어떻게 알았어?"

"어? 아, 그거." 남자 친구가 잠시 어리둥절해하더니 짐짓 진지한 표정을 지었다. "추리해낸 거라니까."

"자기가 추리해낼 수 있는 단서가 뭐가 있는데?" 그녀가 남자 친구를 노려봤다. "정말 그런 게 있으면 참고하게 말 좀 해보란 말이야. 소설에 써넣을 수 있을지도 모르잖아."

"품." 남자 친구가 코웃음을 쳤다. "이건 소설에 써넣으면 안 돼."

"도대체 뭔데 그래?" 남자 친구를 째려보는 그녀의 눈에 힘이 더 들어갔다.

"알았어. 정말 추리를 한 건 아니고." 남자 친구가 마치 항복하듯 두 손을 번쩍 들어 보였다. "그날 새벽에 자다 일어나서 화장실에 갔는데 자기가 욕실에 가져다둔 속옷이 보이더라고. 갑자기 호기심이 일었지. 속옷을 바꿔놓으면, 자기가 알아챌까?"

"그러니까 그 분홍색 레이스 속옷이 자기가 가져다둔 거라고?" 그녀의 머릿속에서 영감이 스치고 지나갔다.

"그렇다니까. 그러니까 내가 소설에 써넣으면 안 된다고 했잖아."

남자 친구를 바라보는 그녀의 눈에 불가사의한 눈빛이 어렸다. "그거 써먹을 수 있겠는데."

*** *** ***

　금요일 밤, 자료를 찾는데 이야기의 전개 방식이 차차 명확해지는 느낌이 들었다.

　두 행성의 정치적 분위기 속에서 두 행성 사이에서 장사를 하던 상인은 크고 작은 정객들, 지방 재벌, 협력 업체 심지어 조폭까지 수많은 세력과 접촉해야만 했다. 만일 살인 사건이 그중 어떤 세력이 벌인 짓이라면, 현장에서 약탈당한 재물 이외에 다른 범죄 동기가 있을 터였다. 그리고 이 세력들이 연막을 쳤을 가능성도 있었다. 가령, 증거를 조작하거나 증인을 매수해서 수사 방향을 잘못된 길로 이끄는 식으로 말이다.

　나 행성 수사반장은 현행법 탓에 증거물을 직접 타이 행성 탐정에게 가져다줄 수 없었다. 그녀는 이어서 타이 행성 탐정이 자료를 토대로 용의자를 추리해내고도 이 자료를 온전히 믿지 못하게 할 생각이었다.

　타이 행성 탐정이 나 행성 수사반장에게 여러 세력이 개입했을 가능성을 제시한 뒤, 나 행성 수사반장은 타이 행성 탐정을 나 행성에 한번 오게 해야 할 필요를 느끼게 된다. 하지만 어떤 조직들을 경계해야 할지 확실하지 않은 데다가, 자신이 타이 행성 탐정에게 협조를 구한 일이 이미 두 행성에서 중요한 뉴스가 되어버린다. 이 일로 언론이 후속 수사 상황에 관심을 기울이고 있는 마당에 타이 행성 탐정이 나 행성까지 와서 조사하게 되면, 사건에 연루된 세력이 어느 정도 경각심을 갖게 될 게 뻔했다.

논의 끝에 두 사람은 전략을 세웠다. 우선 타이 행성 탐정이 '범인은 타이 행성 삼부자'라는 결론을 발표해놓고 인맥을 동원해 은밀히 재판 날짜를 미룬 다음, 가짜 신분으로 나 행성에 들어가 나 행성 수사반장과 만나기로 말이다. 동시에 나 행성 수사반장은 윗선에 결과를 거짓으로 보고하고 타이 행성 탐정을 보호하는가 하면, 실제 증거와 증인 명단을 제공하는 등, 난생처음 불법 행위를 저질러야 했다.

두 사람의 협력으로 타이 행성 탐정은 두 행성을 넘나드는 돈세탁 집단을 찾아냈고, 나 행성 수사반장은 이 돈세탁 집단이 살해당한 타이 행성 상인과 금전 거래를 한 사실을 알아냈다. 게다가 단서를 캐던 중 경찰서장이 돈세탁 집단의 막후 우두머리라는 사실을 확신하게 되었다.

서장은 타이 행성 삼부자에게 원한 맺힌 일이 있었다. 몇 해 전, 타이 행성 삼부자는 몇몇 나 행성인의 '나 행성 탈출'을 도운 적이 있었다. 나 행성에서 도망쳐 타이 행성으로 밀항하도록 도왔던 것이다. 하지만 그들은 밀항자 중 하나가 서장의 딸이라는 사실을 전혀 알지 못했다. 서장은 딸의 배신과 도망으로 정부에 충성하지 않았다는 비난을 짊어지게 되었고 이는 그의 공직 생활에 크나큰 영향을 끼쳤다. 여러 해가 지나도록 계속 승진에서 미끄러진 서장은 내내 이 원한을 마음에 담아두었다.

타이 행성 상인과 돈세탁 집단 사이에서 충돌이 일어나고 더 나아가 살인까지 벌어지자, 서장은 일부러 증거를 조작해 의문점을 만들어냈고, 의도적으로 수사 방향을 모호하게 이끌었다. 돈세탁 집단을 숨기는 한편, 누군가 이 돈세탁 집단을 근거로 다른 판단을 내린다 싶으면 타이 행성 부자를 범인으로 딱 찍어버렸다. 이렇게 해서 아귀가 지적한 '증거가 고의로 배치된 것처럼 보이는 결과'를 합리적으로 설명할 수 있게 되었다. 그런데 서장이 증거를 배치하고 추리 방향을 통제하는 데 쓴 수법은 남자 친구가 속옷을 훔쳤던 일에서 영감을 얻은 것이었다.

"자기야, 이제 자야지." 남자 친구가 사각팬티 차림으로 욕실을 걸어 나왔다.

"나 아직 자료 찾는 중." 그녀는 고개도 돌리지 않고 컴퓨터 모니터를 뚫어지게 바라봤다.

몇 시간 전, 그녀는 시놉시스 방향을 대략 정리해서 아귀에게 보낸 참이었다. 남자 친구가 침대에 쓰러지는 소리가 들리는 가운데 메일함을 확인해봤지만, 답장은 보이지 않았다.

사실 아귀는 이미 큰 도움을 주었다. 이야기의 구성 요소를 기본적으로 이해할 수 있게 해줬을 뿐 아니라 이 이야기에 적합한 전개 방향도 지적해줬다. 아귀가 더는 도와주지 않는다고 해도 자신이 한 땀 한 땀 이야기를 만들어나갈 수 있겠다는 자신감도 생겼다.

남자 친구가 침대에서 일어나 앉더니 연재소설을 쓰라고 권하지 말았어야 한다며 불평을 늘어놨다. "······연재 안 했으면, 그 네티즌이랑 알 일도 없었을 텐데."

"그 사람은 그냥 선의로 도와주려는 것뿐이야." 그녀는 웃음이 났다. 지금 한 말이 진심이라는 건 자신이 잘 알았다.

사실 그녀는 이런 예감이 들었다. 아귀로서는 애초에 자신과 연락했을 때 달성하고자 했던 목표를 다 이루었으니 앞으로 더는 아귀의 메일을 받지 못하게 될 거라는 예감 말이다.

"수상쩍게 막 숨기기나 하면서," 남자 친구가 콧방귀를 뀌었다. "호의는 무슨 놈의 호의래?"

"질투하는 거야?" 그녀가 남자 친구를 놀렸다.

"아니야." 남자 친구는 잠시 멈췄다가 말을 이어나갔다. "그냥 자기가 글 쓰느라 너무 힘들어하니까 속상해서 그래."

"출근해야지, 연재소설 써야지, 정말 좀 피곤하기는 해. 그렇지만······" 그녀는 자신이 방향을 찾은 뒤 이야기의 전체적인 면모가 서서히 명확해지는 걸 바라보며 느낀 흥분을 설명해주고 싶었지만, 한두 마디로 똑똑히 설명하기가 너무 어렵다는 생각도 들었다. 그녀는 잠시 멈추고 생각에 잠겼다가 이내 미소를 지어 보였다. "······그렇지만, 이제야 확실히 내가 소설을 쓰고 있다는 느낌이 들어."

"어?" 남자 친구의 얼굴에 온통 의구심이 가득했다.

"게다가 내가 예전에 소설을 읽으면서 겉만 읽었다는 것도 알

우리와 그들

게 됐어." 그녀가 계속 말했다. "사실 좋은 소설은 인간 내면의 깊은 심리를 파헤치고, 더 나아가서는 사회의 정치적인 현실을 반영하기도 해."

"뭐가 그렇게 복잡하냐?" 남자 친구가 눈살을 찌푸렸다. "나도 추리소설 읽을 때 인간 심리니 뭐니 그런 걸 느끼기는 하지만 거기에 무슨 정치 현실이 있다는 거야?"

"다음에 우리 추리소설 같이 읽으면서 이 문제 토론해보자. 어쨌거나, 자기야 고마워." 그녀가 침대 모서리까지 걸어와서 남자 친구 얼굴에 힘껏 입을 맞춰주었다. "글 쓰는 게 정말 즐거워."

"정말이야?" 남자 친구가 입을 헤벌리며 웃더니 그녀의 손을 잡았다. "안아줘."

"좋아." 그녀가 익살맞게 눈을 찡긋거렸다. "일단 시놉시스부터 다 써놓고 보자고."

05

커다란 노란 택시

Big Yellow Taxi

사람들은 모든 나무를 베어 나무 박물관에 넣었어.
나무를 보려면 1달러 50센트를 내고
박물관에 입장해야 했지.

They took all the trees put 'em
in a tree museum.
And they charged the people,
a dollar and a half just to see 'em.

〈Big Yellow Taxi〉 by Joni Mitchell

밤 9시 반 무렵, 골목길은 쥐 죽은 듯 고요했다.

낮이면 나가서 일하고 학교 가서 공부하는 이 주택가의 주민들은 모두 집에 돌아와 저녁을 먹은 뒤 각자 연속극을 보거나 공책 빈칸을 채우며 숙제를 하고 있었다. 학원에서 나온 초등학생 하나만 고개를 수그린 채 길을 걷고 있었다. 방금 배운 문제풀이 방식과 방금 물어본 게임기 조작법이 머릿속에서 서로 이리저리 부딪치고 있었다.

급브레이크. 폭발적인 소리가 울려 퍼졌다.

깜짝 놀란 초등학생이 고개를 돌려 뒤를 돌아봤다.

택시 한 대가 비틀거리며 초등학생에게서 멀지 않은 곳에 멈춰 섰다. 이후 돌이켜보니, 먼저 들은 소리가 급브레이크 소리였는지 아니면 폭발적으로 울리던 소리였는지 확신이 서지 않았고, 차 안 상황도 명확하지 않았다. 하지만 운전사 아저씨에게 무슨 일이 일어났다는 것만은 확신할 수 있었다. 머리가 긴 남자가 다급히 차에서 내려 재빨리 좌우를 두리번거리더니 서둘러 골목 입구로 가는 모습이 보였기 때문이다. 가로등의 창백한 빛이 그 구역을 뒤덮었다. 머리 긴 남자의 손에 들린 물건에서 금속 빛이 희미하게 번뜩였다.

'총이야! 저 사람이 방금 총을 쐈어!' 머릿속에서 이런 생각이 튀어나오던 찰나, 조금 전 긴 머리의 남자가 돌아 나간 골목 입구에서 오토바이 한 대가 날쌔게 달려오는 모습이 눈에 들어왔다.

오토바이에는 두 명의 청년이 타고 있었다. 골목길 가운데 가로놓인 택시를 보고 둘 다 깜짝 놀라는 모습이 역력했다. 오토바이가 좌우로 몇 번 흔들렸다. 비틀거리는 오토바이의 몸체가 택시를 돌아 초등학생 옆에 멈춰 섰다. "왜 그러니? 무슨 일이야?"

"저 사람이 총을 쐈어요!" 초등학생이 골목 입구를 가리켰다. "제가 봤어요!"

"뭐?" 뒷좌석에 앉아 있던 청년이 자리에서 뛰어내려 빠른 걸음으로 택시를 향해 뛰어갔다. 운전석을 휙 들여다봤다가 뒤로 튕겨 나오고 말았다. "씨팔! 정말 피야!"

"누가 총을 쐈다고?" 오토바이 운전자가 초등학생에게 물었다.

"방금 골목으로 뛰어나간 그 사람이요!" 초등학생은 여전히 골목 입구를 가리켰다. "머리 긴 그 사람이요!"

"넌 얼른 어른 찾아가서 경찰에 신고해라." 오토바이 운전자가 오토바이를 돌렸다. "그 사람은 우리가 쫓아갈 테니."

오토바이가 급히 튀어 나가 급브레이크를 밟더니 택시 옆을 돌았다. 다른 청년이 민첩하게 뒷좌석으로 뛰어오르자 오토바이 운전자가 오른팔을 꺾어 골목 입구를 향해 질주했다.

단편소설 「커다란 노란 택시」로 문학상 대상을 받다니, 그로서는 정말이지 예상조차 하지 못한 일이었다. 이 작품은 어디까지나 추리소설이고, 주류 문학상이 대중문학을 중시하지 않은 게 하루 이틀이 아니라고 생각해왔으니 말이다. 애당초 투고할 때도 어차피 다 써놓은 거 시험 삼아 참가나 해보자는 마음이었고, 상은 타지 못하리라 지레짐작했다. 혹시 상이라도 받으면 예상 밖의 기쁨을 맛보는 것도 모자라 상금도 탈 수 있으니 어쨌거나 손해 볼 일은 아니다 싶었다.

「커다란 노란 택시」는 한밤의 택시 기사 총격 사건으로 시작된다.

오토바이 2인조는 옆 골목에서 범인을 뒤쫓았지만, 범인은 두 사람 앞에서 권총을 뽑아 들고 흔들어댔다. 눈치 빠르게 상황을 파악한 2인조는 오토바이를 세워놓은 채 범인이 또 다른 골목으로 숨어드는 모습을 지켜봤다. 2인조가 택시 옆으로 돌아왔을 때, 기사는 여전히 꼼짝도 하지 못한 채 운전석에 쓰러져 있었고, 초등학생은 이미 그림자도 보이지 않았다. 2인조가 어리둥절해하며 서로 얼굴만 바라보는데 멀리서 울려오던 사이렌 소리가 점점 가까이 다가왔다.

경찰은 피살된 운전기사가 주변 사람들 사이에서 펑자이鋒仔라고 불린다는 사실을 알아냈다. 경찰 측이 데려온 초상화가가 골목길에 설치된 CCTV의 흐릿한 녹화 영상 화면 및 초등학생과 오토바이 2인조의 묘사를 토대로 긴 머리 범인의 생김새를 그려주었고, 경찰은 범인을 쫓기 시작했다.

몇 개월이 지나갔지만 아무 소득이 없었다.

경찰은 범인의 초상화와 CCTV 화면을 포스터로 현상해 언론에 뿌리고 곳곳에 붙였다. 의심스러운 제보가 몇 개 들어왔지만 아무런 진전도 없었다.

담당 경찰의 눈에는 이미 다 식어빠진 사건이었다. 그런데 뜻밖에도 전혀 상관없어 보이는 곳에서 새로운 단서가 나타났다.

"본 작품은 제한된 지면 안에서 사건의 방향이 여러 차례 전환되는 가운데서도 줄거리가 합리적이고 서사가 거침이 없으며, 정확한 표현을 사용하고 있습니다. 사실적이고 미려한, 실로 보기 드문 작품입니다." 유명 작가 출신의 한 심사위원은 결선 심사평에 이런 찬사를 남겼다. "본 작품은 일상에서 볼 수 있는 설정에서 출발해, 이것이 기폭제가 되어 곧바로 사건이 터지며, 이야기의 템포를 조절하는 능력이 인상적입니다. 줄거리가 교착 상태에 빠진 것 같을 때 전혀 생각하지 못했던 방향에서 새로운 단서가 추가됩니다. 시사성을 겸비했을 뿐 아니라 빈틈 없는 추리를 보여주는, 보기 드물게 뛰어난 단편입니다."

심사평의 이 문단을 처음 읽었을 때는 무척 득의양양했지만, 몇 번 반복해서 읽다 보니 역시나 추리소설을 써본 적이 있는 이 문단 선배가 정말이지 핵심을 짚어냈다는 생각이 들었다. 글을 쓰기 전 적잖이 조사를 했고, 플롯을 안배하는 데 상당히 애를 썼으며, 추리 과정에서도 증거를 충분히 배치했다. 수수께끼 풀이를 중시하는 몇몇 추리 작품을 보면서 작가가 개입한 흔적이 너무 역력할 경우 읽는 재미가 하나도 없었기 때문이었다.

이번 문학상 수상 작품들은 책으로 묶여 나올 예정으로, 각 작품에 대한 결선 심사평을 수록해서 기념 합본으로 출간할 것이었다. 방금 출판사로부터 전해 들은 소식에 따르면, 수상 작품집의 편집 작업을 이미 마쳐 원고 파일 전체를 인쇄소에 보냈으니 다음 주면 각 대형 서점 진열대에 깔릴 것이라고 했다.

'이제 정식으로 문단에 입성하는 거야!' 그는 온종일 기분이 좋아 죽을 지경이었다. 밤이 되어 그 전자메일을 받기 전까지는 말이다.

메일의 내용은 짤막했다.

아구이阿桂는 범인이 아닙니다.

＊＊＊

「커다란 노란 택시」 이야기의 전환점은 한 항의 시위에서 비롯된다.

시내에서 대형 건축 프로젝트가 시끌벅적하게 진행되는 가운데, 사건 현장 주변에 있던 대량의 가로수들이 다른 곳으로 옮겨 심어졌다. 효과적인 감독 기구와 법률적 보장이 부족한 상황에서 먼저 대상이 된 시내의 고목들이 이식한 지 얼마 지나지 않아 대부분 죽는 바람에, 수목 보호 단체는 나무를 살려달라며 할 수 있는 모든 행동에 나섰다. 전문가를 초빙해 나무를 이식하지 않고 시공할 수 있는 방안까지 제시했지만, 건설업체는 꿈쩍도 하지 않고 기어이 나무를 옮겨버렸다. 이로 인해 수목 보호 단체의 항의 행동은 과열되기 시작했다. 이들은 온종일 고목 부근을 지키고 서서, 경찰과 신체적 충돌까지 벌였다.

경찰 측이 다소 격렬하게 행동한 몇몇 수목 보호 자원 활동가를 경찰서로 연행하던 참에, 지나가던 형사 한 명이 돌연 머리긴 자원 활동가에게서 아주 낯익은 느낌을 받았다.

형사는 잠시 자질구레한 일부터 처리해놓고 나서, 별안간 자기가 어째서 그 긴 머리의 자원 활동가가 낯익게 느껴졌는지 깨달았다.

자원 활동가가 초상화가가 그린 펑자이 사건의 범인과 닮아 보였기 때문이었다.

자원 활동가는 아구이라는 인물로, 몇 개월 전 가석방된 전과자였다. 시간을 계산해보니, 펑자이 사건이 일어났을 때 아구이는 이미 교도소에서 출소한 뒤였다. 경찰은 아구이가 가석방된 뒤 사진관에서 찍은 증명사진을 확보했다. 머리 길이는 달랐지만 사진 속 그는 초상화와 너무나도 비슷했다.

　펑자이가 피살된 뒤, 경찰은 택시 안에서 휴대전화를 찾아내지 못했고, 이에 큰 의혹을 품게 되었다. 택시 운전사인 펑자이 곁에 휴대전화가 없을 리 없었다. 따라서 경찰 측은 범인이 앞서 펑자이와 전화 통화를 한 탓에 범행을 저지른 뒤 내장 통화 기록을, 즉 자신을 사건에 말려들게 할 가능성이 있는 펑자이의 휴대전화를 세심하게 함께 챙겨 갔다고 짐작했다.

　아구이가 체포되자, 경찰은 그의 휴대전화 번호를 알아내서 통신사에 연락해 아구이가 교도소에서 나온 뒤의 통화 기록을 확보했다. 그 결과, 사건 당일 아구이가 펑자이와 통화한 적이 있음이 발견됐다.

　이 발견으로 펑자이와 아구이를 연결 짓게 되었지만, 이는 또 다른 문제를 낳기도 했다. 발화發話 지점으로 보건대 두 사람이 통화할 때 아구이는 다른 시에 있었고, 이 두 지점 간의 거리는 차로 한 시간 이상 떨어져 있었다. 아구이와 펑자이가 전화한 시각은 8시 30분, 사고가 일어난 시간은 9시 30분이었다. 이렇게 계산하면 아구이가 범행을 저질렀을 가능성은 크지 않았다.

　경찰이 아구이를 신문하자, 아구이는 펑자이와 오래 알고 지낸 사이라고 솔직하게 인정했다. 몇 개월 전 아구이는 다른 시로 친구를 만나러 갔다. 평자이와 함께 술을 마시며 회포를 풀생각이었으나, 평자이는 지금 일하는 중이라며 약속 장소로 나오지 않았다. 그 전화 통화 직후 두 사람은 더는 연락을 주고받지 않았다.

택시에는 아구이의 지문이 남아 있지 않았다. 채집한 모발은 아구이의 DNA와 맞지 않았으며, 아구이의 몸과 거처에서도 흉기를 찾아내지 못했다. 경찰 측이 심지어 아구이에게 거짓말 탐지기를 써보기도 했지만 아구이는 이마저 통과했다.

사건 해결의 서광이 번쩍 스치고 사라져버린 듯했지만, 경찰은 포기하지 않았다.

아구이가 항의 현장에서 경찰서로 연행되어 수갑을 차고 긴 의자에 앉아 있었을 때, 경찰은 이미 아구이의 사진을 찍어놓은 터였다. 형사는 이 사진을 다른 세 장의 증명사진과 섞어놓고, 사건 발생 현장을 목격한 초등학생과 오토바이 2인조를 경찰서로 불러 범인을 지목하게 했다. 세 사람은 아구이가 바로 그날 밤 자신들이 본 범인이 틀림없다고 했다. 형사는 단서 추적 끝에 평자이, 아구이와 공통으로 아는 사이였던 판판盼盼이라는 여자까지 찾아냈다. 판판은 CCTV 영상과 용의자 초상화를 보자마자 무의식적으로 내뱉었다. "저거 아구이잖아!"

증인 네 명은 아구이를 범인으로 지목하고서 '범죄 용의자 지목 기록표'에 서명했다. 증인의 지목이 성립되어 아구이에게 죄를 선고하기 위해 남은 일은 아구이의 범행 동기와 범행 시간을 찾아내는 것뿐이었다.

판판의 말에 따르면, 아구이는 감옥에 들어가기 전 펑자이와 함께 수목 보호 단체의 활동에 참여했다. 펑자이의 경우 이 단체의 활동 발기인으로 참여하기까지 했었으나, 피살되기 전에는 단체 활동에 더는 그렇게 열중하지 않은 모양이었다.

증인들을 돌려보내던 순간, 형사는 초등학생이 펑자이의 택시를 '커다란 노란 택시'라고 묘사하는 말을 듣고 한 가지를 떠올렸다. 자료를 찾아보니, 펑자이의 택시는 사고 발생 얼마 전에 산 새 차였다. 대출금을 많이 끼지 않았다는 건 펑자이가 앞서 첫 할부금을 적잖이 지급했다는 뜻이었다. 펑자이의 계좌를 좀 더 추적해본 결과, 형사는 차를 사기 얼마 전 펑자이의 계좌에 예사롭지 않은 금액이 들어왔음을 알게 되었다.

이 밖에도 수사에 참여했던 한 베테랑 경찰은 다음과 같은 말을 했다. 생각해보니 아구이가 펑자이와 휴대전화로 통화한 지점과 사건 발생 지점이 차로 한 시간 이상 이동해야 하는 거리이기는 하지만, 어떻게 골목으로 빠져서 신호등을 피해야 하는지만 알면, 실제 운전 시간은 한 시간 이내로 단축할 수 있다고 말이다.

형사는 신중히 처리하기 위해 베테랑 경찰이 제공한 노선에 따라 이 노선의 실제 거리를 계산했다. 그리고 고속도로와 시내 도로의 평균 자동차 속도로 도착지까지의 필요 소요 시간을 계산해 실제로 약 55분이면 도착할 수 있다는 것을 알게 되었다.

　그는 자신이 사건을 해결했음을 깨달았다.

　모든 증거를 명확하게 정리한 형사는 펑자이가 몇 개월 전 건설업체로부터 돈을 받았으며, 그 돈을 첫 할부금으로 내고 새 차를 사들였다고 봤다. 그 때문에 수목 보호 활동에서 서서히 발을 뺀 것이라고 말이다.

　흉기로 사용한 총을 발견하지는 못했지만, 아구이는 일전에 상해죄로 감옥에 들어간 적이 있던 터라 총기를 손에 넣을 경로를 쥐고 있었다. 그날 아구이는 펑자이에게 전화를 했고, 펑자이는 이념을 포기하고 맞바꾼 그 '커다란 노란 택시'에 앉아 수목 보호 활동에 대한 이야기를 나눴지만, 둘은 의견이 단 한마디도 맞지 않았다. 그로 인해 아구이는 충동적으로 옛 친구를 총으로 쏴 죽인 뒤 펑자이의 휴대전화를 갈취해서 달아났다.

* * *

　그는 자신의 소설을 다시 한번 읽어봤지만, 전체 추리 과정 어느 곳에 구멍이 났는지 보이지 않았다.

　메일을 써 보낸 이 사람은 누구일까? 서명은 없었고, 메일을 발송한 전자메일 계정도 본 적 없는 계정이었다.

자신의 추리에 문제가 없다면 분명히 아구이가 범인인데, 어째서 이 사람은 반대 의견을 가진 걸까?

이 사람은 설마 아구이가 수목 보호 활동에 참여했기 때문에 사람을 죽일 수 없었을 거라고 생각하는 걸까?

'그건 너무 명백한 오해잖아. 성별이 뭐든, 성적 정체성이 어떠하든, 어떤 주의主義를 믿든, 어떤 의제에 관심이 있든, 사람은 누구나 다른 사람을 죽일 가능성이 있다고.'

안녕하세요. 메일을 받고 제 졸저를 다시 한번 읽어봤습니다. 제가 작가라는 점은 제쳐놓더라도, 이야기의 줄거리로만 보면 아구이는 분명히 범인이 맞습니다. 선생님께서 제가 수목 보호 자원 활동가를 살인범으로 만들었다는 점에 불만을 느끼셨을지도 모른다는 점은 알지만, 어떤 사람이든 어떤 순간 잘못을 저지를 가능성은 있으니까요. 메일 보내주셔서 감사하고, 선생님께서 이 설명에 만족하시면 좋겠습니다.

그는 답장하기를 클릭하려던 찰나, 호기심에 생각해보았다. 이 사람이 자신의 설명을 받아들일 수 있을까? 만일 이 사람이 다시 메일을 써 보내오면 다시 답장을 보내야 할까?

이런 호기심이 아주 오래가지는 않았다. 컴퓨터 모니터에서 창이 하나 튀어나와 새 메일이 도착했음을 알려주었으니까.

안녕하세요. 죄송하게도 지난번 메일에서 깜빡 잊고 제 소개를 하지 못했습니다. 저는 아귀라고 합니다. 최근 작가님의 대작을 존경하는 마음으로 읽던 중 추리 과정에 약간 문제가 있다는 걸 발견하고 메일을 드렸습니다. 제가 아구이가 범인이 아니라고 생각하는 이유는 결코 그가 수목 보호 자원 활동가였기 때문은 아닙니다. 작가님께서 말씀하신 바와 같이 누구나 어떤 순간에 잘못을 저지를 가능성은 있으니 말입니다. 설사 그 사람이 나무를 사랑하는 사람이라고 해도 예외는 아니겠죠.

이번 메일은 그렇게 거칠고 튀어 보이지 않았다. 게다가 메일의 첫머리가 조금 놀라웠다. '그게 이유가 아니라고? 그럼 이유가 뭔데?'

제가 아구이가 범인이 아니라고 생각하는 주원인은 「커다란 노란 택시」의 추리 과정에 결함이 있고 그게 하나가 아니기 때문입니다. 예를 들어, 작가님께서 작품에서 언급하셨듯, 아구이는 가석방된 뒤 증명사진을 찍으러 갔습니다. 이는 작가님께서 사전에 조사를 해보셨다는 뜻입니다. 실제로 많은 가석방범이 일단 출소하자마자 사진부터 찍으니까요. 하지만 사진을 찍을 때 짧은 머리였던 아구이가 어째서 얼마 지나지도 않아 긴 머리가 되어 범행을 저질렀을까요?

그는 등에서 식은땀이 배어나는 느낌이 들었다.

'맞네, 말이 안 되잖아. 어떻게 이렇게 티가 확 나게 구멍이 났지? 아니, 아니야. 분명히 설명할 방법이 있을 거야.'

전 아구이가 범행 위장용으로 가발을 썼다고 봅니다.

그가 재빨리 답장을 보냈다.

불가능합니다.

아귀의 답장 역시 순식간에 도착했다.

이야기 속 형사는 아구이가 펑자이와 한 마디도 의견 일치를 보지 못하는 바람에 충동적으로 범행을 저질렀다고 추측합니다. 미리 계획한 범죄도 아닌데 아구이가 사전에 위장을 할 리가요. 방금 가석방되어 나온 탓에 빡빡 깎은 상고머리가 영 별로로 느껴져서 가발을 썼다면, 범행 흉기를 처리하는 김에 가발도 처리했어야 합니다. 가령 버려버린다든지 말입니다. 게다가 머리를 길게 늘어뜨린 모습을 적어도 세 사람이 목격했고, 현상한 포스터와 초상화에도 그 모습으로 나타났는데, 아구이가 그 뒤에도 머리를 길게 늘어뜨리고 다닌 것 역시 말이 안 되죠.

가발을 썼다는 게 비합리적이라는 점은 그도 알고 있었다. 그건 그저 방금 엉겁결에 생각해낸 말에 불과했다.

범행을 저지를 때 아구이의 머리 길이를 제대로 살피지 못한 건 분명 제 실수입니다.

그는 언제나 용감하게 잘못을 인정하는 편이었지만, 이번에는 자판을 두드리면서도 좀처럼 마음이 내키지 않았다.

하지만 그걸 제외한 다른 증거들은 여전히 아구이가 범인임을 증명해줍니다. 결코 이야기의 결말에 영향을 주지는 않습니다.

이 이야기의 구멍이 머리 길이에만 있는 게 아닙니다. 다른 문제도 있거든요. 이를테면 휴대전화가 그렇습니다.

아귀가 지적했다.

작가님은 소설에서 경찰 측이 처음에 휴대전화를 찾지 못해 의혹에 휩싸였다고 언급하셨습니다. 사실 이때 경찰은 통화 기록을 조회해볼 수 있었습니다. 휴대전화와 상관없이 통신사에 통화 기록 조회와 열람을 요청할 수 있으니까요. 경찰 측이 펑자이의 휴대전화 번호만 찾아내면 됩니다. 하지만 이 문제가 그렇게 큰 영향을 끼치는 건 아닙니다. 언제 통화 기록을 조회하고 열람하든 '발화 지점'이라는 이 핵심 증거에는 영향을 주지 않으니까요. 그렇지만 이야기 속 다른 추리 부분에는 상당히 큰 영향을 끼치죠.

'또 다른 문제가 있다고?' 그는 눈살을 찌푸린 채 아귀가 보내 온 메일의 마지막 몇 글자를 읽어 내려갔다.

예를 들어 운전 시간 같은 것 말입니다.

* * *

그는 자신이 「커다란 노란 택시」에서 꽤 과학적으로 운전 시 간을 계산했다고 생각했다.

베테랑 경찰이 제공한 노선에 따르면, 아구이의 발화 지점에 서 펑자이가 피살된 사건 발생 지점까지는 고속도로 67킬로미 터에 시내 도로 11킬로미터를 지나가야 했다. 고속도로 주행 시속이 대략 95킬로미터에서 105킬로미터 사이에 평균 시속 은 97.5킬로미터였고, 시내 도로 시속은 대략 30킬로미터에서 60킬로미터 사이에 평균 시속은 45킬로미터였다.

이 수치로 계산하면, 전체 노선 중 고속도로에서 약 42분이 소요되며, 시내 도로에서는 15분이 소요되니 합하면 57분이 된다. 다시 말해 아구이가 펑자이와 전화 통화를 한 뒤 급히 사건 발생 현장으로 달려가서 총을 쏘아 범행을 저지를 수 있었다는 뜻이다.

어떤 방식으로 계산하셨는지는 잘 압니다. 하지만 그 계산 방식은 틀렸습니다.

그가 아귀에게 자신이 주행 시간을 계산한 방법을 재차 설명하자, 아귀가 답장을 보내 설명해주었다.

최고 시속으로 계산하면 노선 전체에 대략 50분밖에 소요되지 않습니다. 최저 시속으로 계산하면 65분이 필요하죠. 중간에 15분의 차이가 생기는데, 차이가 너무 큽니다. 아구이가 차를 빨리 몰았다면 이 수치는 불리한 증거가 되고, 좀 천천히 몰았다면 유리한 증거가 되죠. 문제는 당시 아구이가 차를 빨리 몰았는지 천천히 몰았는지 우리가 전혀 모른다는 겁니다.

모니터 앞에서 메일을 읽던 그는 입이 마르고 혀가 타들어 갔다.

작가님께서 계산하실 때 사용하신 기준 시속은 어림잡은 추정치에 불과합니다. 실제 상황은 전혀 그렇지 않았을 수 있어요. 주행 속도라는 게 차의 상태, 도로 사정 등의 변수와 관련되고, 평일과 휴일, 피크 타임과 피크 타임이 아닌 시간대, 차의 속도에 따라 적잖이 달라지기 때문입니다.

정말 이런 방법으로 주행 시간을 계산하려면, 형사가 그날 그 시간대의 도로 상황을 녹화한 CCTV 기록을 조회해야 합니다. 그래야만 진짜 '차의 평균 속도'를 계산할 수 있어요. 고속도로에는 이런 기록이 있겠지만, 골목길로 빠지고 지름길로 들어가게 되기도 하는 시내 도로에는 이런 게 있을 가능성이 높지 않죠. 게다가 비교적 합리적인 '차의 평균 속도'를 계산해낸다 해도 여전히 실제 주행 시간과는 전혀 다를 수 있습니다.

아귀가 쓴 다음 문단을 읽고 나니 다시 한번 식은땀이 배어났다.

그 밖에 사건이 펑자이의 택시에서 일어나는데요. 만일 아구이가 범인이라면, 발화 지점에서 사건 발생 지점으로 쭈욱 차를 몰고 쫓아가서 범행을 저지르는 게 아니라, 일단 차를 어느 정도 몰고 간 다음 모처에서 펑자이의 차로 갈아타고, 사건 발생 지점에 도착한 뒤에 비로소 총을 쏴야 합니다. 따라서 아구이가 주차하고, 차를 세운 뒤에 펑자이의 차가 도착하길 기다리는 데 시간이 필요하죠. 이 두 시간 사이의 간격이 아주 짧다고 해도, 이를테면 펑자이가 일단 길가에서 아구이 대신 주차 자리를 잡아놨고, 아구이가 주차한 뒤 곧바로 펑자이의 차에 탔다고 해도, 이때부터 차를 모는 사람은 펑자이가 되니 아구이는 주행 노선과 속도를 통제할 수 없게 됩니다. 그런고로 주행 시간이 탄탄한 증거처럼 보여도 그걸로는 아무것도 증명할 수 없는 거죠.

'어떻게 이렇게 큰 구멍이 난 거야!' 그는 머리를 긁적이며 잠시 생각에 잠겼다가 답장을 입력했다.

하지만 전 베테랑 경찰의 증언을 배치해뒀습니다. 분명히 이 증거에 도움이 될 증언이죠.

지난번 메일에서 주행 시간이 아무 쓸모 없는 증거라고 언급한 적 있습니다. 따라서 베테랑 경찰이 두 지점 사이를 한 시간 안에 오갈 수 있다고 어떻게 증명했든 아무런 의미가 없습니다.

아귀의 답장은 직설적이었다.

'그럼 어떻게 해야 하지? 출간이 코앞이라고! 문단 첫 입성작이 이렇게 구멍이 숭숭 뚫린 작품이란 말이야?'

그는 자리에서 일어나 컴퓨터 앞을 이리저리 서성거렸다. 보완할 방법이 떠오르지 않았다. 잠시 뒤, 화면에서 또다시 메일 도착 알림창이 튀어나왔다.

'아귀한테 무슨 해결 방법이라도 있는 걸까?'

메일을 서둘러 클릭했지만 보이는 건 딱 한 마디뿐이었다.

증인에도 모두 문제가 있습니다.

* * *

그는 다음 날 강의가 끝나고 작은 책방에 가서 책을 찾아봤다.

큰 책방은 아니었지만 점포 안 책이 모두 추리 관련 서적이었다. 추리소설을 찾는다면 무조건 이곳 도서 목록이 대형 체인 서점보다 완벽한 선택지였다. 일반 온라인 서점에서는 이미 팔지 않는, 중고 서점에서 절판본이나 기다려야 하는 소설을 찾고 싶은 거라면, 그 책을 찾아낼 가능성은 여기가 다른 곳보다 훨씬 더 높았다. 책방 안의 책 대부분이 비매품이었고, 회원 예약 열람제를 시행하고 있었다. 예전부터 회원이었던 그는 자료를 찾으러 이 서점에 자주 들렀다. 집으로 사가지고 갈 수는 없지만, 돈 없이 손바닥만 한 곳에 사는 그와 같은 학생에게는 편하기 그지없는 곳이었다.

그날 책방에 가서 책을 찾은 까닭은 전날 밤 아귀와 주고받은 몇 통의 메일 때문이었다.

「커다란 노란 택시」에는 초등학생, 오토바이 2인조, 판판과 베테랑 경찰까지 총 다섯 명의 증인이 나옵니다. 이 다섯 증인의 증언에 모두 문제가 있다는 말씀이신가요?

어젯밤에 아귀에게 답장을 보냈다. 자신이 가르침을 구하려는 건지 아니면 반박을 하려는 건지 확신이 서지 않았다.
아귀의 답장은 여전히 짧기 그지없었다.

니시무라 교타로의 『일곱 명의 증인』, 미드 〈인 저스티스 In justice〉.

니시무라 교타로의 작품은 여러 권 읽어봤는데, 특히 철로를 배경으로 살인 사건이 일어나는 이야기들을 좋아했다.

들은 바로는 니시무라 교타로가 각지를 여행하면서 기차를 자주 탔다고 한다. 기차를 기다릴 때는 어차피 할 일이 없어서 열차 시간표를 보며 시간을 때웠는데, 그러던 중 생각지도 못하게 불가사의한 트릭이 여러 개 떠올라서 수 편의 베스트셀러 작품을 써냈다고 한다. 사실 이들 작품의 범인을 추측하기 어렵지는 않지만, 니시무라 교타로는 열차 시간표의 불분명한 시차나 몇몇 열차의 특징을 이용해, 도무지 깰 수 없는 범인의 알리바이를 만들어냈다. 그러다 보니 이야기 속 경찰과 형사가 어떻게 알아채기 힘든 디테일들 속에서 사건 해결의 핵심 열쇠를 짜 맞추는지 지켜보는 데 읽는 재미가 있었다.

그가 「커다란 노란 택시」에 시차로 생기는 알리바이를 집어넣은 것도 어느 정도는 니시무라 교타로의 영향이었다. 그렇게 복잡하고 정교한 트릭을 설계하지는 않았지만 아귀와 메일을 주고받은 뒤 그는 자신의 주요 문제가 결코 트릭이 충분히 정교하지 않은 데 있는 건 아니라는 사실을 깨달았다.

니시무라 교타로는 열차를 활용해 트릭을 설계했다. 역 출발, 운행, 역 도착 등 관련 시간이 모두 그가 사용한 자동차보다 훨씬 더 정확했고 관련 기록도 남아 있었기 때문에, 추리할 때 아귀가 지적한 불합리한 상황이 나타나지 않았다. 당초 그는 자신도 철도 트릭을 썼다가는 니시무라 교타로의 작품보다 트릭을 설계한 수준이 떨어진다는 독자들의 평을 피하기 어려우리라 생각했다. 지금 생각하니, 일부러 자동차를 선택한 게 오히려 이 트릭에 적합하지 않은 결정이었다.

문제는 트릭이 정밀한지 여부에 있지 않았다. 더 정확한 시차 수수께끼를 썼다 해도 자동차는 여전히 적합한 선택지가 아니었다. 그의 문제는 범죄 상황을 구성하는 핵심 요소를 제대로 고르지 못했다는 점이었다.

하지만 아귀가 메일에서 언급한 『일곱 명의 증인』은 읽어본 적이 없었다. 아귀의 메일을 받은 후에 인터넷에서 찾아봤지만 이미 절판된 책이어서 책방에 가서 운에 맡겨보기로 했다.

이 밖에 아귀가 말한 미드 〈인 저스티스〉는 찾아보니 2006년에 한 시즌만 방영하고 끝난 드라마였다. 본 적이 없어서 인터넷에서 찾아봤지만, 불법 다운로드라도 할 수 있는 곳을 찾을 수 없었다. 그래도 이 드라마를 설명해놓은, 매 회차의 배경 설정을 소개한 자료들은 있었다. 드라마에서는 한 퇴직 형사와 변호사가 손을 잡고 억울하게 죄를 뒤집어씌운 사건을 바로잡는 일을 전문으로 하는 조직을 세운다. 이들이 제소된 사건을 받아들여 조사하는 과정이 매회 내용이었다.

자료를 훑어보던 중 과에서 '미드 달인'으로 불리는 동기가 떠올라 다급히 휴대전화로 전화를 걸어 물어보았다. 역시 '미드 달인'이라는 명성은 헛말이 아니어서, 동기는 이 드라마를 본 적이 있을 뿐 아니라 파일로도 갖고 있었다. 미드 달인에게 이따가 USB를 가져가서 파일을 복사해도 될지 물었더니 문제없다고 했다. 전화를 끊기 전 갑자기 떠오르는 게 있어 다시 물었다.

"너 『일곱 명의 증인』 본 적 있냐?"

"그게 뭔데?" 미드 달인이 되물었다.

"추리소설." 그가 대답했다.

"소설?" 미드 달인이 하하 소리 내어 두어 번 웃어댔다. "드라마 볼 시간도 없는 판에 무슨 소설을 읽냐?"

그는 『일곱 명의 증인』을 서둘러 읽어치웠다. 기지개를 켜면서 시계를 보니 곧 책방 문을 닫을 시간이었다. 두 시간 넘게 집중해서 책을 읽은 데다 지난밤 밤을 새워서 〈인 저스티스〉를 몇 회 본 탓에 두 눈이 건조하다 못해 뜨거울 지경이었다. 대충 훑어본 까닭에 모든 세세한 부분에 다 주의를 기울이지는 못했지만 아귀의 의도는 이미 알 만했다.

게다가 그는 아귀의 생각이 틀렸다고 생각했다.

＊ ＊ ＊

제게 책과 드라마를 보라고 하신 이유를 알았습니다.

그는 월세방으로 돌아와 컴퓨터를 켜고 아귀에게 메일을 썼다.

『일곱 명의 증인』은 철도 트릭을 중심으로 전개되는 니시무라 교타로의 다른 소설과 달리 '외딴섬'과 '법정' 이 두 가지 추리 유형을 결합한 작품이다. 소설에서는 한 살인 사건을 목격한 일곱 명의 증인이 1년 뒤 특정 장소에 모인다. 완벽해 보였던 이들의 증언은 신비한 노인 사사키 유조에 의해 하나하나 깨지면서, 살인 사건에 반전이 일어나며 진상이 밝혀진다.

그리고 드라마 〈인 저스티스〉에서 주인공이 처리하는 사건은 대부분 이미 심리가 끝나 피고가 복역 중인 과거의 억울한 사건이다. 사건 발생 현장 대다수가 이미 많이 훼손된 탓에 드라마 속 퇴직 형사는 손에 들어온 문서 자료 외에 예전 증인들도 탐방해서 사건 경과를·다시 확인해야만 한다.

아귀가 언급한 이 두 작품에서 증인의 증언은 용의자가 법정에서 죄를 선고받을지 여부에 열쇠가 된다. 하지만 이 증언들이 모두 사실을 이야기해주지는 않는다. 아귀가 「커다란 노란 택시」의 모든 증인에게 문제가 있다며 이 두 작품을 예로 든 까닭은 자신의 논점을 강조하고 싶었기 때문이었다.

두 작품 속 증인들이 늘 문제를 불러일으킨다는 건 압니다.

그는 메일에서 아귀에게 말했다.

하지만 그렇다고 해서 이게 제 소설 속 증인에게도 문제가 있다는 뜻은 아닙니다. 『일곱 명의 증인』속 증인은 저마다 자신의 사심 때문에 자기들이 생각할 때 그다지 중요하지 않은 부분을 고쳐서 증언하고, 이로 인해 결국 용의자는 형을 선고받아 억울한 죽음을 맞게 되죠. 하지만 「커다란 노란 택시」속 증인들의 증언은 사실 퍽 단순합니다. 뭔가를 고치고 말고 할 것도 없이, 이 두 작품은 비교할 수가 없습니다.

더군다나 〈인 저스티스〉에 나오는, 이전 증언을 뒤집은 소위 진상이라는 것들이 정말이지 억지스럽기 짝이 없습니다. 가령 어느 회를 보면, 증인이 그늘 때문에 백인 용의자를 흑인으로 보는데, 황당 그 자체죠! 시나리오 작가가 그냥 이 드라마의 긴장감을 도드라지게 하려고 이렇게 썼다는 생각만 들더군요. 전 「커다란 노란 택시」에 이런 플롯을 써넣지는 않았습니다!

그는 잠시 생각하다 이렇게 메일을 마무리 짓기로 했다.

이 작품들을 추천해주셔서 고맙습니다. 하지만 이 작품들이 아귀 님께서 왜 '모든 증인에게 문제가 있다'고 생각하시는지 설명해주지는 않습니다. 이 부분에 관한 선생님의 견해가 그다지 정확하지 않은 건 아닐까요?

보내기를 클릭하고 나니 마음이 조금은 홀가분했다.
아귀의 답장은 잠시 뒤에야 도착했다.

이 두 작품을 언급한 이유는 분명히 작가님께서 '증인'이라는 부분에 주의하시기를 바랐기 때문이었습니다. 「커다란 노란 택시」의 모든 증인에게 문제가 있고 그로 인해 소설의 추리가 불완전해지기는 했지만, 반대로 「커다란 노란 택시」를 좋은 이야기로 탈바꿈시키는 데도 증인의 인물 설정이 열쇠가 될 것이기 때문입니다.

보아하니 아귀는 그의 질문을 거들떠보지도 않은 모양이었다. '모든 증인에게 문제가 있고' 이 몇 글자가 정말 눈에 거슬렸다. 그는 눈을 비비적거리며 계속 메일을 읽어 내려갔다.

우선 목격 증인 중 초등학생과 오토바이 2인조가 아구이에 대해 한 증언이 믿을 만하지 않습니다.

아귀가 설명했다.

초등학생은 급브레이크 소리를 듣고 고개를 돌렸다가 머리가 긴 남자가 차에서 급히 내려 내달리는 모습을 봤습니다. 초등학생 이 가로등 조명 아래에서 머리가 긴 남자가 총을 들고 있는 모습 을 보기는 했지만, 남자의 정면을 자세히 봤을까요? 소설 속 상황 으로 추측해보건대, 아마 아닐 겁니다. 긴 머리 남자는 초등학생 을 등지고 도망쳤으니까요. 그래서 초등학생이 범인의 '긴 머리'와 '총을 들고 있었다'는 두 가지 그리고 범인이 도망친 방향에 주의 한 겁니다.

작품을 쓸 때 주의하지 못했던 또 다른 디테일이었다! 그는 한숨을 쉬며 속으로 생각했다. '그때 몇 글자 더 덧붙였다면, 범 인이 초등학생과 정면으로 마주 봤다고 썼다면, 아무 문제 없었 겠지?'

다음은 범인을 쫓아간 오토바이 2인조입니다.

아귀는 계속 써 내려갔다.

오토바이 2인조가 근처 골목에서 범인을 쫓아가자 범인은 그들을 향해 몸을 돌리더니 총을 뽑아 들고 위협했죠. 그러니 이 두 사람은 분명히 범인의 생김새를 봤을 겁니다. 하지만 소설은 근처 골목의 조명 상황을 언급하지 않았습니다. 오토바이 2인조가 헬멧을 쓰고 있었는지도 언급하지 않았고요. 이치대로라면 헬멧을 쓰고 있었어야 합니다. 그런데 풀페이스 헬멧을 쓰고 있었을까요? 고글은 쓰고 있었을까요? 이런 디테일들이 모두 두 사람의 시야 해상도에 영향을 끼칩니다.

그는 오토바이 2인조가 어떤 헬멧을 썼을지 상상해본 적이 없었다. 하지만 아귀가 이 두 사람이 범인과 정면으로 마주 본 적이 있다고 언급하기까지 했으니 이 둘의 범인 지목 신뢰도가 상당히 높다는 건 틀림없을 것 아닌가.

기준을 좀 느슨하게 잡아서 초등학생이 범인을 똑똑히 봤고, 오토바이 2인조의 시선이 아무것에도 영향을 받지 않았다 하더라도, 이들이 범인과 얼굴을 마주한 시간은 고작 몇 초에 불과합니다.

아귀는 마치 그가 이렇게 생각할 거라고 일찌감치 계산하기라도 한 것 같았다.

하지만 초등학생과 오토바이 2인조가 경찰서에 불려 가 아구이를 지목한 때는 사건이 발생하고 나서 이미 몇 개월이 지난 뒤였습니다. 사건이 일어난 후에 이 사람들이 초상화가에게 범인의 생김새를 묘사해줬다지만, 몇 개월이 흐른 뒤 이들이 과연 겨우 몇 초 동안 나타났던 낯선 얼굴을 정확하게 기억할 수 있었을까요?

아귀는 사실 사람의 기억이란 믿을 만하지 못한 데다 이 사건의 경우 기억이 형성된 시간이 너무 짧고, 기억을 소환한 간격은 너무 길다고 했다. 그 몇 개월 동안 초등학생과 오토바이 2인조가 그 모호한 초상을 본 횟수와 시간을 합치면 사건 당일 밤 범인을 눈으로 직접 본 시간보다 훨씬 길 거라고 말이다.

즉 메일에 따르면, 초등학생과 오토바이 2인조가 아구이를 지목한 건 그가 초상화 속 인물과 비슷해 보였기 때문일 뿐이라는 말이었다. 그리고 그 세 사람이 묘사한 내용을 토대로 초상화를 그리긴 했지만, 그 초상화는 정확하지 않을 가능성이 매우 높다는 말이었다.

* * *

그는 잠시 메일을 읽다 말고 머리를 긁적이며 생각에 잠겼다. 지금 아귀가 반박한 근거는 첫째, 목격 증인 세 사람이 범인을 똑똑히 보지 못했을 수 있다는 점, 둘째, 목격 증인이 나중에 범인을 지목할 때 돌이킨 기억이 그다지 믿을 만하지 않다는 점이었다. 하지만 그래봤자 이것도 아귀의 추측에 불과했다. 그는 아귀의 의구심이 분명 현실에 부합하기는 하지만, 그래도 여전히 추측일 뿐이라고, 자신이 작품을 쓰면서 소소한 흠집을 내기는 했지만 '모든 증인에게 문제가 있다'는 말을 증명할 확실한 증거가 될 수는 없다고 봤다.

어쨌거나 그는 세 사람을 현장 증인으로 배치해두었다. 세 사람이 동시에 잘못 지목할 가능성은 높지 않을 게 확실했다. 그렇지만 아귀의 메일은 끝난 게 아니었다.

상술한 부분은 합리적인 의구심 정도로 볼 수도 있지만, 정확하고 명확하게 서술하지 않아 일어난 문제로 볼 수도 있습니다. 작가님께서 지난번 메일에서 언급하셨듯, 이 증인들의 증언은 아주 단순합니다. 우연히 사건 발생 현장에 있었던 초등학생과 오토바이 2인조 이 세 증인이 함께 거짓으로 증언하고 아구이를 모함할 필요도 없겠죠.

아귀는 이렇게 써 내려갔다.

그러나 소설에 등장한 범인 지목 상황에는 아주 뚜렷한 하자가 있습니다. 이 하자가 세 증인이 똑같이 아구이를 범인으로 지목하도록 암시한 겁니다.

'어?' 그는 아귀가 무슨 말을 하는지 이해가 가지 않았다.

「커다란 노란 택시」에 형사가 아구이의 사진과 다른 세 장의 사진을 섞어놓고 증인들에게 지목해달라 했다고 언급되어 있습니다만, 증인들이 사진을 같이 봤다는 말은 없죠? 아니면 증인들이 따로 격리되어 지목했을까요? 만일 전자라면 세 증인이 지목하면서 서로 영향을 주고받았을 가능성이 있습니다. 이게 아주 명확하게 쓰지 않으신 또 하나의 플롯인데, 일단 이 이야기는 제쳐두죠. 증인들이 단독으로 격리된 상황에서 사진을 봤다 해도 예기치 않게 아구이를 범인으로 지목했을 가능성은 여전히 높으니까요.

고전 추리소설을 보면, 한 무리의 사람이 별생각 없이 여러 술잔 가운데 하나를 고르고 나서 그중 한 사람이 술을 마신 뒤 독에 중독되어 사망하는 플롯이 나올 때가 있다. 술잔을 드는 동작이 무작위로 이루어지는 탓에 독을 탄 사람이 결코 특정 대상을 고른 게 아닐 거라고 생각하지만, 대다수 작품에서 추리가 진행되고 나면 탐정은 독을 탄 사람이 어떤 불가사의한 기교를 사용해서 피해자가 독이 섞인 술잔을 들게 했다는 사실을 알게 된다.

아귀의 말은 이런 종류의 트릭과 아주 닮아 있었다. 문제는 경찰이 이런 짓을 할 이유가 없다는 것이었다. 그 역시 자신의 작품에 이런 종류의 수법을 전혀 배치하지 않았다.

　　문제는 사진에 있습니다.

　아귀가 그의 의혹에 대답했다.
　용의자 아구이의 사진은 그가 수갑을 찬 채 경찰서의 긴 의자에 앉아서 찍은 것이었고, 다른 사진 세 장은 모두 증명사진이었다. 자신이 작품에 분명히 이렇게 써놓았다는 사실이 떠올랐다.
　아귀가 한 말이 이해가 갔다.
　사진 네 장 중 아구이의 사진은 다른 세 장과 분명히 달랐다.
　그는 증인들이 범인으로 아구이를 지목한 부분의 설득력을 높일 목적으로, 다른 세 장에도 유사한 외모 특징이 있는지는 쓰지 않았다. 하지만 사진 네 장 중 아구이의 사진이 가장 쉽게 주의를 끄는 데다 아구이가 머리를 기르고 있다 보니 증인에게 훨씬 더 쉽게 강한 인상을 남겼다.
　자신이 저도 모르게 형사가 증인을 잘못된 방향으로 이끄는 행동을 하게 한 것이었다.
　하지만 그에게는 아직 두 명의 증인이 더 있었다.

　　선생님 말씀이 이해가 갑니다. 제가 쓴 범인 지목 과정이 증인을 오도했더군요.

그가 아귀에게 답장을 보냈다.

그렇지만 제게는 아직 두 명의 증인이 더 있습니다. 판판은 사진은 보지도 못했지만, CCTV 영상 화면과 초상화만 보고도 아구이의 이름을 댔습니다. 또 베테랑 경찰이 제공한 차 주행 시간도 가짜가 아니고요. 경찰이 일부러 아구이를 모함해야 할 이유가 없죠.

판판은 아주 특별한 인물입니다. 판판의 특별한 점은 잠시 뒤에 다시 토론할 수 있을 겁니다.

아귀가 대답했다.

소설 플롯 중 판판의 증언 과정을 언급할 때도 결함이 하나 있습니다. 작가님께서 예전부터 아구이와 알고 지내던 판판이라는 인물을 배치해서 등장시킨 이유는, 이를 통해 '초상화가 아구이와 아주 많이 닮았다'는 걸 강조할 수 있기 때문이었습니다. 그렇지만 판판은 아예 사건 발생 현장에 있지도 않았습니다. 그런데 어째서 그녀도 '범죄 용의자 지목 기록표'에 서명한 걸까요? 전혀 합리적이지 않죠.

'범죄 용의자 지목 기록표'는 그가 자료를 뒤지다 찾아낸 것으로, 표 위 칸에는 집행부서와 시간 등이 기록되어 있고, 가운데 칸은 사유를 설명한 뒤 증인이 서명하고 손도장을 찍는 곳이었다. 그 아래 칸에 지목된 용의자의 사진이 들어갔다.

원래 머릿속으로 그린 내용은 초등학생과 오토바이 2인조가 네 장의 사진 속에서 아구이를 지목한 뒤 기록표에 서명하고, 판판은 경찰서에 도착해 일단 CCTV 영상 화면과 초상화부터 보고 나서 사진을 보고 증언하는 것이었다. 그는 이 과정을 다시 생각해보다 아귀가 말한 소위 '합리적이지 않은' 부분을 발견했다.

초등학생과 오토바이 2인조는 네 장의 사진 속에서 자신들이 그날 밤 본 범인을 찾았지만, 판판은 CCTV 영상 화면과 초상화를 보고 범인이 아구이라고 확신한 상태에서 네 장의 사진 중 아구이의 사진을 골랐다. 판판은 원래 아구이와 아는 사이였다. 이미 CCTV 영상 화면과 초상화 속 인물이 아구이라고 생각한 판이니 당연히 사진을 잘못 고를 리 없었다. 하지만 그녀는 아예 사건 발생 현장에서 범인을 본 적이 없으니 이 증언 역시 실질적으로 어떤 의미도 없었다.

게다가 그는 판판에게 서명까지 하게 했다. 이건 그야말로 거의 코미디나 마찬가지였다.

제가 정말 적잖은 실수를 저질렀군요.

그는 메일에서 아귀에게 인정했다.

하지만 그래도 베테랑 경찰 부분은 문제가 없겠지요?

베테랑 경찰이 자동차의 주행 시간에 대해 한 증언 자체는 별문제 없습니다.

아귀의 메일에서는 남의 집에 불난 모습을 보고 고소해하는 식의 느낌은 나지 않았다. 아귀는 딱 사실만을 놓고 옳고 그름을 따지는 데만 집중했다.

문제는 증언을 처리하는 경찰 측의 태도에 있습니다.

＊ ＊ ＊

베테랑 경찰이 분명히 자신이 차를 몰아 같은 노선을 지나가는 데 필요한 시간을 정확히 계산했고, 일부러 아구이를 감옥에 집어넣을 생각도 없었다고 가정하면, 이 '정확한' 증언을 받아들여야 할까요? 너무나 안타깝게도 결코 그렇지 않습니다.

아귀는 이렇게 말했다.

첫째, 아귀는 이전 메일에서 차 주행 시간의 계산 범위가 너무 넓어 아구이를 고발하는 증거가 될 수 없다고 언급했다. 베테랑 경찰의 증언은 이전에 한 계산의 실제 증거가 될 수 있을 뿐 평자이 사건 속 실제 상황에 대응시킬 수는 없다.

둘째, 전적으로 증언에만 의존했다가는 오히려 진상에서 멀어질 수 있다.

증언은 사실 가장 빈약한 증거입니다.

아귀가 그에게 말했다.

증인과 용의자, 경찰 사이에 아무런 이해관계가 없고 거짓말을 할 필요가 없다 해도, 현장을 목격했을 때 남은 인상은 증인의 시력, 기억력, 환경, 날씨 등등의 요소와 관련이 있습니다. 불확실한 변수가 너무나 많죠. 사실, 증언에 과하게 의존하면 잘못된 판단으로 억울한 사건을 만들 수 있습니다.

물증은 실재하는 사물이다. 경찰 측은 수사 과정에서 물증을 짜 맞춰 범죄 과정을 복원하고 범인을 찾아낸다. 하지만 물증 속 몇 가지 의혹이 짜 맞춰지지 않고 설명하기 어려워지면 수사는 지장을 받게 된다.

이럴 때 증언이나 용의자의 자백은 아주 쓸모가 많죠.

아귀는 이렇게 썼다.

증언이나 자백이 물증으로는 설명할 수 없는 의혹을 설명해주니까요. 설사 불합리해 보여도 '증인이 이렇게 말했다'거나 '용의자가 이렇게 말했다'는 식으로 넘어갈 수 있겠다는 느낌이 들죠.

아귀는 메일 마지막에 물었다.

일본 변호사 모리 호노오의 『교양으로서의 원죄론』을 읽어보셨는지요?

아니요.

그는 인정했다.

읽어보셔야 할 것 같습니다.

시간이 자정에 가까워졌다. 그는 인터넷을 검색하다가 『교양으로서의 원죄론』을 전자책으로 살 수 있다는 걸 알게 됐다. 습관적으로 종이책을 사는 편이긴 하지만, 전자책은 사면 바로 읽을 수 있으니 신용카드를 꺼내 즉시 주문했다.

전자책을 읽는 게 상상했던 것처럼 적응하기 어렵지는 않았다. 사실 일찌감치 컴퓨터 모니터에서 온갖 자료를 찾아 습작을 쓰는 데 습관이 든 데다가, 전자책 글꼴과 레이아웃이 대다수 인터넷 자료보다 뛰어나서 읽는 데 아무런 장애도 느끼지 못했다.

『교양으로서의 원죄론』에서 주로 다루는 주제는 증언이 아니라 용의자의 자백이었다. 물증으로 설명이 되지 않으면 경찰은 용의자의 자백에 기대 사건을 설명하게 되기 쉽다. 하지만 바로 이 때문에 경찰이 의도하는 방향으로 사건을 끌고 나가고, 고문을 하고, 압력을 가하거나 자백을 왜곡하는 상황이 발생한다.

『교양으로서의 원죄론』을 읽으면서, 아귀가 이 책을 읽어보라고 한 의도가 이해되기 시작했다. 책에 실린 실례가 아귀의 견해를 충분히 증명해주었으니까. 「커다란 노란 택시」에서 경찰은 가장 단순하고 의혹이라고는 없어 보이는 증언으로 아구이를 범인으로 확정했는데, 이게 실은 일리가 없었다. 자신이 작품을 쓸 때 아무런 문제가 없다 여겼던 증인들이 원래 생각했던 것만큼 그렇게 믿을 만하지 않았다.

사실 증인에게 문제가 없다 해도 「커다란 노란 택시」에는 여전히 그가 주의하지 못했던 구멍들이 너무나 많았다.

긴 머리 실수, 시간 계산…… 요 며칠 아귀와 메일을 주고받으면서, 그는 자신이 지나치게 일방적인 착각에 빠져 플롯을 배치했음을 깨달았다. 자신이 알아채지 못했고, 심사위원도 알아채지 못했지만, 아귀는 알아챘다. 수상 작품 합본집이 출간되면 또 얼마나 많은 독자가 알아챌까?

그는 학교에서 온종일 뒤숭숭하게 시간을 보냈다.

다시 말하면, 자기 소설의 문제점이 아귀의 손에 드러나서가 아니라 자신이 소설을 잘 쓰지 못해서 뒤숭숭했다.

아귀가 조금도 원망스럽지 않았다.

아귀의 메일은 대부분 조리가 분명했으며 오직 소설 내용만을 겨냥한 분석으로 채워져 있었다. 아귀의 관심사는 이야기가 완전무결한지에 있다는 게, 그가 오직 작품 창작 이야기만 하고 있다는 게 메일에서 읽혔다. 자신의 꼬투리를 잡으려고 그러는 게 아니었다.

아귀가 일찌감치 이 이야기를 읽어봤다면 얼마나 좋았을까? 늦은 밤, 그는 컴퓨터 앞에 앉아 교재를 몇 장 뒤적이다가 아귀에게 감사 메일을 쓰기로 마음먹었다.

요 며칠 동안의 가르침에 감사드립니다. 그 덕에 중요한 자료를 적잖이 읽어보게 됐고 재미있는 드라마도 보게 되었습니다. 「커다란 노란 택시」에 부족한 점이 여전히 많다는 것도 잘 알게 되었고요. 「커다란 노란 택시」는 미성숙한 작품입니다. 이 작품으로 문학상에서 대상을 받았다니, 부끄럽기 짝이 없네요. 하지만 문학상 수상 작품집이 곧 출간을 앞두고 있어서 이 작품은 지금 상태로 독자들과 만날 수밖에 없을 겁니다. 앞으로 작품을 쓸 때는 더 깐깐한 자세로 임하려고 합니다. 독자들이 이 작품으로 제게 좋지 않은 인상을 받지 않기를 바라는 마음입니다. 앞으로도 선생님께 가르침을 구할 기회가 있으면 좋겠고요.

그는 메일을 보내고 생각했다. 출판사 편집자에게, 더 나아가 문학상 심사위원에게 메일을 보내야 하는 것 아닐까? 하지만 며칠 전 이미 합본집 인쇄에 들어갔다고 했으니 다시 내용을 수정할 수도 없는 노릇이었다. 심사위원들에게는 또 뭐라고 메일을 쓴단 말인가? 뭐라고 하든 심사위원들이 화를 내지 않을까?

아직 결정을 내리지 못하고 있는데, 전자메일함에 메일 한 통이 도착했다.

비록 이 작품을 지금 단계에서 고칠 방법은 없습니다만, 개선할 방법이 아예 없는 건 아닙니다.

아귀가 보내온 메일이었다.

일본 작가 미나토 가나에의 『고백』 아시죠? 미나토 가나에는 「성직자」라는 단편으로 추리소설 신인상을 탄 뒤 이 단편을 첫 장章으로 놓고 그 뒤의 장을 써서, 한 권의 장편소설로 변신시켰습니다.

저는 작가님도 그렇게 할 수 있겠다는 생각이 듭니다. 후속 장을 활용해 지금의 추리 결과를 뒤집으면 완전무결한 장편소설이 되겠죠.

그럼 제가 어떻게 해야 할까요?

그가 다급히 답장을 보냈다.

열쇠는 판판에게 있습니다.

아귀가 대답했다.

* * *

제가 앞서 판판이 아주 특별한 인물이라고 언급한 바 있는데요.

아귀가 그에게 말했다.

그녀가 특별한 이유는 두 가지 때문입니다. 첫째, 그녀는 진짜로 사건을 목격한 증인이 아니고, 경찰 인원도 아닙니다. 그래서 증인 다섯 명 중 그녀는 아주 다른 위치에 있습니다. 둘째, 판판은 아구이를 지목해서 증언한 것 외에 아구이와 펑자이가 예전에 함께 수목 보호 활동에 참여한 적이 있다는 단서도 제공했습니다. 심지어 형사에게 피살되기 전 펑자이가 이미 보호 단체의 활동에 그렇게 열중하지 않았다고 알리기도 했죠.

증언 외에 '아구이와 펑자이가 전에 함께 활동하던 동지였다'는 사실을 알리는 건 분명 그가 판판이라는 인물에게 부여한 역할이었다.

하지만 작품 속에는 판판에 대한 묘사가 거의 없다시피 합니다.

아귀는 계속 말했다.

저는 이게 작가님께서 깊이 생각해보셔야 할 방향이라고 봅니다. 판판과 아구이, 펑자이는 어떤 관계일까요? 판판도 수목 보호 단체의 일원인가요? 만일 아니라면 판판과 아구이, 펑자이는 어떻게 알게 됐을까요? 세 사람이 감정적으로 얽혀 있나요? 금전 거래를 했거나 이익이 충돌한 다른 일은 없었나요? 판판이 조금도 주저하지 않고 아구이를 지목한 이유가 도대체 뭘까요?

이건 정말 생각해본 적이 없었다.
원래 이야기 속에서 판판은 순수하게 기능적인 역할이었다.

등장해서 증언하고 단서를 제공하는 것이 전부였으며 그 밖에는 아예 분량이 없었다. 하지만 아귀가 이렇게 언급하니 돌연이 역할의 배후에 드러나지 않은 내막이 많다는, 이걸 이야기로 써볼 수 있겠다는 생각이 들었다.

전제, 주제, 인물, 플롯 그리고 설정이 이야기를 구성하는 기본 요소입니다.

아귀의 메일은 문예 창작 수업의 강의안처럼 보였다.

「커다란 노란 택시」처럼 줄거리가 몇 차례에 걸쳐 뒤집히는 단편소설은 흔히 플롯이 분량의 대부분을 차지하는 반면, 인물에 대한 묘사는 부족하죠. 게다가 문학상에 참가할 때는 글자 수 제한까지 있으니 쓸 수 있는 것도 제한되고요. 그렇지만 문학상에 참가한 일을 제쳐놓고 분량을 고려하지 않으면, 인물을 제대로 설정할 수 있고, 인물을 설정할 때 아주 많은 플롯이 등장하게 됩니다.

이렇게 생각하니, 이 작품에는 여전히 이야기해볼 만한 디테일이 아주 많았다. 애초에 「커다란 노란 택시」를 구상할 때 인물 설정 따위는 해보지도 않았다. 머릿속엔 온통 플롯 생각뿐이었다. 수사할 인물이 필요해서 형사를 집어넣었고, 목격 증인이 필요해서 밤에 현장을 지나가던 초등학생과 오토바이 2인조를 넣었으며, 정보를 제공할 인물이 필요해서 베테랑 경찰을 집어넣었다. 한발 더 나아간 단서를 제공해야 해서 판판을 집어넣었고…… 이 인물들에 플롯의 전환까지 더하면 이미 문학상에서 규정한 자수를 꽉 채울 지경이라 인물을 세세히 서술할 공간이 없었으며, 그 역시 그렇게 해야겠다는 생각도 해본 적이 없었다.

머리 길이, 차 주행 시간 등 우리가 앞서 논의했던 문제들은 모두 후속 수사 과정에서 하나하나 수정해나갈 수 있습니다. 작가님이 보시기에 어떤 인물이 이야기 속 수사 임무를 책임질 적임자일지 꼼꼼히 살펴보세요.

아귀는 마지막에 이렇게 썼다.

형사는 너무나 당연한 선택지고요. 베테랑 경찰도 괜찮습니다. 오토바이 2인조나 초등학생이 탐정 역할이 되는 건 좀 어렵지만 불가능한 것도 아니에요. 아니면 사건이 소송 절차에 돌입하게 해서 검사나 변호사가 의혹을 발견하게 하는 것도 문제없을 겁니다.

님 말씀이 맞네요! 곧바로 후속 시놉시스 구상에 들어가겠습니다!

그는 흥분을 이기지 못한 채 교재를 침대 위로 휙 던져버리고 문서 프로그램을 열었다.

몇 글자 치고 나니, 한 가지 떠오르는 일이 있었다.

＊ ＊ ＊

사흘 뒤, 출판사에서 보내온 문학상 수상 작품 합본집을 받았다.

「커다란 노란 택시」가 첫 번째 수록작이었다. 몇 장 뒤적이다 본문은 건너뛰고 곧바로 수상 소감을 살펴보았다.

원래는 지난번에 아귀로부터 후속으로 살을 붙일 수도 있다는 이야기를 들은 뒤, 시놉시스 작업을 시작할 예정이었으나 갑자기 이런 생각이 들었다. 지금의 소설 내용이 애당초 문학상에 참가할 당시 제출한 내용이니, 수정할 시간이 있든 없든 수정을 해서는 안 된다고 말이다—어쨌거나 문학상 수상 작품 합본집이니, 독자가 읽어야 할 작품은 문학상에 참가할 때 제출한 작품 그대로여야만 했다—하지만 일찌감치 제출한 수상 소감에는 몇 마디 더 덧붙일 수 있겠다 싶었다.

그는 빛의 속도로 편집자에게 메일을 보내 도움을 청했다. 편집자는 인쇄소에 연락해주겠다고 하면서도 이미 인쇄기에 들어갔으면 수정할 시간이 없을 거라고 일러주었다.

손에 받아 든 수상 작품집을 보니 수정 타이밍을 놓치지 않은 모양이었다.

수상 소감에서 그는 작품을 쓰기 시작했을 때 가졌던 초심을 언급했고 심사위원들의 찬사에도 감사를 표했다. 사흘 전 편집자에게 보낸 몇 마디도 소감 말미에 등장했다.

「커다란 노란 택시」 속 사건의 전말이 다 드러난 것 같지만 사실 불분명한 의혹이 여전히 남아 있습니다. 현재 후속 작업 중인데, 훗날 온전한 작품을 독자들과 함께 나눌 기회가 오기를 바랍니다.'

이 몇 마디에 속이 좀 뜨끔했다. 작품에 구멍이 적지 않다고 직접적으로 말하기는커녕 도리어 자기가 원래부터 후속 줄거리를 쓸 계획이었던 것처럼 말했으니 말이다. 하지만 이 몇 마디가 자신이 자신에게 가하는 압력이라는 생각이 들기도 했다. 쓰겠다고 말을 해놨으니 후속 이야기를 써내야만 했다.

책을 덮고 컴퓨터 앞으로 돌아가 앉았다. 이미 요 며칠 후속 시놉시스를 거의 다 작성해둔 터였다. 앞으로 해야 할 일은 한 자 한 자 충실하게 자판을 두드려 이야기를 완성하는 것이었다.

요 며칠은 아귀와 메일을 주고받지 않았다. '이 시놉시스를 아귀에게 먼저 보여주고 의견을 구해야 할까?' 이런 생각이 들어 메일함에 들어갔는데 뭔가 좀 이상하다는 생각이 들었다.

방금 받은 합본집을 보다 다시 메일함을 보는데 눈살이 찌푸려졌다.

며칠간 아귀와 메일을 주고받으면서 어렴풋한 의문이 머릿속 한구석에 계속 붕붕 떠다녔지만, 자료를 찾고 플롯을 보완하고 아귀와 논의하는 데 시간을 쓰느라 바빠서 그 질문을 내내 직시하지 못했다.

그는 컴퓨터 앞에 앉아 편집자에게 문의 메일을 보냈다. 몇 분 뒤, 편집자의 짧은 답장이 도착했다. 답 메일을 클릭해서 서둘러 읽어 내려갔지만 눈살만 더 찌푸려지고 말았다.

편집자는 답 메일에서 편집자와 심사위원 외에 문학상 수상 원고를 읽은 다른 사람은 없으며, 어떤 경로를 통해서든 수상작을 공개적으로 발표한 적도 없다고 했다.

책이 아직 인쇄되어 나오지도 않았는데, 아귀는 어디서 작품을 읽었을까?

06

점점 더 하얗게 창백해졌네

A Whiter Shade of Pale

처음엔 유령 같았던 그녀의 얼굴이
점점 더 하얗게 창백해졌네.

That her face at first just ghostly,
turned a whiter shade of pale.

〈A Whiter Shade of Pale〉 by Procol Harum

인터넷 게시판을 훑어보며 댓글을 달면서도 그녀의 마음은 이제 갓 데뷔한 풋내기 작가처럼 뒤숭숭하기만 했다.

자신이 이 책을 쓰기로 했을 때를 돌이켜보았다. 그때도 지금처럼 온갖 불확실한 감정으로 가득했었다.

출간된 지 갓 일주일이 넘은 이번 소설은 그녀의 50번째 책이자 첫 번째 책이기도 했다.

이 책의 제목은 『점점 더 하얗게 창백해졌네』였다.

전부터 연애소설 애독자였던 그녀는 각종 웹 소설 사이트에서 아마추어 작가들의 작품을 오랫동안 읽어왔다. 대학 시절, 그녀는 온라인에 자신의 작품을 발표하기 시작했다. 처음에는 그저 개인 습작일 뿐이라고 생각했는데, 생각지도 못하게 출판사의 관심을 끌게 되었다. 대학을 졸업한 그해, 다른 동기들은 계속 공부해서 대학원에 진학하거나 일을 찾아 나섰다. 오직 그녀만 순조롭게 두 권의 출판 계약을 따내며 작가로서의 생애를 시작했다.

첫 소설이 출간되었을 때는 마음이 정말 편치 않았다. 필명은 출판사가 지어줬고, 이야기의 주요 요소도 출판사가 설정해 줬다. 출판사가 열거한 플롯 시놉시스에 따라 작품을 완성했다. 그녀는 완성작이 어색하게만 느껴졌지만, 독자 반응은 나쁘지 않았다. 몇 개월 뒤 두 번째 소설을 출간했는데, 첫 번째 책보다 반응이 훨씬 더 좋았다. 출판사와 재계약하면서 자신감이 붙기 시작했다.

연애소설들이 차이라고는 거의 없이 비슷해 보이는데, 실은 정말 차이라고는 없이 엇비슷하다. 그녀는 작가가 되기 전, 서로 다른 출판사에서 나온 서로 다른 작가의 연애소설을 한데 섞어놓고 한 권 한 권 넘겨 보다가, 모든 책이 같은 쪽수에서 비슷한 플롯으로 전환된다는 사실을 알게 되었다. 작가가 된 뒤, 매번 출판사로부터 새 책 시놉시스를 받을 때마다 지난번 받은 시놉시스를 복사해서 갖다 붙인 것 같은 느낌을 받곤 했다.

하던 얘기로 돌아가면, 비록 차이라고는 거의 없이 비슷하다 해도 독자들의 눈을 번뜩이게 하고, 작가의 이름을 기억하게 하는 열쇠는 바로 그 '거의 없어 보이는 차이'에 있다. 일찌감치 이를 깨달은 그녀는 출판사 규정에 따라 써낸 모든 소설에 그녀만의 개인적 특성을 담으려고 노력했다.

그녀는 책을 써서 명성을 얻게 되자 출판사와 상의했다. 기존의 시놉시스와 인물 설정에서 벗어나 자신이 자유롭게 능력을 발휘한 책을 몇 권 내보고 싶었다. 몇 번의 논의 끝에 출판사는 분기마다 한 권을 골라 실험해보자는 데 동의했다. 출판사에서 언급하지는 않았지만, 1년 동안 각 인터넷 토론 게시판의 반응을 종합해본 결과, 기존의 틀에 따라 전개하지 않은 이 몇 권의 소설이 판매 상황과 독자들 입소문에서 모두 이전 작품보다 훨씬 더 좋은 성적을 거두었음을 알게 되었다.

3년 뒤, 그녀는 여전히 일정한 출간 양을 유지하고 있었고, 계약 금액도 떨어지지 않았다. 하지만 서점들이 하나둘 문을 닫으면서 인쇄 부수가 한 권 한 권 떨어졌다. 출판사와는 모두 매절로 계약했기 때문에 인쇄 부수의 영향을 받지 않았고, 그녀 자체가 큰돈이 필요할 정도로 물질적 욕망이 강하지도 않았다. 그래도 슬슬 위기의식이 꽤 느껴지던 참에 그녀는 새로운 출판사에 연락해 두 번째 필명으로 작품을 발표하기 시작했다.

새로운 출판사는 탐미적인 분위기의 BL 소설을 전문으로 출간하는 곳이었다. 에로틱한 장면을 써달라는 요구를 다소 많이 해 왔지만, 창작 기교가 이미 상당히 숙련된 수준에 이른 까닭에 쓰면서 별다른 장애는 느끼지 못했다. 새 출판사는 에로틱한 장면 외에는 플롯 배치에 다른 제한을 두지 않았고, 새 필명으로 출간한 이 책들이 판매량도 제법 괜찮아서, 그녀는 좀 다른 걸 더 써볼 수 있겠다는 생각을 하기 시작했다.

연애소설 외에 그녀가 가장 좋아하는 소설은 사실 스릴러와 미스터리 소설이었다. 그녀는 상황을 봐가면서 자신의 소설에 미스터리 요소를 집어넣었다. 선과 악으로 구분하기 어려운 주인공을 내세울 때도 있었고 무섭고 미스터리한 플롯을 넣을 때도 있었다. 연애소설은 확고한 독자층이 형성되어 있고 이들이 읽고 싶어 하는 이야기 패턴도 상당히 고정적이지만, 그녀가 미스터리적인 설정을 집어넣어도 독자들은 거의 반발하는 법이 없었다. 매번 인터넷 게시판에서 "여주인공이 차에 갇히는 장면 보고 무지 걱정했는데, 다음 쪽에서 갑자기 생각지도 못했던 고백을 받더라고요. 진짜 감동적이었어요!"라거나 "두 번째 남자 주인공이 너무 못되기는 한데 그거야 여자 주인공을 깊이 사랑해서 그런 거잖아요. 그거 생각하면 너무 불쌍하기도 해요. 작가님 필력이 정말 장난이 아니에요!", 이런 종류의 댓글을 볼 때마다 컴퓨터 앞에서 저도 모르게 수줍은 미소를 짓곤 했다.

바로 이 때문에 미스터리 소설을 쓰고 싶은 욕망은 점점 더 강렬해졌다.

그녀는 줄거리 시놉시스를 짜놓고 오랫동안 고민한 끝에 원래 같이 일했던 출판사 두 곳에 보내 시험해보기로 했다. 첫째, 이 두 출판사와 이미 몇 년 동안 함께 일한 터라 새로운 집필 계획이 잡히면 응당 두 출판사에 먼저 물어봐야 했기 때문이고, 둘째, 연애소설 출판사 외에 다른 회사와는 안면이 없어서 갑자기 누구를 찾아가야 할지 감이 잡히지도 않았다.

BL 소설을 전문으로 출간하는 출판사는 이런 소재에 흥미를 보이지 않았다. 오히려 첫 번째 출판사의 편집장이 답장을 보내 와서는 만나서 이야기하자며 약속을 잡았다.

"솔직히 말씀드리면, 저희 회사도 새 임프린트를 하나 만들 어서 새로운 길을 뚫어보고 싶은 마음을 갖고 있는데, 선생님 의 이번 새 책이 아주 적합할 것 같습니다." 편집장과 그녀는 동 구東區*의 조용한 커피숍에서 만났다. "게다가 선생님 이전 작 품들도 미스터리 색깔이 느껴졌잖아요. 독자들도 아주 좋아했 고요."

그녀가 고개를 끄덕였다.

"다만 너무 모험을 걸어서는 안 되겠다 싶어요." 편집장이 진 지하게 말했다. "일단, 원래 내실 예정이었던 연애소설 출간 일 정은 미룰 수 없어요. 이 소설은 저희 새 임프린트를 만들면 출 간하실 수 있을 거예요. 필명은 원래 필명 말고 새 걸로 생각해 주시고요."

그녀는 또다시 고개를 끄덕였다.

• 타이베이의 최고 번화가이자 쇼핑가.

* * *

『점점 더 하얗게 창백해졌네』는 그녀의 본명으로 발표했다. 출간 이후 판매 상황이 그녀와 출판사의 예상을 한참 웃돌 정도로 아주 좋았다. 독자에게 전혀 새로운 작가와 전혀 새로운 출판사 처지에서는 그야말로 불가사의한 성적이었다.

신바람이 난 편집장이 전화를 걸어왔다. "새 책 이렇게 잘 나가는데, 속편 안 쓰세요? 아니면 시리즈물로 내시게요?"

'이미 마무리된 작품이에요. 시리즈물은커녕 속편도 쓰지 않을 생각이랍니다.' 그녀는 속으로는 이렇게 생각했지만 대놓고 거절하지는 못하고 유보적인 뉘앙스로 말했다. "생각 좀 해볼게요."

편집장과의 전화 통화를 마친 뒤 노트북을 켜서 자주 찾는 인터넷 게시판으로 들어갔다. 『점점 더 하얗게 창백해졌네』가 출간된 지 일주일이 지난 시점에야 그녀는 처음으로 용기를 내 인터넷에서 관련 반응을 찾아봤다.

'마흔아홉 권의 책을 냈는데도, 여전히 6년 전과 다를 게 없네.' 그녀는 속으로 자신을 보고 웃다가 생각했다. '물론이지, 사실 이 책이야말로 내 첫 번째 책이라고.'

하지만 쉰 권 가까이 되는 연애소설을 쓴 터라 어느 정도는 그 영향이 있었다. 『점점 더 하얗게 창백해졌네』가 미스터리 소설이기는 해도 구조적으로는 여전히 여러 군데에서 연애소설

색깔이 드러났다. 이야기의 남자 주인공은 형사 아청阿成, 여자 주인공은 회사원 샤오신小欣으로 둘은 중학생 때부터 알고 지낸 절친한 친구였다. 아청은 겉은 명랑하지만 속은 온화하고 섬세한 남자로, 샤오신과 오래 알고 지내면서 샤오신에게 감정을 느끼게 됐다. 하지만 샤오신은 사소한 일에는 신경을 쓰지 않는 무심한 성격이어서 자신에 대한 아청의 감정을 내내 눈치채지 못한 채 아청을 그저 형제처럼 생각했다.

매년 샤오신의 생일이 되면 아청은 괜찮은 식당을 찾아내 샤오신의 생일을 축하해주었다. 올해는 인터넷에서 입소문이 난 새 식당을 골랐는데, 거기서 샤오신은 식당의 젊은 주방장과 알게 되었다.

주방장의 이름은 아홍阿洪으로, 안경을 쓰고 있었고 깡마른 몸에 낯을 가렸다. 샤오신이 요리 솜씨를 칭찬해주는데 인사 치렛말도 하지 못하고 붉어진 얼굴로 부끄럽게 웃기만 하다가 잠시 뒤에야 특별히 만든 디저트를 가져와 샤오신에게 고마운 마음을 표현했다. 얼마간 시일이 흐른 뒤, 샤오신이 혼자서 자주 그 식당에 가 밥을 먹는다는 사실을 우연히 알게 된 아청은 마음이 복잡해졌다. 샤오신이 아홍과 사귀기 시작했다고 얘기했을 때, 크게 낙담했지만 결코 놀라지는 않았다.

아청은 더는 먼저 나서서 샤오신을 찾아가지 않았지만, 샤오신은 여전히 아청에게 자주 연락을 해 왔다. 어떤 때는 그녀가 아홍과 함께 주방장 특제 야식을 들고 경찰서에서 야근하는 아청을 찾아오기도 했다.

그러던 어느 날, 아훙과 샤오신이 야식을 들고 왔다가 돌아간 뒤에 선배 형사가 아청에게 조용히 말했다. "저 여자, 네 여자 친구 아냐? 아니 어떻게 다른 남자를 데리고 널 찾아와?"

"쟤는……" 아청이 머리를 긁적였다. "저흰 그냥 전부터 친한 친구였어요."

"빤한 소리 좀 작작 해라." 선배가 콧방귀를 뀌었다. "요즘 집에 초상이라도 난 것처럼 보이던데. 너 실연했다는 건 바보 천치도 알겠다."

"그게……" 아청은 또 머리를 긁적였다. "쟤만 잘 지내면 전 그걸로 됐어요."

"아주 재수 똥 밟은 표정이면서, 좋기는 개뿔이 좋아!" 선배가 아청을 보더니 고개를 절레절레 흔들었다. "됐다, 됐어. 내가 관여할 수 있는 일도 아니고. 그런데 너 정말 저 여자가 잘 지내길 바라면 조심해야 해."

"뭘 조심해요?" 아청이 고개를 들었다.

"저 여자 새 남자 친구 말이야, 범죄 기록이 남아 있는 자야. 게다가 작은 사건도 아니었다고." 선배가 입구를 바라보다 고개를 돌리더니 손가락 두 개를 치켜세웠다. "두 사람이 죽었거든."

아청의 표정이 변해버렸다.

그녀는 아청이 걱정스러운 마음으로 경찰서 파일 자료를 뒤

점점 더 하얗게 창백해졌네

지기 시작하는 부분을 자신이 어떻게 배치했는지 돌이켜보면서, 네티즌들이 인터넷 게시판에 남긴 댓글을 훑어봤다. 아청은 무척이나 복잡다단한 심정으로 아홍의 사건을 조사했다. 아청은 아홍이 좋은 사람이기를 바랐다. 그래야 샤오신이 행복할 테니까. 하지만 아홍이 연루된 사건에 의혹이 남아 있기를 바라는 마음도 있었다. 그래야 샤오신에게 아홍 곁을 떠나라고 설득할 기회가 생길 테니까. 아청은 일단 샤오신에게 경고부터 하고 싶었지만, 이내 그러려던 마음을 접어버렸다. 숨기기 힘든 자신의 질투심을 눈치챈 샤오신이 조사 내용을 믿지 못하게 되지는 않을지 걱정스러웠기 때문이다.

많은 네티즌이 아청의 미련을 언급했고, 결말을 읽고 놀랐다는 네티즌은 더 많았다. 모니터 화면에서 페이지를 넘기는데 그녀의 얼굴에 서서히 미소가 번졌다. '독자들이 이 이야기를 좋아한다는 건 내가 정말 추리소설을 쓸 줄 안다는 걸 증명해주는 거니까!'

다음 페이지를 클릭하자, 댓글 하나가 시야에 들어왔다.

"『점점 더 하얗게 창백해졌네』는 분명 속편이 나오겠군요." 댓글의 첫마디가 단호했다. '죄송하지만, 속편은 나오지 않을 건데요.' 머릿속에서 이 말이 막 떠오르던 차에 댓글의 두 번째 문구를 읽다가 깜짝 놀라고 말았다. "결말에 복선이 깔려 있으니 말이에요. 만일 속편이 없다면, 이 결말에 문제가 있는 거고요."

그녀는 눈을 깜빡이다, 댓글을 다시 한번 읽어보았다.

'아귀'라는 아이디의 이 네티즌, 무슨 말을 하는 거지?'

***

『점점 더 하얗게 창백해졌네』의 플롯을 다시 돌이켜봤지만 복선이라고 할 만한 건 없었다.

'헛소리하네.' 그녀는 속으로 뇌까렸다. '복선을 깔아놨는지 아닌지 내가 모를 수가 있어? 그런데 이 아귀라는 사람 어떻게 이렇게 확신하지. 복선이 깔려 있지 않은 이 결말에 무슨 문제가 있다는 거야?'

편집장이 이 댓글을 보면, 내가 정말로 속편을 쓸 계획을 하고 있다고 생각할까, 아니면 '이 결말에 문제가 있다'는 아귀의 말에 이다음 추리소설 출판 계획에 의구심을 갖게 될까?

확실히 물어봐야만 했다.

그녀는 새 계정을 만들어 인터넷 게시판에 로그인한 뒤 아귀에게 메시지를 보냈다. 자신의 팬으로 위장해 아귀에게 질문을 던져볼 심산이었다. "『점점 더 하얗게 창백해졌네』 결말에 어떤 문제가 있는지요?" 이 메시지를 써 보내는 게 상상했던 것보다도 어려웠다. 자신을 대신해서 자신에 대한 부정적인 평가에 맞서는 팬의 강경한 태도로 나가는 게 좋을까? 아니면 재미난 구경거리에 신이 난 네티즌들처럼 작가가 어떤 실수를 했는지 알고 싶어 안달 난 태도로 나가는 게 나을까? 한참을 고치고 고치다가 객관적인 태도로 사실에만 집중해서 메시지를 쓰기로 했다. 말싸움을 걸려는 게 아니라 진심으로 토론하고 싶어 하는 것처럼 보이도록.

그녀는 '보내기'를 클릭한 뒤 불안한 마음으로 서성거렸다. 몇 초마다 '새로 고침'을 눌러댔다.

몇 분 뒤, 메시지 한 통이 받은 메시지함에 떴다.

안녕하세요. 이 소설의 플롯을 진지하게 토론하고 싶어 하시는 분이 계시다니 정말 기쁘군요.

읽어보니 아귀의 메시지는 무척 냉정했다.

일단 『점점 더 하얗게 창백해졌네』에 속편이 없다고 가정해보죠. 그렇다면 이 결말이 작가가 생각하는 '사건의 진상'이 됩니다. 문제는 앞선 플롯으로 보건대, 이 결말이 결코 진실이 아니라는 겁니다. 이유는 두 가지인데, 하나는 책에 묘사된 내용을 토대로 아훙이 과거에 연루된 그 사건을 들여다보면 아청이 진상을 완전히 잘못 분석해냈다는 사실이 드러나기 때문입니다. 또 다른 하나는 몇몇 주요 인물의 설정상 이야기가 이렇게 전개될 수 없기 때문이고요. 다시 한번 읽어보시면 아마 님도 알게 되실 겁니다.

 아홍은 무척 젊은 나이에 요리사가 되었다. 조용하고 수줍음
많은 성격 탓에 일명 '다웨이大尾'라고 불리는 친구를 알게 되
기 전까지는 적극적으로 사교 활동을 해본 적이 없었다. 성미
급하고 화를 잘 내는 다웨이는 아홍과는 성격이 하늘과 땅 차
이였지만, 두 사람은 의외로 잘 맞았다. 매일 저녁 퇴근하고 나
면 아홍은 다웨이가 모는 오토바이를 뒤쫓아 이곳저곳을 한가
하게 쏘다니면서, 맥주를 마시기도 하고 당구를 치러 가기도 했
다. 돈을 내는 쪽은 매번 아홍이었지만 아홍은 그래도 몹시 즐
거웠다.
 어느 날 늦은 밤, 아홍은 늘 그렇듯 다웨이와 함께 오토바이
를 타고 잠시 쏘다니다가 당구장에 가기로 했다. 다웨이는 당구
치는 데 집중하지 못했다. 계산대에 전에 본 적 없는 섹시한 미
녀가 서 있었기 때문이다. 나이가 아주 어려 보였고 지루해 죽
겠다는 표정을 짓고 있었다. 그래서 다웨이는 당구는 몇 번 치
지도 않고 자꾸 계산대로 빙 돌아갔다. 담배를 사거나 라이터를
빌려 왔고, 술을 사거나 병따개를 빌려 왔다.
 새벽 2시, 아홍과 다웨이가 당구장을 나설 즈음, 다웨이는 이
미 미녀에게 물어 이름이 샤오탕小糖이라는 걸 알아낸 참이었
으며, 샤오탕과 같이 나가서 놀기로 얘기가 되어 있었다.
 다웨이는 오토바이에 샤오탕을 태웠고, 아홍은 다른 오토바

이를 몰며 뒤를 따랐다. 앞에서 시시때때로 웃음소리가 들렸다. 오토바이 헤드라이트가 밖으로 드러난 샤오탕의 새하얀 뒤태를 비추니, 아훙은 긴장으로 목이 조이는 느낌이 들었다. 다웨이가 커브를 돌자 아훙도 따라서 오토바이 핸들을 꺾었다. 아훙은 곧 둘이 다웨이의 거처로 가고 있다는 걸 알아챘다.

침실에서 남녀가 격렬한 섹스를 즐기는 소리가 들렸다. 다웨이네 집 거실에 앉아 있던 아훙의 하반신이 고통스러울 정도로 부풀어 올랐다. 아훙이 먼저 자리를 떠야 하나 생각하고 있는데, 샤오탕이 침실에서 걸어 나오더니 물었다. "화장실이 어디예요?"

아훙은 방향을 가리켜주고 잠시 앉아 있다가 자리에서 일어나 화장실 입구까지 걸어가서는 문 안쪽에서 전해지는 물소리를 들었다. 샤오탕이 문을 열고 고개를 들자 아훙이 보였다. "여기서 뭐 해요?"

"저는, 어⋯⋯" 아훙이 얼버무렸다. "저도 하고 싶⋯⋯"

"하긴 뭘 해!" 샤오탕이 아훙의 바짓가랑이를 보더니 침을 뱉으며 욕지거리를 해댔다. "날 뭐로 보는 거야? 나 남친 있는 몸이야. 오늘은 그냥 즐기러 온 것뿐이라고!"

아훙은 아무 말 없이 샤오탕이 자기 앞을 휙 지나쳐 침실 문을 벌컥 밀어젖히는 모습을 지켜봤다. "저기, 바지 입고 나 집에나 데려다줘!"

다웨이는 샤오탕을 태웠고, 아훙은 이번에도 오토바이를 타고 둘을 따라갔다. 하지만 이번에는 앞쪽에서 웃음소리는커녕 날카로운 말다툼 소리가 들렸다. 자기가 방금 샤오탕의 화를 돋웠기 때문일까? 아니면 그저 다웨이와 샤오탕 사이에서 말다툼이 일어난 걸까? 미처 생각할 겨를도 없이, 다웨이가 오토바이를 세우고 몸을 돌리더니 팔꿈치로 샤오탕을 쳐 뒷좌석에서 밀어버렸다.

'어떻게 된 거지?' 허둥지둥 오토바이를 세우고 앞으로 달려가니, 다웨이가 땅바닥에 쓰러진 샤오탕 위에 올라타서 주먹질을 하고 있었다.

"남자 친구가 있으셔? 그냥 즐기러 온 것뿐이야?" 다웨이가 주먹질을 멈추고 숨을 몰아쉬더니 바지 뒷주머니에서 버터플라이 나이프를 더듬어 꺼내 들었다. "날 너 홍콩 보내줄 둘째 서방 정도로밖에 안 봤냐? 이런 염병, 나 너한테 뜨거운 맛도 보여줄 수 있는 사람이야!"

다웨이가 칼을 들자 아훙이 저도 모르게 소리를 질렀다. "잠깐, 잠깐만……" 다웨이가 움직임을 멈추고 고개를 돌려 아훙을 쳐다봤다. "거기 서서 뭐 해? 길목에서 망이나 봐!"

그 일대에 논밭 사이를 지나가는 산업 도로가 있었다. 평상시에 사람이 별로 없는 데다 이 시간대에는 더더욱 지나가는 사람이 없었다. 아훙이 길목에 서 있는데 샤오탕의 비명이 들렸다. 땀이 줄줄 흘렀고, 어찌해야 할지 알 수가 없었다. 잠시 뒤에야 자전거를 탄 사람 그림자가 도로 저편에 나타났다는 사실을 알아챘다.

"저기, 저기." 아홍이 긴장한 채 다웨이에게 달려갔을 때 샤오탕의 하반신에서 이미 짙고 끈적끈적한 무언가가 한 바닥 흘러나와 있었다. "누가 왔어!" 고개를 든 다웨이 눈에 자전거를 탄 사람이 들어왔다. 상대방도 이쪽이 뭔가 심상치 않다는 걸 눈치채고는 페달을 밟아 속도를 내는 모습이 역력했다. 다웨이가 욕지거리를 내뱉으며 오토바이에 걸터앉더니 한 바퀴 빙 돌아 혼자서 자전거를 뒤쫓아 갔고, 뭐라고 말을 건네는 법도 없이 자전거를 그대로 받아버렸다. 아홍의 눈에 자전거를 몰고 가던 그 사람이 흠칫 놀라며 나뒹구는 모습이 들어왔고, 이어 다웨이가 오토바이를 세워놓고 상대에게 걸어가는 모습이 보였다. 그 뒤, 아홍은 다웨이가 버터플라이 나이프를 치켜드는 모습을 봤다. 첫 새벽빛이 칼끝을 비추었다. 새빨간 핏빛이 번뜩였다.

* * *

경찰은 수사를 통해 당구장 여직원 샤오탕과 시골 농부, 두 명의 살인 사건을 다웨이 소행으로 보고 사건을 마무리 지었다. 아홍은 범행에 가담하지는 않았지만, 범죄 기록은 남았다.

"그놈이 다시 요리사로 일한다는 건 알고 있었는데," 아청에게 아홍을 잘 살피라고 주의를 준 선배 형사가 당시 수사에 참여한 장본인이었다. "벌써 주방장까지 된 줄은 몰랐네? 과연 수완 하나는 끝내주는 놈이야."

"오랜 단골이 그 사람 요리 솜씨에 반해서 식당 개업 자금을 대줬다고 하더라고요." 아청은 선배의 말에 뼈가 있다고 생각했다. "그 사람이 '수완 하나는 끝내준다'는 게 무슨 말씀이세요?"

"내 직감인데 말이야," 선배가 고갯짓을 했다. "그놈이 비정상적일 정도로 온순하거든. 내내 뭔가 좀 꺼림칙했는데, 뭐 증거를 찾을 수가 있어야지. 너 그 '친구'한테 조심하는 게 좋을 거라고 일러둬. 아니다. 제일 좋은 방법은 그 여자 뺏어 오는 거지!"

부끄러움 많고 내성적인 아홍이 살인범처럼 보이지는 않았지만, 아청은 이 사건과 관련한 모든 파일을 훑어보고서 두 가지 의혹을 발견했다.

첫째는 샤오탕의 몸에 놀라울 정도로 많은 상처가 났다는 것이었고, 둘째는 상처의 깊이가 서로 꽤 차이가 난다는 점이었다.

다웨이가 먼저 샤오탕에게 칼을 휘둘렀다 해도 이렇게 많이 찌를 필요가 있었을까? 다웨이 외에 성관계를 맺고 싶었지만 뜻대로 되지 않은 아홍도 그 김에 칼을 휘두르며 분을 풀지는 않았을까?

그 밖에도, 신문 과정에서 다웨이는 아홍이 지나가던 시골 농부를 발견하고는 곧장 오토바이로 쫓아가 받아버렸고, 자신이 충돌 소리를 듣고 서둘러 쫓아갔을 때는 아훙이 이미 농부를 바닥에 눕히고 올라탄 뒤였다고 말했다. 나아가 그는 아훙이 자신에게 버터플라이 나이프를 빌려달라고 하더니 범행을 저질렀다고 밝혔다. 이 증언이 법정에서 받아들여지지 않았지만, 만약 다웨이가 한 말이 진실이라면 어떨까?

아청은 곰곰이 생각했다. 검찰 측이 다웨이를 고발하자, 다웨이는 모든 걸 인정했다. 설사 아훙이 범행에 가담했다 해도 다웨이의 형사 책임이 줄어들 리 없으니, 다웨이로서는 거짓말을 할 필요가 없었다는 게 맞을 것이다.

밤은 이미 깊었지만, 아청은 여전히 자료실에 있었다. 책상 위에는 자료가 어지러이 흩어졌고, 텅 빈 라면 그릇도 하나 놓여 있었다. 샤오신과 연락하지 않은 지 벌써 2주가 지났으니 자연히 아훙의 특제 야식도 먹지 못했다. 아청은 잘 알고 있었다. 자신이 일전에 샤오신에게 의식적으로 또 무의식적으로 아훙에 대한 경계심을 높이라고 암시를 하는 바람에, 샤오신이 자신에게 화가 났다는 사실을 말이다.

의혹을 제쳐놓고 보면, 아훙이 만든 야식은 맛이 뛰어났다. 재료라고 해봤자 분명히 그날 가게에서 쓰고 남은 것들일 텐데, 야식에는 매번 정성이 가득 들어가 있었고 입에도 딱 맞았다. 아청은 아훙이 칼 종류에 흥미가 아주 많다며, 일할 때 쓰는 칼 외에도 서로 다른 칼을 여러 가지 수집해서 갖고 있다고 했던 샤오신의 말이 떠올랐다.

파일에는 피해자의 사진이 여러 장 들어 있었다. 샤오탕은 엉망진창이 되도록 찔린 데다 얼굴은 아예 알아볼 수도 없을 지경이었다. 농부는 옆으로 누워 있었는데, 등에 난 칼자국에 몸서리가 났다. 아흥은 많은 칼을 수집했다. 손수 사람을 죽이지 않은 데다 구류 기간 중 태도도 좋았다. 아흥은 수줍게 웃는 사람이었다. 악의라고는 털끝만큼도 없는 웃음이 사람을 무방비 상태로 만들었다. 그야말로 오랜 기간 연습에 연습을 거친 끝에 내보이는 완벽한 연기였다.

아청은 별안간 깜짝 놀라 의자에서 튀어 올랐고, 휴대전화를 움켜쥔 채 샤오신의 번호를 눌렀다.

응답이 없었다. 샤오신의 휴대전화는 꺼져 있었다.

뭔가 이상했다. 아청은 경찰서에서 뛰쳐나와 자신의 오토바이에 뛰어올랐다. 생각이고 뭐고 할 새도 없이 곧장 다급히 페달을 밟았다.

이어지는 장면들을 쓰면서 그녀는 정말 골머리를 썩었다.

아청이 식당 주방으로 뛰어 들어갔을 때, 샤오신은 의자에 묶인 채 눈과 입이 모두 천으로 꽁꽁 싸매여 있었다. 아흥은 조리대에 일렬로 늘어선 각종 칼을 살피며 그중 어느 걸 골라야 할지 고민하던 참이었다. 아청이 큰 소리로 부르짖으며 달려들었다. 아청은 아흥과 몸싸움을 벌이다가 칼에 몸 몇 군데를 베인 끝에 아홍을 때려눕히고, 샤오신을 구출했다.

어떻게 서술해야 샤오신이 묶여 있는 이 장면에서 무기력한, 그러면서도 기괴한 미감美感이 느껴질까? 어떻게 그려야 아홍의 수줍은 표정 아래 숨겨진 계략이 드러날까? 두 남자의 육탄전을 어떻게 묘사해야 독자가 그 상황에 놓여 있는 것 같은 느낌을 받을 수 있을까? 어떻게 표현해야 육박전이 질질 끄는 느낌이 나지 않을까? 그녀는 자신이 이 작품을 쓰면서 긴 머리칼을 쥐어뜯으며 난생처음 했던 생각이 떠올랐다. '그 멍청한 액션 영화들이 다 쉽게 만들어진 게 아니었구나.'

경찰이 서둘러 현장에 출동해 증거를 수집하고 처리하고 있을 때, 아청은 샤오신을 품에 안은 채 자신이 조사하고 추리한 결론을 알려주었다. 아홍의 수줍음은 양의 탈을 쓴 늑대의 속임수였다고. 악의라고는 조금도 없는 이런 위장술로 머리가 단순한 다웨이를 조종하고, 순수한 샤오신을 속인 거라고. 두 명을 살해한 사건의 모든 책임을 다웨이에게 뒤집어씌웠고, 샤오신도 살해할 계획이었던 거라고.

아청의 설명을 들은 뒤, 샤오신은 그의 품에서 고개를 들었다. 아청이 한 번도 본 적 없는 아름다운 미소가 그녀의 얼굴에 드리워져 있었다.

이야기는 끝이 났다.

＊ ＊ ＊

다시 읽어봤는데 여전히 별문제 못 찾겠던데요.

그녀가 아귀에게 메시지를 보냈다.

아청이 아훙에게 품은 의심도 합리적으로 보이고요. 상처 깊이가 다르고 상처 개수가 아주 많다는 건 범행을 저지른 사람이 한 사람이 아니라는 뜻 아닌가요?

반 시간쯤 기다렸다. 하마터면 아귀가 자신을 상대해주지 않으려는가 보다고 착각할 뻔했다. 아귀의 답장이 뜨고 나서야 그녀는 아귀가 시간이 필요했으리라는 걸 알게 됐다. 답장이 아주 길었다.

일단 상처의 깊이가 다른 문제부터 얘기해보죠.

아귀가 설명했다.

이걸로 범행을 저지른 사람이 동일인이 아니라고 볼 수는 없습니다. 사실상, 동일범이 계속 칼을 휘두른다 해도 매번 엇비슷한 힘으로 찌를 수 없는 데다가 피해자가 몸을 꿈틀거리면서 저항할 가능성까지 더해지면 더 많은 변수가 생기고, 상처에 영향을 주게 되니까요.

'아아.' 그녀가 모니터 앞에서 고개를 끄덕였다. 아귀의 말에 일리가 있었다.

이제 상처 개수가 아주 많은 문제를 얘기해보죠.

아귀의 메시지가 계속됐다.

상처 개수가 많을 경우, 실제로 둘 이상의 범인이 저지른 짓일 가능성이 있기는 합니다만, 혼자서 범행을 저질렀을 가능성을 배제할 수는 없습니다. 상처 깊이가 달랐던 상황까지 함께 놓고 생각해보면, 단일범이 범행을 저질렀다는 가정이 범인이 복수일 가능성보다 훨씬 더 합리적이라는 걸 깨닫게 됩니다. 단일범이 연속으로 칼을 여러 차례 휘두르다 피로가 몰려오기 시작했고 그러다 보니 힘이 점점 더 약해졌을 겁니다.

'음음.' 나중에 참고할 겸 필기해서 남겨둬야겠다는 생각이 들었지만, 뒤이어 사실 아귀가 보낸 메시지를 남겨놓기만 하면 된다는 데 생각이 미쳤다.

그러니까 아청이 찾은 두 가지 의혹으로는 사실 아훙이 살인 행위에 가담했다는 걸 증명할 수 없습니다.

아귀의 메시지는 아직 끝나지 않았다.

각도를 바꿔서 보면, 이 두 가지 의혹은 오히려 다웨이야말로 유일한 범인이라는 점을 증명해주거든요.

'오오.' 그녀는 눈을 부릅떴다. '어째서?'

그저 사람을 죽음으로 몰아넣고 싶었던 것뿐이라면, 그렇게 많이 찔러서 죽일 필요가 없습니다. 농부의 몸에는 칼자국이 아주 적게나 있었습니다. 다만 등에 난 칼자국이 급소를 찌르면서 죽음에 이른 거였죠. 만일 단일범이 범행을 저질렀다면 범인이 샤오탕에게 수차례 칼을 휘두른 뒤 힘이 빠진 탓에 농부에게는 그렇게 할 수 없었던 거라고 합리적으로 추리해볼 수 있습니다.

아귀가 설명했다.

이렇게 되면 문제는 범인이 어째서 이렇게 과하게 샤오탕을 찔러 댔을까, 이겁니다. 현실 생활 속 사례로 보면 과하게 상처를 입히는 범인이 정신적으로 문제가 있거나 피해자에게 어떤 사적인 감정을 품고 있었을 가능성이 있습니다. 과하게 상처를 입히는 행위가 범인이 감정을 발산하는 과정인 거죠. 이야기 속에서는 아훙과 다웨이에게 어떤 정신적 문제가 있는지 언급되지 않았지만 샤오탕에게 원한을 품은 사람이 있는 건 틀림없죠. 샤오탕과 격렬하게 말싸움을 벌인 다웨이 말입니다.

잠시만, 잠시만요.

그녀가 빠른 속도로 메시지를 입력했다.

아훙은 샤오탕에게 섹스를 하자고 했지만 거절당했어요. 님의 말씀대로라면 아훙도 샤오탕에게 증오의 감정을 느껴야 맞잖아요. 그렇다면 아훙도 범행을 저질렀을 가능성이 있지 않나요?

그렇습니다.

아귀는 무척 빨리 답장을 보냈다.

하지만 그건 인물의 성격 설정과 관련된 문제입니다.

자세한 설명을 들어보고 싶네요.

그녀는 '보내기' 버튼을 클릭했다.

* * *

전 이 작가가 원래 연애소설을 쓰는 작가이리라 생각합니다. 아니면 연애소설을 무척 많이 읽었거나요.

아귀가 보낸 답장의 서두를 보고 그녀는 깜짝 놀랐다.

『점점 더 하얗게 창백해졌네』가 연애소설의 특징과 미스터리 추리의 구조를 결합하기는 했지만, 인물 설정상 이 작품은 거의 연애소설의 고정적인 패턴을 그대로 따르고 있거든요.

아귀는 많은 연애소설에서 인물이 충분히 입체적으로 설정되지 못하는 경우가 흔하다고 지적했다. 설령 작가가 감정이 풍부하고 다양한 층위가 있는 역할을 그려낼 역량이 있다 해도, 연애소설의 경우는 주요 줄기가 애정 관계에 집중되기 때문이다. 그러다 보니 인물이 다른 사건에 반응을 보이는 경우가 상대적으로 적기에 인물의 다른 성격적 면모를 표현할 기회가 부족하다는 것이었다.

그녀가 관찰한 바와 일치했다. 아귀의 메시지를 읽으면서 돌

연 호기심이 일었다. '아귀도 연애소설 광팬인가?'

『점점 더 하얗게 창백해졌네』에서 작가가 가장 많이 묘사한 인물은 남자 주인공 아청과 여자 주인공 샤오신이고, 그다음이 두 번째 남자 주인공 아훙이다. 아훙은 등장하는 플롯에서 늘 수줍어하는, 내성적인, 나서지 않고 뒤로 빠지는, 말 없는 모습만 보여준다. 심지어 아청이 파일 자료를 보면서 사건 경과를 짜 맞춰나갈 때도 아훙은 같은 이미지를 유지한다. 다시 말하면, 아훙이라는 인물이 실은 아주 평면적으로, 획일적으로 구축된 것이다.

그런 까닭에 독자는 결말에서 아훙이 샤오신을 묶어놓고 범행을 저지르려고 하자 자연히 매우 놀라고 만다. 이 전개가 책의 반 이상을 통해 구축된 이 캐릭터를 전복해버리기 때문이다. 그러나 자세히 생각해보면, 이런 전환이 결코 합리적이지 않다는 걸 알게 된다.

작가는 결말의 전환을 지탱하는 논거로 아청이 파일에서 찾아낸 두 가지 의혹과 '아훙의 이미지는 위장에 불과하다'는 추론을 활용했다. 하지만 이 두 가지 의혹은 성립할 수 없으며, '이미지를 위장했을 뿐이라는' 이야기는 더더군다나 아무런 증거가 없는, 온전히 아청 혼자만의 희망 섞인 추론에 지나지 않는다.

사실상 소설 플롯에서 표현된 아훙과 다웨이를 보면, 두 사람 중 다웨이가 관계를 주도하는 리더고, 아훙은 무조건적인 추종

자라는 사실을 알 수 있다. 다웨이가 샤오탕과 섹스를 할 때 아홍은 얌전히 거실에 앉아 있었고, 다웨이가 샤오탕을 찔러 죽일 때도 아홍은 다웨이가 하라는 대로 길목에서 망을 봤다. 설사 아홍이 살인에 직접 가담했다 해도 절대로 아청이 추측한 것처럼 '악의라고는 털끝만큼도 없는 인물로 위장해 다웨이를 조종한' 주범이 될 수는 없다.

그렇지만 채택되지 않은 다웨이의 자백은 뭐죠?

그녀가 답장을 보냈다.

아홍이 선수 쳐서 농부를 죽인 사람이 될 수는 없단 말인가요? 다웨이는 이미 죄를 인정했고, 거짓 자백으로 아홍을 물고 늘어질 필요가 없잖아요?

아홍은 길목에서 망을 보다 농부를 봤습니다. 그래서 다웨이가 아홍이 먼저 오토바이를 타고 농부를 쫓아갔다고 한 건데, 그럴듯하죠.

아귀의 답장이 순식간에 도착했다.

하지만 잊지 마세요. 아홍은 당시 길목에 서 있었습니다. 따라서 농부의 각도에서 봤을 때 칼을 휘두르며 범행을 저지른 사람은 오직 한 사람뿐입니다. 바로 다웨이죠. 다시 말해서, 농부를 죽여 입막음해야 할 진짜 동기를 가진 사람도 오직 다웨이뿐인 겁니다.

아귀는 다웨이가 아훙을 만난 뒤, 아훙이 자기 말이라면 두말하지 않고 따르는 쫄따구가 될 거라는 걸 알아챘다고, 다웨이가 밤에 아훙을 데리고 여기저기 쏘다니기는 했지만 다웨이는 아훙을 친구가 아닌 자동 현금 인출기 취급 했다고 생각했다. 형님이 형을 언도받은 마당에 쫄따구가 어떻게 뒤로 빠질 수 있단 말인가? 그래서 자기 죄를 잡아뗄 수 없게 되자, 사실에 양념만 조금 치면 아훙도 진흙탕에 빠뜨릴 수 있으리라 생각했다고 말이다. 이것이 다웨이가 거짓말을 한 이유라고 했다.

게다가 님께서 아마 주의하지 못하셨을 수도 있는데,

아귀의 메시지가 이어졌다.

다웨이는 다른 자백도 했습니다. 자기가 농부의 등을 찔렀다고 말이죠. 다웨이는 농부의 등에 난 상처가 치명상이었다는 걸 알고 나서야, 아훙이 농부를 뒤쫓아 가서 받아버렸고 자신에게 칼을 빌려 농부를 찔러 죽였다고 진술했습니다. 뒤에 한 이 증언이 거짓이 확실하죠.

그녀는 잠시 심장이 멎어버린 것만 같았다.

책상 위에 있던 책을 집어 재빨리 뒤져보았다. 자신이 정말 다웨이가 "제가 버터플라이 나이프로 그 농부의 등을 찔렀습니다"라는 말을 내뱉게 한 적이 있었다.

자신조차 잊고 있던 단락이었다. '아귀, 책을 읽어도 너무 꼼꼼하게 읽은 거 아냐. 이제 어떻게 하지?'

※ ※ ※

다웨이의 그 말은……

그녀는 잠시 생각하다 자판을 두드리기 시작했다.

어쩌면 작가가 잘못 쓴 걸지도 몰라요.

어쩌면요. 하지만 이미 책으로 나왔으니, 소설 속의 사실로 봐야죠.

아귀가 답신을 보냈다.

사실 제가 방금 언급한 인물 설정 문제가 처음 미스터리 소설을

쓰는 작가에게만 일어나는 일은 아닙니다. 많은 추리소설 전문 작가가 같은 실수를 저지르거든요.

왜죠?

그녀는 호기심이 강하게 일었다.

작가들이 지나치게 플롯을 중시하는 탓이죠.

아귀가 말했다.

불가사의한 수수께끼든 아니면 대반전이 일어나는 결말이든, 둘 다 추리소설에서 흔히 보이는 형식으로, 모두 플롯 안에서 등장한다. 그래서 많은 추리소설 작가가 일단 이 플롯들을 먼저 생각하고 나서 인물을 욱여넣는다. 문제는 독자가 이야기를 읽을 때 보게 되는 플롯이 실은 '인물이 일으킨 일'이라는 것이다. 인물들의 성격이 어떤지, 그래서 어떤 일을 맞닥뜨렸을 때 어떤 반응을 보이는지, 이어서 어떤 결과에 부딪힐 수밖에 없게 되는지 등등 말이다. 하지만 인물 설정과 플롯이 어긋나면, 인물이 일부러 어떤 행위를 해서 어떤 플롯을 끌어내는 상황이 벌어진다. 독자는 작가의 손이 이야기 속으로 뻗어 들어와 인물을 강압적으로 억누르고 있음을 똑똑히 알아차리게 되고, 이야기도 비합리적으로 흘러가게 된다.

독자가 읽을 때 플롯은 '작가가 써낸 것'이 아니라 실은 '인물이 연기해낸 것'이다.

『점점 더 하얗게 창백해졌네』라는 이야기 속에서 아훙은 처음부터 끝까지 어떤 기가 센 성향이나 폭력적인 특징을 드러낸 적이 없다. 작가 역시 어떤 대목에서도 이 인물의 계산적인 면모를 독자에게 암시한 바 없었다. 아훙은 요리 분야에서만 창의성과 세심한 면모를 드러냈다. 샤오신이 아훙에게 경찰서에 있는 아청에게 야식을 가져다주자고 했을 때도 아훙은 단 한 번도 제 발 저려 꺼리거나 거절한 적이 없다. 이런 인물이 결말에서 음모에 능한 악당으로 돌변한 건 작가가 깜짝 놀랄 만한 플롯 뒤에 인물을 욱여넣으면서 벌어진 현상이다.

게다가, 설사 아훙이 정말로 두 명이 살해된 살인 사건의 범인 중 하나라 해도 샤오신을 살해할 동기는 전혀 없습니다.

아귀가 말했다.

아훙이 여성 살해를 즐기는 변태일 수도 있지 않나요?

그렇다면 요 몇 년 계속해서 여성에게 접근하고 그걸 기회로 범행을 저질렀어야 맞겠죠. 만일 아청이 유사한 수법의 사건을 더 많이 찾아냈다면 그나마 좀 말이 될 텐데, 작품 속에서는 언급된 바 없습니다.

하지만……

그녀는 눈살을 찌푸리며 자판을 두드렸다.

아훙이 샤오신을 묶어놨잖아요. 이건 정말 뭔가 좀 이상한 것 아닌가요?

확실히 그 플롯에 문제가 있기는 합니다. 하지만,

아귀는 아주 가뿐해 보이는 답변을 내놓았다.

이 역시 인물 설정으로 풀 수 있습니다. 작가가 정말 속편을 쓸 생각이 있다면 여기서부터 전개해나갈 수 있겠죠.

* * *

아청은 명랑하고, 샤오신은 활달하고 시원스러우며, 아훙은 수줍음이 많고 내성적이다. 이것이 『점점 더 하얗게 창백해졌네』속 주요 인물 셋의 대략적인 성격이다. 이런 인물로 연애소설을 쓰고 플롯을 사랑과 우정에 집중시키면 문제가 그다지 크지 않을 것이다. 하지만 플롯이 조금 복잡해지면 이 인물들의 캐릭터 설정이 지나치게 평면적으로 보이게 되고, 입체성이 떨어진다.

특히 아청과 샤오신의 경우, 이 두 인물은 완전히 연애소설 남녀 주인공으로 캐릭터가 설정되어 있습니다.

아귀가 설명했다.

우리가 읽은 주요 플롯이 모두 이 두 사람이 사랑과 우정에 어떻게 반응하는지 강조하고 있죠. 아청이 뭔가를 할 때, 아청을 움직이는 핵심 동력은 늘 샤오신입니다. 샤오신이 뭔가를 할 때, 샤오신을 움직이는 핵심 동력은 늘 아청이나 아훙이고요. 우리는 아청이 경찰 업무를 볼 때 유능하고 노련한지 아니면 무능하고 어설픈지 모르죠. 아청이 제도를 활용할 줄 아는 사람인지 아니면 경직된 시스템을 싫어하는 사람인지도 모르고요. 우리는 샤오신이 회사에서 어떻게 일하는지 모르고, 아훙과 만나지 않을 때, 아청과 잡담을 떨지 않을 때 혼자 뭘 하면서 시간을 보내는지도 모르죠.

그런 부분을 보완하면 아훙이 어째서 샤오신을 묶어놓았는지 설명이 될까요?

그녀는 이해가 가지 않았다.

물론입니다.

아귀는 아주 확신에 차서 대답했다.

그걸 어떻게 해야 하는데요?

아주 다양한 가능성이 있습니다만, 제가 말해놓고 나서 작가가 정말로 속편을 그렇게 전개해버리면 제가 님의 읽는 재미를 빼앗게 되는 셈 아닌가요?

작가는 속편을 쓰지 않을 것 같은데요.

제가 앞서 언급한 것들이 모두 속편을 전개하는 데 쓰일 재료입니다. 속편을 쓰지 않는다면, 그게 다 이 작품의 구멍이 되고 말겠죠.

보아하니 제가 쓰지 않을 도리가 없겠군요.

그녀는 한숨을 내쉬며 메시지를 발송했다. 그러다 돌연 아차하고 말았다.

안녕하세요.

잠시 뒤, 아귀의 메시지가 나타났다.

사실 님이 작가님이라는 건 이미 어렴풋하게나마 눈치채고 있었습니다. 하지만 증거가 충분하지 않아서 함부로 결론을 내리지는 못했어요. 제가 『점점 더 하얗게 창백해졌네』를 정말 좋아하는데요. 담담하고 침착하게 저와 토론해주셔서 고맙습니다.

아, 아닙니다.

그녀는 좀 민망했다.

이렇게 꼼꼼히 읽어주셨으니 감사 인사는 오히려 제가 드려야죠. 이런 장르의 소설을 처음 시도하다 보니 부족한 점이 정말 많습니다. 많이 가르쳐주세요.

'가르침'이라니 당치 않습니다.

아귀가 답장을 보냈다.

사실 어떤 장르의 소설이든 뿌리를 구성하는 요소는 똑같습니다. 이야기를 서술하는 기교가 아주 노련하셔서 아마 다른 필명으로 이미 적잖은 작품을 발표하셨을 거라고 생각했습니다. 님께서 작가님일지도 모른다는 점을 눈치챘으면서도 번데기 앞에서 주름잡으며 토론을 벌인 이유는 첫째, 님께서 정말 마음을 담고 예의를 갖춰 질문해주셨기 때문이고 둘째, 정말 작가님이 이 인물들의 캐릭터 설정을 더 완벽하게 손보신 뒤 속편 이야기를 전개해나가시길 바라기 때문이었습니다.

이야기를 제대로 쓰지 못해 독자가 의구심을 느낀다면 그건 원래 제가 해결해야 할 문제인걸요.

믿으실지 모르겠습니다만, 제가 만나본 수많은 작가가 그건 독자가 스스로 해결해야 할 문제라고 보던데요.

그러면……

그녀가 조심스럽게 물었다.

아훙이 어째서 샤오신을 묶어둔 건지 알고 싶은데, 저 좀 도와주실 수 있으신가요?

제가 방금 여러 가능성이 있다고 언급했는데, 그중 한 가지를 알려드릴게요.

아귀가 대답했다.

하지만 제가 도와드릴 수 있는 건 여기까지입니다. 속편의 다른 부분을 지금 이 작품의 이야기와 어떻게 연결 지을지는 작가님께서 직접 쓰셔야 합니다. 저도 제가 모든 플롯을 다 아는 이야기를 읽고 싶지는 않거든요.

물론이죠.

그녀가 자판을 탁탁 두드렸다.

말씀해주세요.

만일 아훙이 샤오신을 묶어둔 게……

아귀의 답장에 미소가 어려 있는 듯했다.

샤오신의 요구 때문이었다면요?

'어?' 모니터 앞에 있던 그녀의 눈이 휘둥그레졌다.

다음 순간, 돌연 이야기의 합리적이지 않은 세세한 부분이 모두 환하게 눈에 들어왔다. 속편을 어떻게 써야 할지 감이 왔다.

* * *

아청은 샤오신을 구출한 뒤, 여러 해 숨겨왔던 마음을 고백했고 샤오신 역시 아청에게 감동해 그의 마음을 받아들였다.

두 사람이 좋은 친구에서 다른 사람 눈에도 천생연분으로 보이는 연인이 되었으니, 동화 같은 아름다운 결말이 되어야 마땅했을 터였다. 하지만 몇 개월을 사귀면서 아청은 샤오신이 자신에게 뭔가 숨기고 있다는 느낌을 받기 시작했다.

아주 이상한 느낌이었다. 늘 자신과 샤오신 사이에 하지 못할 말은 없다고 생각해왔는데, 어떻게 관계가 훨씬 더 가까워진 뒤에 이런 느낌을 받게 되었을까? 샤오신에게 물어보려 했지만, 샤오신은 늘 아청에게 쓸데없는 생각을 너무 많이 한다고 했고, 아청 역시 샤오신의 기분을 거스르고 싶지 않아 계속 캐묻지는 못했다.

그러나 샤오신은 틀림없이 아청에게 뭔가 숨기고 있었다.

샤오신은 전부터 결박된 상태에서 맺는 성관계를 동경해왔다. 어려서 평범한 가정환경에서 자란 자신이 어째서 결박된 상태에서 쾌감을 느끼는지는 알 수 없었다. 하지만 처음 별생각 없이 본 잡지에서 모델의 손발이 묶인 사진을 봤을 때 느낀 그 자극을 샤오신은 똑똑히 기억하고 있었다.

이건 샤오신의 비밀이었다. 그녀는 전에 사귄 남자 친구 몇 명을 포함해 누구에게도 감히 이 비밀을 털어놓지 못했다. 이런 취향을 이야기하면 변태로 볼까 봐 두려웠다.

하지만 아홍과 사귀면서 샤오신은 드디어 마음의 벽을 무너 뜨렸다.

아홍은 수줍음이 많은 사람이었지만 동시에 마음이 넓은 사람이기도 했다. 아홍은 다웨이가 자신에게 불리한 발언을 했다는 사실을 알았지만, 결코 마음에 원한을 담아두지 않았다. 반대로 다웨이가 자신을 데리고 많은 사람을 만나게 해주었던 점에 크게 고마워했고, 다웨이가 감정을 조절하지 못하고 분노한 상태에서 사람을 죽인 일을 몹시 안타까워했다.

사람에게는 누구나 비밀스러운 어두운 면이 있다. 하지만 아홍의 마음은 사람의 밝은 면으로 더 많이 기울어 있었다. 아홍의 눈엔 모든 사람이 다 좋은 사람이라 그 사람들이 딱히 다른 사람에게 비판받아야 할 게 없어 보였다.

그러니 아청이 식당 주방으로 뛰어 들어갔을 때 본 건 아홍이 주동적으로 샤오신을 결박한 게 아니라 샤오신의 요구로 아홍이 그녀를 결박한 풍경이었다.

하지만 샤오신으로서는 눈과 입이 틀어막힌 상황에서 아청과 아홍이 맞붙어 싸우는 와중에 목소리를 내서 설명할 방법이 없었고, 분노에 휩싸인 아청 역시 아홍에게 해명할 기회조차 주지 않았다. 아청이 아홍을 기절시키고, 묶여 있던 샤오신을 풀어줬을 때, 샤오신은 아청에게 솔직히 말할 타이밍을 놓쳤다는 걸 깨달았다.

샤오신은 입도 떼지 못해 해명도 못 하고 있건만, 아청은 샤오신에게 줄줄이 설명을 쏟아냈다. 아홍이 두 사람이 피살된 살인 사건과 관련되어 있다고, 비록 죄를 선고받지는 않았지만 추측건대 아홍 역시 범인 중 하나라고 말이다.

그 말을 다 듣고 샤오신은 아청에게 웃어 보였다.

며칠 뒤, 아청은 샤오신에게 고백했고 샤오신은 고백을 받아들였다. 아청은 샤오신에게, 아홍의 칼 아래 있던 샤오신을 구출했을 때 전에 네게서 한 번도 본 적 없는 미소를 봤다고 말했다. 그 순간 샤오신이 드디어 자신에게 마음을 열었다는 걸, 더는 자신을 친구로만 보지 않는다는 걸 깨달았고 그래서 비로소 사랑을 고백할 용기를 냈다고 말이다.

그렇지만 샤오신은 당시 자신이 지어 보인 미소를 돌이키며 아청이 오해했다는 사실을 깨달았다. 발견되었을 당시, 샤오신은 충동적으로 자기가 결박해달라고 요구했다고 솔직히 인정하려 했다. 하지만 아청과 여러 해 알고 지내면서 한 번도 그런 이야기를 해본 적이 없는 마당에, 그 혼란스럽고 민망한 상황에서 순간 어떻게 입을 열어야 할지 감이 오지 않았다. 아청은 남은 아랑곳하지 않고 추리 과정을 설명하고, 아훙이 살인 사건에 연루되었다는 증거를 눈에 선하게 그려내느라 정신이 없었다. 그런 데다 별안간 자신이 정말 아훙을 잘못 본 건 아닌지 확신이 서지도 않았다.

그날 밤 자신이 아훙에게 결박해달라고 요구했을 때, 아훙이 속으로 이때다 하며 몰래 신이 나서는, 눈앞의 이 여자가 멍청하게 자진해서 결박해달라고 해놓고서도 자기가 살육의 기회를 제공했다는 건 까마득하게 모른다고 생각하지 않았을까? 생각이 여기에 미치니 소름이 끼쳤다.

'만일 아훙이 정말 살인범이라면 내가 뭐 하러 아훙을 위해 내 비밀을 털어놔?' 샤오신은 속으로 생각했다. '아훙이 살인 사건과 아무 관련이 없다 해도 아훙 본인이 결박하게 된 사정을 설명하면 나야 그때 가서 인정하면 되지 않을까?'

그러니 그건 결코 아청에게 마음을 연 미소가 아니었다.

그건 마음이 켕겨서 나온 웃음이었다.

"그놈이 예전 살인 사건으로 다시 재판받게 할 방법이 없다는 게 원망스러울 뿐이야." 아청이 샤오신에게 말했다. "그 사건에서 다웨이보다 그놈 죄가 훨씬 더 커."

"그 얘기 좀 그만해." 샤오신이 아청에게 눈을 흘겼다.

"알았어, 알았다고. 내가 잘못했어." 아청이 미안하다는 표정

점점 더 하얗게 창백해졌네

을 지어 보였다.

어쨌거나 샤오신 본인이 이 사건의 피해자니 자기가 이 일을 언급하면 샤오신의 마음에 영향을 줄 수밖에 없다는 건 아청도 물론 알고 있었다. 그런데 그걸 알면서도 말을 꺼낸 이유는 샤오신이 자신에게 숨기는 게 있다고, 여전히 아훙에게 남은 감정이 있다고 의심하고 있기 때문이었다.

샤오신의 비밀이 정말 아훙과 관련이 있기는 했지만, 그건 '남아 있는 감정'보다 훨씬 더 복잡한 것이었다.

아청이 주방으로 뛰어 들어가 아훙이 샤오신을 결박해놓고 막 칼을 쓰려고 한 걸 목격한 일에는 '살인 미수죄'가 성립된다. 아훙이 "제게 자신을 결박해달라고 한 건 샤오신이었습니다"라는 말을 하기만 하면, 소위 '살인 미수'는 성립될 수 없다. 아훙은 어째서 이 사실을 털어놓지 않고 기나긴 소송을 견디려고 하는 걸까?

샤오신은 아훙이 사실을 털어놓으면 자기도 솔직히 자신의 비밀을 인정하겠다고 결심했었다. 하지만 아훙이 아무 말 없이 입을 꾹 다물고 있자 이런 생각이 들었다. '아청은 아훙이 영리하게 제재를 피한 범죄자라고 생각해. 그런 아훙이라면 뭔가 다른 속셈이 있어서 계속 말을 하지 않는 건 아닐까? 만일 아훙이 사실대로 털어놓으면 내가 정말 살인범 하나 때문에 그걸 인정해야 할까? 내가 인정하지 않으면 아훙은 아마 감옥살이를 하게 되겠지. 하지만 내가 인정하면 다른 사람이 날 어떻게 볼까?

복역하지 않은 범죄자를 사랑했다는 일로 이미 구설에 오르내리게 된 마당에 특수한 성적 취향까지 더해지면 그야말로 설상가상이야. 내가 정말 살인범 하나 때문에 그런 희생을 치러야 해?'

인정하지 않는 건 끔찍했지만 인정하는 건 더 끔찍했다. 하지만 인정을 하든 하지 않든 어쨌거나 아흥은 입을 다문 채 자신에게 유리한 이 사실을 발설하지 않았다.

이때 생각하지도 못한 손님이 샤오신을 찾아왔다.

"안녕하세요." 손님으로 찾아온 젊은 남자는 예의 바르게 명함을 건넸다. "저는 아흥의 국선변호인입니다."

"아……" 샤오신은 미심쩍어하며 명함을 받아 들었다. "무슨 일로 절 찾아오셨나요?"

"제가 빙빙 돌려 말하는 걸 싫어하는 사람이라 단도직입적으로 말씀드리겠습니다." 국선변호인이 말했다. "여쭤보고 싶은 게 있는데, 당시 주방에서 도대체 무슨 일이 있었는지요?"

"아시는 게 전부인데요." 샤오신이 말을 얼버무렸다. "다 아시잖아요."

"당시 선생님의 생각을 꼭 확인해야만 합니다." 국선변호인의 눈빛은 단호하기 그지없었다. "어쨌든 현장에서 진짜 어떤 상황이 벌어졌는지 아는 사람은 오직 선생님과 아흥뿐이니까요."

"그럼 아흥에게는 왜 안 물어보시나요?" 샤오신이 되물었다.

"물론 물어봤습니다." 국선변호인이 말했다. "아홍은 본인이 선생님을 해치려는 어떤 의도도 없었다는 뜻을 굽히지 않고 있습니다. 하지만 그러면서도 어째서 선생님을 결박했는지는 말하지 않고 있어요. 전 아홍의 말을 믿습니다. 그러니 유일하게 합리적인 설명은 그 결박은 상해와는 아무런 관계가 없었다는 거고, 그러니……"

"잠시만, 잠시만요." 샤오신이 국선변호인의 말을 끊었다. "아홍을 믿으시나요? 사람을 죽인 적 있는 사람이에요."

"두 명이 살해당한 그 살인 사건 말씀이십니까?" 국선변호인이 샤오신을 바라봤다. "그 사건 자료를 다시 조사해봤습니다. 아홍은 무고합니다."

"어떻게 그렇게 확신하세요?" 샤오신이 고개를 내저었다. "전 그 사람이 정말 살인을 했는지 하지 않았는지 확신이 서지 않아요."

"그냥 '확신이 서지 않는' 것뿐이신가요?" 국선변호인은 샤오신의 말을 똑똑히 알아들었다. "원하신다면, 저와 토론해보셔도 됩니다. 제가 전문가로서 견해를 말씀드리겠습니다. 아니면 선생님께서 자료를 더 찾아보시고 혼자서 생각을 좀 더 해보셔도 되고요. 게다가 설사 아홍이 사람을 죽였다 해도 그 때문에 이번 일의 사실을 숨기셔서는 안 되는 겁니다."

"계속해서 제가 사실대로 말하지 않고 있다고 암시하시네요." 샤오신은 약간 화가 났다. "더 얘기하고 싶지 않습니다."

"사실대로 말씀하고 계신지 아닌지는 본인이 잘 아시겠죠."

국선변호인이 한숨을 내쉬었다. "솔직히 말해서, 지금 상황이 그다지 낙관적이지 않습니다. 아훙은 계속 선생님을 만나고 싶어 하는데, 적어도 한번 보러 가기라도 하셔야지 않나요?"

국선변호인은 샤오신에게 아훙을 찾아가서 만나보라고 했지만, 샤오신은 이리저리 고민을 거듭했다. 정말이지 어떻게 아훙을 마주해야 할지 알 수 없었다. 하지만 국선변호인의 또 다른 제안은 무척 현실적으로 다가왔다. 샤오신은 두 명이 살해당한 사건의 관련 정보를 직접 찾아보기로 했다.

샤오신은 그렇게 하기로 확정하고서 생각했다. '어떻게 해야 할지는 직접 결정해도 되겠지?'

사건 관계자가 아니다 보니 살인 사건 파일을 직접 열람할 방법이 없어 인터넷에 공개된 자료를 찾아봤다. 그리고 그 과정에서 국내외에서 일어난 억울한 옥살이 사건에 대한 글을 여러 편 쓰고 이를 연구한 한 네티즌을 알게 되었는데, 그 네티즌이 몇 가지 사례를 제공하는 등 열성을 보여주었다. 범인이 실제로 어떤 상황에서 다른 용의자에게 불리하게 증언을 날조한 사례들이었다. 아마도 고문을 당하다 헛소리를 내뱉어 경찰이 의도한 대로 증언을 해준 것 같았다. 단순히 물귀신처럼 몇 사람을 물고 늘어진 것으로 보이는 경우도 있었다.

"자료는 찾아보셨습니까?" 국선변호인은 자신을 찾아온 샤오신을 보고 별로 놀라지도 않는 모양이었다.

"찾아봤어요." 샤오신이 고개를 끄덕였다. "제한적인 자료이기는 했지만 다른 사례들을 읽으면서 생각이 좀 달라졌어요. 그래서 변호사님과 토론해보고 도대체 아훙이 두 사람이 피살된 살인 사건의 범인인지 아닌지 확인하고 싶어요."

"확인하신 뒤에는요?" 국선변호인이 샤오신의 눈을 바라봤다. "사실대로 말씀하실 건가요?"

"아훙이 살인에 가담했는지 아닌지 확실해지면 그때 제가 어떻게 해야 할지 결정할 수 있겠죠." 샤오신은 인정하지 않았지만, 이미 자신이 숨기는 게 있다는 걸 인정한 것과 다를 바 없었다.

"좋습니다." 국선변호인이 고개를 끄덕였다. "제 견해를 말씀드리죠."

"그런데 자료를 찾다가 한 가지 발견한 게 있어요." 샤오신은 잠시 생각에 잠겼다가 이내 말을 이었다. "국선변호인은 이런저런 지엽적인 문제가 생기는 걸 원하지 않는다고, 피고한테 하루빨리 죄를 인정하라고 권하기만 한다던데, 변호사님은 왜……"

"어째서 아훙을 위해 이 많은 일을 하느냐고요?" 국선변호인이 웃었다. "실제로 많은 베테랑 선배들이 빨리 사건을 해치우고 싶어 한다는 거 압니다. 아마 제가 아직 경력이 부족해서 그렇겠죠. 그래서 아직 처음 변호사가 되었을 때의 마음을 기억하고 있는 걸 테고요."

"의뢰인의 죄를 벗겨주겠다?" 샤오신이 넘겨짚었다.

"아니요. 저는 범죄자는 반드시 그에 상응하는 처벌을 받아야한다고 믿습니다." 국선변호인은 고개를 내저으며 말했다. "그래서 사건의 진상을 밝혀내야 한다는 것, 의뢰인이 자신이 짓지도 않은 죄로 처벌받게 해서는 안 된다는 것, 그게 제가 처음 변호사가 되며 가진 마음이었습니다."

＊ ＊ ＊

국선변호인은 살인 사건의 관련 기록을 확보하고, 현장 사진과 감식 자료를 살펴보고 나서 법의관과 논의했다. 그 결과, 그는 샤오탕의 몸에 난 무수한 칼자국이 결코 복수의 범인 소행이 아닌, 다웨이가 혼자 감정을 통제하지 못한 상황에서 과도하게 상해를 입힌 결과임을 확신하게 되었다고 샤오신에게 알려주었다. 다웨이의 앞뒤 진술이 달라진 이유는 그가 언변에 능하지 않은 아훙을 같이 살인범으로 몰아가고 싶어 했기 때문이었다. 샤오신은 네티즌, 그리고 국선변호인과의 토론을 종합한 끝에 아훙의 죄를 가장 탄탄하게 뒷받침하는 증거라며 아청이 열거한 두 가지 증거가 실은 성립될 수 없다는 걸 알게 되었다. 곰곰이 생각해본 결과, 아훙이 '이미지를 위장했다'던 아청의 말에 아예 아무런 증거가 없다는 점도 깨달았다.

"저는 아홍이 살인 사건에서 사람을 죽이는 일에는 전혀 가담하지 않았다고 봅니다. 그 사건에서 아홍이 한 일 중 가장 범죄에 근접한 부분은 다웨이가 범행을 저지를 때 저지하지 않았다는 겁니다." 국선변호인이 말했다. "아홍은 성격이 수동적이고 주눅이 들어 있습니다. 성격이 강한 사람이 직접 명령을 내리면, 속으로는 그게 옳지 않다는 걸 알면서도 행동으로 반박하지 못해요. 살인 사건의 수사 기간에 검찰 측에서 전문가를 불러 아홍의 심리 테스트를 진행했습니다. 테스트 결과 역시 아홍이 이런 성격을 갖고 있다고 나왔고요."

"그래서 그렇게 생각하신 거군요?" 샤오신이 물었다. "그날 밤 주방에서 결코 아홍이 절 결박한 게 아닐 거라고?"

"아니요. 성격이 어떤지와 당시 사람을 해칠 의도가 있었는지 없었는지는 별개의 일입니다." 국선변호인이 고개를 저었다. "살인 사건 당시 진술로 보면, 아홍은 처음부터 끝까지 한 번도 거짓말을 하지 않았습니다. 그리고 그날 밤 어째서 선생님을 결박했는지 물었을 때 역시 자신은 선생님을 해치려고 한 적이 없다며 완강하게 나왔고요. 하지만 선생님을 결박한 이유를 묻자 또 우물우물 더듬거리며 말을 하지 못하더군요."

"아홍이 제대로 대답을 한 것도 아닌데," 샤오신은 이해가 가지 않았다. "변호사님은 어째서 제가 사실대로 말하지 않고 있다고 생각하신 건가요?"

"선생님의 조서와 아홍의 진술을 보면, 두 사람이 사귀는 과정에서 불쾌한 일은 전혀 없었습니다. 선생님과 아홍의 과거에서 어떤 접점도 찾지 못했고, 따라서 아홍이 선생님에게 불리한 행동을 해야 할 어떤 이유도 찾지 못했습니다. 그래서 아홍이 살인 사건 진술 당시와 마찬가지로 이번 사건과 관련해 진술할 때도 정직했다면, 아홍이 결박한 이유를 말하지 않는 데는 분명히 다른 이유가 있으리라 생각한 겁니다." 국선변호인이 샤오신의 표정을 살펴봤다. "상해를 입히겠다는 것 외에 결박에 또 다른 의도가 있을까요? 전 있다고 봅니다. 하지만 이건 선생님께서 말씀해주셔야 확신할 수 있겠죠."

"만일 제가 말하면," 샤오신이 잠시 생각에 잠기더니 가벼이 한숨을 내쉬었다. "아홍한테 아무 일 안 생기는 건가요?"

"최선을 다해보겠습니다." 국선변호인이 나직하게 말했다. "만일 말씀하지 않으시면, 아홍에겐 분명히 무슨 일이 생길 겁니다."

샤오신은 국선변호인과 함께 변호사 사무실을 나서면서 네티즌에게 가르침을 청했을 때를 떠올렸다. 자신에게 일어난 일을 대충 언급했더니, 그 네티즌은 또 다른 의혹을 제기했다. 아청은 경찰이니 칼자국 문제와 다웨이가 거짓 진술을 했을 가능성을 마땅히 알고 있었어야 한다고. 이 두 가지를 증거 삼아 샤오신을 설득할 수 있었을지는 모르지만, 이는 아청이 경찰로서 갖추고 있어야 할 전문 지식과는 어긋난다고 말이다.

아청이 여러 해 동안 말 못 하고 숨겨온 감정을 생각하니, 돌연 사건의 전모가 눈에 훤히 들어왔다. 사실 아청은 이 살인 사건을 조사하면서 아홍이 사건에 연루되었는지 아닌지를 명확히 알고 싶었던 게 아니라, 샤오신이 아홍을 떠날 수 있도록 최선을 다해 아홍이 의심스러워 보이는 부분을 찾으려 했다.

아홍이 살인 사건에 직접 가담했든 하지 않았든 상관없이 어떻게든 그를 궁지에 빠뜨리려 한 것이다.

샤오신을 걱정하는 마음이 아니라, 아홍에 대한 질투심에 사로잡혀 조사한 것이었다.

이어서 샤오신은 과거 몇 명의 남자 친구가 모두 그럴듯하지만 사실은 그게 아닌 듯한 이유를 대가며 자신을 떠나갔던 일이 떠올랐다. 아청이 혹시 무슨 짓을 한 건 아닐까. 자신의 곁에서 그들을 떼어내고 아청 자신이 가장 특별한 그 자리를 영원히 차지하고 싶어서?

"만약 아홍이 석방되면," 국선변호인의 질문이 샤오신을 현실로 되돌려놨다. "아홍과 다시 만나실 건가요?"

"어……" 샤오신은 잠시 멍해졌다. "그건 아홍의 마음이 어떤지 봐야겠죠."

"선생님을 위해 지금까지 계속 비밀을 지키고 있다는 건, 분명히 선생님을 정말 많이 좋아한다는 뜻이겠죠." 국선변호인이 웃었다.

"남 일에 실없이 관심이 많으시네요." 샤오신도 웃으며 말했다.

이 일을 생각해보지 않은 건 아니었지만, 샤오신은 전혀 확신이 서지 않았다. 아훙이 정말 넓은 아량으로 샤오신의 이기심을 용서해준다 해도, 샤오신 자신이 어떻게 아훙을 대해야 할지 알 수 없었다.

게다가 지금의 남자 친구는 아청이다.

그런데 자신은 이미 아청을 의심하고 있다.

그때 샤오신은 아청이 실은 변호사 사무실 밖 어두운 길 한구석에 세워진 차에 타고 있다는 사실은 꿈에도 몰랐다.

아청은 아훙을 깊이 증오했다. 그래서 샤오신이 국선변호인을 찾아가 아훙 사건을 논의한 일에 대해 아무 설명을 해주지 않았는데도, 샤오신이 뭔가를 숨기고 있다고 일찌감치 확신했다. 그런 까닭에 샤오신이 회사를 나서는 순간부터 미행했고, 변호사 사무실로 들어가는 모습을 보고 몇 시간을 기다렸다. 변호사 사무실 불이 꺼지자 샤오신은 아예 젊은 남자 변호사와 함께 사무실을 나섰다. 둘이 웃고 떠들기까지 했다. 그것도 모자라 남녀가 단둘이 사무실에 있었으니, 뭔가 있는 게 분명했다.

어쨌든 아청은 오랜 친구고, 또 현재 남자 친구다. 샤오신은 이미 아훙이 누명을 벗을 수 있도록 자신의 성적 취향을 솔직히 인정해야 한다고 자기 자신을 설득한 참이었지만, 아훙에게 어떻게 자신이 쥔 패를 보여줘야 할지는 여전히 확신이 서지 않았다. 아청에게 혹시 과거 자신이 몇 번의 연애를 할 때도 무슨 짓을 한 거냐고 말을 꺼내 물어봐야 할지 말아야 할지도 확신할 수 없었다.

한편, 아칭은 이미 계획 구상을 다 마친 참이었다. 전에야 샤오신이 자신의 여자 친구가 아니어서 아훙만 상대하면 됐지만, 지금은 자신과 사귀고 있는 마당에 변호사와 놀아나고 있으니, 혹독한 벌을 내려야만 했다……

* * *

그녀는 속편 시놉시스 작업을 마무리 지었고, 대화 장면 몇 개는 벌써 구상까지 끝내두었다. 두 번 읽어봤는데 상당히 만족스러웠다.

속편은 여전히 연애소설의 색깔을 띠었지만 미스터리한 분위기는 더 짙어졌고, 긴장감이 감도는 플롯도 훨씬 더 많아졌다. 플롯이 진행되는 사이사이 아칭과 샤오신의 성격적 결함과 그늘이 조금씩 드러나면서 팽팽한 긴장감이 천천히 조성되다가 결말에 이르면 그제야 비로소 갑작스럽게 폭발을 일으킨다.

『점점 더 하얗게 창백해졌네』는 아귀가 지적한 것처럼 분명히 구멍이 많은 작품이었지만, 아귀의 말대로 인물 설정을 강화하자, 이런 구멍들로부터 합리적인 플롯이 발전되어 나올 수 있었다. 아귀는 이 이야기 속의 샤오신과 네티즌이 소통하는 모습을 보면서, 온라인으로 메시지를 주고받았던 그녀와 아귀 자신의 그림자를 틀림없이 알아볼 것이다. 그렇지만 아귀가 던진 힌트 외에 자신의 아이디어도 적잖이 집어넣었다. 특히 결말 부분은 독자들을 다시 한번 예상하지 못한 충격에 빠뜨릴 게 틀림없었다.

'아귀가 상상한 이야기도 이런 거였을까?'

"저 속편 시놉시스 작업 다 끝냈는데, 한번 살펴보고 싶으실까 해서요. 일단 저한테 의견 좀 주실 수 있으신가요? 그래도 문제가 보이면, 제가 고치면 되니까요." 그녀는 잠시 생각에 빠져들었다가 저도 모르게 입꼬리를 살짝 끌어 올린 채 계속해서 자판을 두드렸다. "물론, 아귀 님께 시놉시스 보내드리기 전에 결말 부분은 일단 빼놨어요. 읽는 재미를 빼앗고 싶지 않아서요."

메시지를 다 작성하고 나니 심장이 두근두근 빠르게 뛰었다. 뺨을 어루만져보니 열도 약간 났다.

마우스를 움직여서 '보내기' 아이콘 위에 커서를 멈춰 세웠다.

가볍게 마우스 왼쪽 버튼을 눌렀다.

07

얼룩진 사랑

Tainted Love

우리가 나눈 사랑에는
이제 더는 앞날이 없어 보여.

The love we share seems to go nowhere.

〈Tainted Love〉 by Four Preps

요 며칠 사무실 분위기가 정말 묘하다.

한편으로는 시끌벅적하고 즐겁고, 또 한편으로는 긴장감과 원망이 가득하다.

두 분위기가 교집합 된 구역이 바로 그녀가 일하는 칸막이 공간이다.

이곳은 역사와 전통을 자랑하는 한 국내 출판사의 사무실로, 출판사에는 잡지 편집부와 도서 편집부가 있다.

조직 편제에 따라 그녀는 도서 편집부에서 편집 업무를 맡고 있지만, 잡지 쪽이 바쁘면 지원 업무에 차출되기도 한다. 어쨌거나 그녀가 경력이 제일 적은지라 도서 편집부장이 별다른 말을 하지 않으면 잡지 편집부장의 명령을 거부할 이유도 딱히 없어 보인다. 하던 얘기로 돌아가면 도서 편집장은 이 모든 상황에 별 의견이 없는 모양이다.

바로 요 며칠, 그녀가 곤혹스러운 처지에 놓여 있는 게 틀림없는데도 도서 편집장은 전혀 관심을 보이지도, 묻지도 않았다. 마치 아무 일도 일어나지 않았다는 듯이.

이따금 잠시 한숨을 돌릴 만한 틈이 나면, 그녀는 저도 모르게 이런 생각이 들었다. '작가한테 도서 편집부장처럼 개성이라고는 없는 캐릭터 좀 써달라고 하면 아마 어지간히 괴로워하겠지?'

이 출판사와 자주 오가며 이곳에서 작품을 출간하는 작가가 당연히 한 사람은 아니지만, 최근 몇 년 출판사 직원들이 '작가'라는 말을 입에 올릴 때, 이 단어가 가리키는 대상은 특정 작가 딱 한 사람뿐이었다.

작가는 입체적이고 깊이 있는 인물을 만들어내는 솜씨가 뛰어났고, 섬세한 내면과 감정적 갈등을 끌어내는 플롯을 잘 배치했다. 상상의 나래를 펼쳐보니, 작가에게 우격다짐으로 도서 편집장처럼 개성 없는 인물을 써달라고 하면, 아마 겉은 잔잔한 물결 같은데 실제로는 정서적으로 아주 복잡한 인물을 써낼 거라는 생각이 들었다.

작가는 감정을 그려내는 내공으로 수많은 독자에게 감동을 선사했고, 독자들은 순순히 지갑을 열었으며, 그 돈은 매달 출판사 직원들의 월급 계좌로 입금되는 숫자의 주요 출처가 되었다. 모든 직원이 이 작가를 빼면 다른 작가들은 다들 작가 축에도 못 낀다는 걸 잘 알고 있었다. 다들 이 작가의 작품으로 가족을 부양하고 있으니 말이다.

작가가 최근 몇 년간 내놓은 최고의 베스트셀러는 아직 완결되지 않은 시리즈 소설이었다.

시리즈의 남자 주인공은 아룬阿倫, 여자 주인공은 샤오칭小卿으로, 첫 등장 당시 아룬은 갓 근무를 시작한 신입 경찰이었고, 샤오칭은 사무직 여성이었다. 두 사람이 연애를 하는 제1권에는 청춘의 잔인한 그림자가 드리워져 있기도 했다. 이어진 이 시리즈에서 아룬은 경찰 업무를 수행하던 중 특수 업종에 종사하는 여성과 감정적으로 복잡하게 얽히기도 했고, 샤오칭은 직장 선배에게 모함을 당하는가 하면 남성 상사가 대놓고 저지른 성추행 피해를 겪기도 했다.

서평들은 이 시리즈가 남녀 주인공의 사랑을 중심축으로 하지만, 매회 아룬과 샤오칭이 겪는 사건을 절묘하게 활용해 계층과 성별, 첨단 과학기술이 사회와 인간관계에 끼치는 영향, 심지어는 정당 간의 치열한 대립 등 시기적으로 중요한 사회 이슈를 부각한다고 평했다. 다시 말해서, 시선을 두 주인공에게 집중하면 이 시리즈는 아룬과 샤오칭이 서로 다른 인생 단계에서 맞닥뜨리게 되는 사랑의 시련을 다룬 작품이었지만, 그때마다 이들이 대면하는 각 상황으로 시선을 돌리면, 사회 전체가 그 몇 년 동안 겪은 중대 사건의 기록이라 할 만했다.

그런 까닭에, 연애소설을 좋아하는 독자는 이 시리즈에서 조금은 다른 사랑의 면모를 읽어낼 수 있었다. 단순히 돈 많고 잘생긴 남자와 현대적이고 세련된 미녀의 조합이 아니라 일상에 훨씬 더 밀착된, 더 공감하게 하는 장점이 있었다. 소설이라면 응당 사회 현실을 반영해야지 연애에만 초점을 맞춰서는 안 된다고 여기는 독자들도 읽어볼 가치가 있는 시리즈라고 생각했다. 여기에 작가의 능수능란한 문학적 기교, 경쾌한 리듬과 유머가 더해지면서 순문학 독자는 흥미진진하게, 대중 독자도 무척 즐겁게 읽는 책이 되었다.

이 시리즈가 아닌 작가의 다른 작품도 날개 돋친 듯 팔려나갔지만, 아룬과 샤오칭 시리즈의 판매 수치는 그저 놀라울 뿐이었다. 한번은 작가와의 협의를 맡은 출판사 책임 편집자가 작가에게 이런 건의를 했다. 이 시리즈 창작에 에너지를 집중해서 한 권당 출간 간격을 줄이고 이 시리즈의 권수를 늘리시는 게 어떻겠느냐고 말이다. 작가는 이 말을 듣자마자 노발대발하며 책임 편집자에게 호통쳤다. 일단 본인은 아직 쓰고 싶은 소재가 무궁무진할뿐더러 자기가 출판사에 돈 벌어주는 기계도 아니라면서 말이다. 책임 편집자는 작가를 달랠 여력이 없었다. 언제나 신경 끄고 살던 도서 편집장이 사태의 심각성에 놀라 직접 나서서 작가를 고급 레스토랑으로 초대해 함께 식사하며 사죄의 뜻을 밝힌 것도 모자라, 도서 편집부 전체를 데리고 가는 성의까지 보였다. 그제야 작가로부터 곧 탈고를 앞둔 이 시리즈의 신작을 출판사에 넘기겠다는 허락이 떨어졌다. 작가는 심지어 아룬과 샤오칭 시리즈의 다음 권을 출판사의 잡지 편집부를 통해 미리 연재해도 된다는 승낙도 해주었다.

연재는 작가가 이 시리즈의 다음 권 원고를 반 정도 넘긴 무렵 시작되었고, 잡지 판매량은 새해 전야에 터지는 폭죽처럼 수직 상승했다. 현재 작가는 80퍼센트 정도 작업을 마친 상태로, 잡지 연재도 책 전체의 절반 넘게 진도가 나가 있었다. 인터넷에서는 후속 줄거리에 대한 토론이 쏟아지기 시작했으며, 잡지 편집부는 독자들을 대상으로 한 결말 예측 메일 보내기 이벤트를 기획했다. 출판사의 공용 메일함으로 대량의 메일이 순식간에 물밀 듯이 밀려들어 왔다. 이것이 사무실이 시끌벅적 신나는 분위기가 된 이유였다. 그리고 이 메일의 정리를 맡은 사람이 바로 그녀였다.

잡지 편집부가 단순히 이슈 몰이를 하고 후속작 출간에 앞서 분위기를 조성할 목적으로 이벤트를 기획한 건 아니었다. 출판사에는 아주 골치 아픈 이유가 하나 더 있었다.

현재 작가가 쌓아둔 원고로 버틸 수 있는 기간은 다음 연재까지였다. 하지만 요즘 들어 작가는 아예 원고를 넘기지 않았다. 도서 편집부장이 물어봤지만, 작가는 아직 생각 중이라는 말만 했다. 3주가 지나도록 새 원고가 도착하지 않자, 모든 편집자의 머릿속에 두려운 사실이 떠올랐다. 작가조차도 다음 플롯을 어떻게 전개해야 할지 전혀 모르고 있다는 사실 말이다.

잡지 편집부가 이 결말 예측 이벤트를 기획한 주요 원인은 만일 남은 원고를 다 연재하고도 작가가 원고를 넘기지 못하면 이벤트라는 명목으로 연재를 한 회 쉬고 넘어갈 수 있기 때문이었다. 독자의 애간장을 태우겠다는 명목을 내걸었지만 실은 한 회 정도 스리슬쩍 넘어가려는 심산이었던 것이다.

하지만 그래봤자 벌 수 있는 시간은 딱 한 달뿐이었다. 작가가 그래도 생각해내지 못하면 이건 보통 큰일이 아니었다. 이것이 사무실이 긴장감과 원망으로 가득해진 이유였다.

편집자들은 다 알고 있었다. 작가가 슬럼프에 빠진 원인이 그녀와 관계가 있다는 사실을.

* * *

편집자 전원이 작가에게 사죄했던 그 식사 자리에서 작가가 드디어 마음을 풀고 출판사와 후속 작업을 함께하겠다고 승낙한 직후, 그녀가 돌연 입을 열더니 질문을 던졌다. "샤오칭은 왜 그렇게 남자를 싫어하나요?"

순식간에 식사 자리 분위기가 싸해졌다.

책임 편집자가 재빨리 말했다. "샤오칭이 회사에서 남자 상사한테 성추행을 당한 적이 있으니 남자 싫어하는 거야 당연하잖아요. 그게 물어볼 거리라도 돼요?"

"그건 저도 아는데요, 그건 제3권 이야기잖아요. 제2권에서 아룬이 특수 업종에 종사하는 여성과 감정적으로 복잡하게 얽혔던 일 때문에 샤오칭의 그런 심리가 강해진 건 틀림없어요."

그녀가 고개를 내저었다. "하지만 남성에 대한 샤오칭의 증오는 제1권에서 벌써 나타났다고요. 다만 1권에서는 이걸 원래 이 인물이 이렇다고 설정해놓고 더는 그 원인을 설명하지 않았어요. 그래서 선생님께 여쭤보고 싶었어요."

홍미가 생긴 작가가 그녀를 바라봤다. "전에 본 적 없는 분인데, 새로 오셨나요?"

"네, 입사한 지 딱 두 달 됐습니다." 책임 편집자가 대답하면서 그녀를 잠시 흘겨보더니, 말을 덧붙였다. "아직 수습 기간 중이고요."

"흥미로운 질문이군요." 작가는 책임 편집자는 아랑곳하지 않고 그녀에게 시선을 던졌다. "그쪽 생각은 어떤가요?"

"혹시 샤오칭이나 샤오칭의 가족, 친한 친구가 남자 때문에 무척 힘든 경험을 한 건 아닌가 생각하고 있습니다. 일상적인 감정적 상처가 아니라 훨씬 더 비참한 일이었을 거라고 말이죠. 이 일의 영향으로 샤오칭이 심리적 트라우마에 빠졌을 거라고 봅니다." 그녀가 대답했다.

"대답이 아주 빨리 나오시네." 작가가 눈을 깜빡였다. "전에 이미 생각해두신 건가요?"

그녀가 고개를 끄덕였다.

이 시리즈의 첫 권을 읽은 무렵, 머릿속에 대략적인 상상이 떠올랐다. 추리소설을 좋아하는 그녀는 추리소설에서 가장 중요한 부분이 범인의 범죄 행동이나 탐정의 수수께끼 풀이 과정이 아니라 동기라고 생각했다. 복잡한 계략을 꾸미게 되는 동기든 끝까지 범인을 잡으려는 동기든, 이런 동기가 제대로 설명이 되어야 인물의 행동에 비로소 설득력이 생기고 이야기도 재미있어지게 마련이다.

"비참한 일이라…… 재미있는 아이디어군요." 작가가 잠시 중 얼거렸다. "다음 권 탈고가 코앞이기는 한데, 플롯 몇 개 추가해서 그 얘기를 해보도록 하죠. 아니면 그다음 권에 그 설정을 확대해서 새로운 이야기를 써볼 수도 있겠어요."

"역시 선생님이세요!" 책임 편집자가 진심인지 거짓인지 알 수 없는 찬탄사를 내뱉었다.

"그쪽이 제 다음 책의 책임 편집자가 되어주시면 어떻겠습니까?" 작가는 여전히 그녀를 바라보고 있었다.

"네?" 그녀가 어리둥절해하며 고개를 내저었다. "저는 경험이 부족해서 그 일을 감당하기 어려울 것 같습니다."

책임 편집자가 뭔가 말하려는 듯 입을 열었지만, 작가가 노려보자 이내 닫아버렸다.

"겸손이 미덕이라지만, 도가 너무 지나치시면 안 됩니다." 작가가 말했다. "재미있는 아이디어예요. 순조롭게 일이 진행되면, 책임 편집 일은 그때 가서 다시 이야기하죠. 편집장님은 이견 없으시죠?"

모두의 눈빛이 도서 편집장에게 쏠렸다. 편집장은 말없이 웃으며 작가 대신 레드 와인만 한 잔 따를 뿐이었다.

책임 편집자는 작가가 그녀에게 반해서 자신을 차별 대우한 다고 생각했다. 자기가 건의했을 때는 죽도록 욕이나 해대더니 어째서 저 여자가 한 건의에는 칭찬은 물론 승진까지 따라붙는 단 말인가?

한편 그녀는 작가의 말이 진심인지 확신이 서지 않았다. 작가가 던진 눈빛에 다른 암시가 깃들어 있었는지 알아낼 방법이 없었다. 작가가 나중에 사적으로 연락을 해 온 것도 아니었다. 하지만 페이스북에서 독자들과 어울리는 작가의 모습을 본 바로는, 다른 의견을 절대 받아들이지 않는 사람은 결코 아니라는 생각이 들었다. 그저 매출에만 정신이 팔려 주판알을 튕긴 지금의 책임 편집자를 도저히 참을 수가 없었던 것뿐이라고 말이다.

작가를 너무 고상하게 본 걸까? 그녀는 다음 권 원고를 받고 나서야 작가가 샤오칭의 남성 혐오 경향을 설명한 플롯을 본인이 생각했던 것보다 훨씬 더 어둡게 썼다는 사실을 깨달았다.

이번 이야기의 마지막에서 샤오칭은 아룬에게 오랫동안 마음에 묻어둔 응어리를 털어놓았다.

샤오칭에게는 샤오징小晶이라는 언니가 있었다. 나이 차이가 많이 나서, 샤오칭이 초등학교도 졸업하지 않았을 때, 샤오징은 벌써 대학 신입생이 되었다. 하지만 어느 날 샤오징은 가정교사 면접을 보러 갔다가 깡패 두 명을 만났고 그 둘에게 성폭행당한 뒤 살해되었다. 깡패들은 나중에 체포되기는 했지만, 이 사건은 샤오칭의 마음에 커다란 그늘을 남기고 말았다.

지금 연재 중인 이야기 역시 이 사건과 관련이 있었다. 그러 니까 다시 말해서, 지금 작가가 진도를 나가지 못하는 건 이 사 건을 어떻게 처리해야 할지 확정하지 못했기 때문일 가능성이 상당히 크다는 것이다. 그런 까닭에 곧 불어닥칠 잡지 연재 펑 크 위기의 원인을 따지고 들다 보면, 모든 편집자가 결국 책임 은 그녀에게 있다고 생각했다.

"실은 제가 지금까지 나온 원고를 보고 해결 방법이 생각났는 데요." 그녀가 책임 편집자에게 알렸다. "책임 편집자님이 작가 님께 설명해주시면 될 것 같아요."

"나 엿 먹이려는 거죠? 나 지난번에 그렇게 욕먹은 거로도 부 족해 보여요?" 책임 편집자가 언짢아하며 그녀를 노려보더니 다시 말했다. "그쪽도 직접 선생님 찾아가지 마세요. 선생님이 노발대발해서 글 안 쓰시면 그로 인해 회사가 입을 손실, 그쪽 이 책임질 수 있겠어요?"

책임질 수 있을 리가 없다. 그녀는 답답한 마음으로 네티즌들 이 보낸 메일을 정리하며 생각했다. '하지만 그렇다고 계속 질 질 끄는 건 방법이 아니잖아?'

새로운 독자가 보내온 메일을 클릭해서 여는데, 갑자기 그녀 의 눈이 반짝거렸다.

현재 연재 중인 이 시리즈의 신작 제목은 「얼룩진 사랑」이었다.

지난 회에서 샤오칭이 자신이 남성을 혐오하게 된 과거를 아룬에게 이야기해준 뒤, 둘은 드디어 함께 살게 되었다. 마지막 장에서 아룬은 작은 다이아몬드가 박힌 백금 반지를 꺼내 들며 샤오칭을 처음 알게 된 그날부터 돈을 모으기 시작했고, 어렵사리 다이아몬드 반지를 살 수 있을 만큼 모았다면서, 샤오칭에게 정식으로 청혼했다.

작가가 샤오칭이 청혼을 받아들였는지는 명확히 쓰지 않았으나 독자들 대다수는 이 커플이 이렇게 순조롭게 나아가리라 생각했다. 「얼룩진 사랑」 편이 시작됐을 때, 아룬과 샤오칭은 여전히 함께 살고 있었다. 샤오칭의 손가락에 다이아몬드 반지가 끼워져 있지는 않았지만, 아룬이 곁에 없는 밤이면 샤오칭은 서랍에서 다이아몬드 반지를 꺼내 시험 삼아 몇 번 껴보다가 다시 잘 보관해두곤 했다.

독자들 대다수는 샤오칭이 이미 아룬의 청혼을 받아들였다고, 그저 떠벌리고 싶지 않은 마음에 그러는 것이거나 정식으로 결혼식을 올리면 그때 끼려고 반지를 끼지 않는 것이라고 생각했다. 하지만 이야기가 좀 더 진행되면서, 독자들은 뭔가 이상하다는 느낌을 받기 시작했다.

아룬은 계급이 1선線 4성星에서 2선 1성으로 올라 신입 경찰에서 분대장이 되면서 종일 눈코 뜰 새 없이 바쁘게 지냈다.* 이 날 저녁에는 오래간만에 일찍 퇴근해서 모처럼 함께 저녁을 먹기 위해 샤오칭을 데리러 갔다. 아룬은 밥을 먹으면서 요즘 배로 늘어난 업무량 이야기를 끝도 없이 쏟아내다가 별안간 샤오칭이 정신을 딴 데 팔고 있다는 걸 눈치챘다. 아룬은 틀림없이 자기가 늘어놓은 자질구레한 경찰 업무 이야기가 지루해서 그런 걸 거라는 생각에 자상하게 사과했다. 화제를 바꿔 샤오칭과 결혼식 날짜에 관한 이야기를 해보려고 했지만, 샤오칭은 이렇다 저렇다 말이 없었다. 별 관심이 없어 보였다.

저녁을 먹고 집에 돌아가자, 샤오칭은 컨디션이 별로라며 일찍 잠자리에 들었다. 아룬은 혼자 거실에서 텔레비전을 음소거로 켜놓고 뉴스를 봤다. 화면에서 온갖 색상의 머리기사가 깜빡이는 와중에, 아룬의 머릿속에서도 오만 가지 생각이 갈피를 잡지 못한 채 서로 부딪쳐댔다. 아룬은 샤오칭이 틀림없이 뭔가 자신에게 숨기는 게 있다고 확신했지만, 그게 도대체 뭔지 알수 없었다. 샤오칭에게 물어봐야 할지 말아야 할지도 알 수 없었다.

다음 날 점심때, 아룬은 사건 발생 신고를 받았다. 관할 구역의 모 아파트에서 시체가 발견됐다는 신고였다.

---

* 타이완에서는 계급장에 들어간 가로선과 별의 개수로 경찰 계급을 표시한다. 선과 별의 개수가 많을수록 계급이 높아진다.

처음에 이상한 냄새를 맡은 주민은 냄새가 앞집에서 난다고 생각했다. 사람을 불러봤지만 아무도 대답하지 않자, 주민은 그제야 앞집에 사람이 드나드는 걸 보지 못한 지 이미 여러 날이 지났다는 사실이 떠올라 경찰에 신고하기로 마음먹었다. 현장에 도착한 경찰은 이상한 냄새가 나는 집의 대문이 안에서 잠긴 데다 빗장까지 걸려 있다는 걸 알게 되었다. 초인종을 눌러도 아무 반응이 없어서 문을 부수고 들어갔다가, 거실 소파에 엎드린 채 죽어 있는 시체를 발견했다.

사망자는 50세 정도 나이의 남성이었다. 아룬은 현장에서 시신을 살펴보고, 현장에 처음 도착한 순경에게서 보고를 받았다. 출동 당시 순경은 문을 부수고 안으로 들어왔다고 했다. 안에서 빗장이 걸려 있던 대문, 문짝과 창문 주변에는 모두 테이프가 붙었고, 집 안에는 이미 꽤 오래전에 불이 꺼진 화로가 놓여 있었다. 보아하니 목탄을 피워 자살한 사건인 듯했다. 시체에는 외상이 없었으며, 시반屍斑*으로 보건대 사망자가 엎드려 사망한 뒤 옮겨진 흔적도 없었다. 이 몇 가지 증거 역시 자살을 가리켰다.

경찰은 침실에서 일주일쯤 전에 발급된 대형마트 영수증과 물품 구매 목록을 찾아냈다. 위에 화로와 목탄을 구매한 날짜가 찍혀 있었다. "적어도 사망자가 이날 이후 자살했다는 건 확실

• 사람이 죽은 뒤 피부에 생기는 옅은 자주색 반점.

하겠네요." 순경이 아룬에게 말했다.

아룬이 고개를 내저었다. "아직은 사망자가 직접 목탄을 사러 갔는지 확신할 수 없어."

"분대장님은 자살 사건이 아니라고 의심하시는 건가요?" 순경이 물었다. "어째서요?"

"조리대에 컵이 두 개 놓여 있었어." 아룬이 부엌을 가리켰다. "다른 누군가가 사망자를 찾아왔을지도 몰라. 감식반에 흔적, 증거 놓치는 일 없도록 주의하라고 해."

아룬은 면밀히 사건을 검토했다. 하지만 증거 감식 결과는 아룬이 불필요한 걱정을 한 것으로 나타났다. 물품 영수증과 두 잔의 컵을 포함해 집 안에 있던 모든 물건에서 사망자의 지문이 검출되었다. 아룬은 물컵이 씻길 때 원래 있던 지문이 지워졌고 그 바람에 사망자가 물컵을 씻어 조리대에 가져다두면서 찍힌 지문만 남았을지 모른다고 의심했다. 그러나 한편으로 물컵이 두 개 나온 이유는 사망자가 서로 다른 시간대에 서로 다른 물컵을 썼기 때문인지도 모른다는 점 역시 인정했다.

현장에서 사망자와 무관한 지문은 대문 바깥의 초인종 버튼에서 나왔다. 신고 주민과 순경 외에 누구인지 알 수 없는 인물의 지문도 있었다. 하지만 초인종이 아파트 계단을 마주한 탓에 누구든 초인종에 닿았을 수 있으므로 딱히 쓸모 있는 증거는 아니었다. 사망자의 신원을 조회한 끝에, 아룬은 또 한 가지 사실을 알게 되었다.

사망자는 아카이阿凱라고 불리는 사람으로, 출소한 지 막 한 달이 넘은 전과자였다. 아카이는 20여 년 전 작은 사건으로 복역한 적이 있었는데, 출소한 지 얼마 지나지 않아 또다시 성폭행 및 살인 미수라는 강력 범죄를 저질러 감옥으로 돌아갔고 20년이나 콩밥을 먹었다. 아카이를 다시 감옥으로 돌려보낸 사건의 피해자는 성폭행당한 후에 살해되었다. 검찰 측은 아카이가 피해자를 죽인 주범은 아니지만, 성폭행에 가담했다고 봤다.

감옥에서 나온 지 얼마 되지도 않았는데, 어째서 자살했을까? 아룬은 말이 되지 않는 행동이라고 생각했다. 뒤이어 아룬은 그 피해자의 이름을 주의 깊게 살펴보았다.

샤오칭. 피해자는 샤오칭의 언니였다.

아룬은 신문과 인터넷 기록을 뒤진 끝에 아카이의 출소 소식이 언론을 통해 보도되었다는 사실을 알게 되었다. 분량이 많지는 않았지만 샤오칭이 읽었을 가능성이 있었다. 곰곰이 생각해보니, 한동안 이어진 샤오칭의 이상한 행동이 대략 아카이가 출소한 뒤부터 시작된 것이었다. 아룬은 복잡한 심경으로 샤오칭의 휴대전화를 훔쳐보았고, 샤오칭이 집에 남긴 지문을 감식반에 보내기에 이르렀다. 감식반에서 일하는 후배는 절차에 어긋나는 일이라는 건 알고 있었지만, 아룬이 선배티를 내며 나직한 목소리로 거듭 부탁하자, 결국 사적으로 지문 감식을 도와주겠다고 승낙했다. 샤오칭의 휴대전화 통화 기록에는 아룬이 본 적 없는 번호가 남아 있었다. 한 흥신소 전화번호였다. 아룬은 경찰 신분으로 흥신소를 조사한 끝에, 샤오칭이 흥신소에 아카이의 집 주소를 알아봐달라고 요청한 사실을 확인했다.

이어서 감식 결과가 나왔다. 초인종에 찍힌 지문은 샤오칭의 것이었다.

출판사 잡지 편집부에서 연 독자 이벤트가 열렬한 반향을 불러일으킨 이유는 독자들이 샤오칭이 언니 샤오징을 대신해 복수한 건 아닌지, 그래서 살인죄를 저지른 건 아닌지 잇달아 의심하게 되었기 때문이었다. 만일 아카이가 샤오칭의 손에 죽었다면, 샤오칭은 어떻게 밀실을 꾸민 걸까? 더 중요한 문제는 이거였다. 샤오칭이 범죄를 저질렀다면, 아룬이 이걸 어떻게 처리할 것인가?

* * *

독자들이 보내온 메일 대부분이 단순히 샤오칭이 범죄를 저질렀는지 아닌지 여부와 아룬의 대응 방식 추측에만 골몰하고 있었다. 샤오칭이 범죄를 저지르지 않았다고 생각하는 이들은 밀실 비스름한 아카이의 사망 현장 상황과 샤오칭의 지문 문제는 거의 거론하지 않았다. 반면, 샤오칭이 직접 언니를 대신해서 제 손으로 복수했다고 생각하는 이들은 '정의'에 대한 개념 정의를 놓고 갈라져 다른 견해를 내놓았다. 샤오칭이 하늘을 대신해 정의를 구현했다며 아룬이 이를 지지해줘야 한다고 생각하는 이들이 있는가 하면, 범죄는 범죄이므로 아룬이 신고해야 한다고 보는 이들도 있었다.

그녀의 눈을 반짝반짝 빛나게 한 독자의 메일은 아주 짧았다. 이 독자는 샤오칭이 범죄를 저지르지 않았을 뿐 아니라 밀실과 지문 모두 합리적으로 설명이 된다면서, 메일 *끄트머리*에서 이렇게 언급했다.

제가 이미 한 가지 해답을 생각해두었습니다.

구미가 당긴 그녀는 잠시 생각해보다가 독자에게 답장을 보냈다.

안녕하세요. 저는 출판사 편집자입니다. 선생님께서 메일에서 지적하신 후속 전개가 상당히 흥미로워서요. 저는 개인적으로 샤오칭이 범인이라고 생각하는데요. 물론 작가님이 앞으로 이렇게 전개하실지는 확신할 수 없지만, 저도 아무 근거 없이 넘겨짚은 건 아니거든요. 선생님께선 어떤 해답을 생각해두신 건지요?

독자의 답장이 순식간에 도착했다. 하지만 독자는 그녀가 물어본 질문에 답변은 하지 않고 오히려 되물었다.

편집자님은 샤오칭이 밀실을 꾸몄다고 생각하시나요?

그렇습니다.

그녀가 자판을 두드려 답장을 썼다.

게다가 저 역시 이미 가능할 법한 수법을 생각해두었답니다.

기대되는군요.

독자가 대답했다.

맡고 있는 다른 책 한 권이 이미 인쇄소로 넘어간 뒤여서, 그 녀는 퇴근 후 인쇄소로 가 표지 인쇄 상황을 살펴보았다. 앞서 찍은 책 인쇄 과정에서 약간의 문제가 생겼는데 아직 기계가 비워지지 않아서 응접실에 앉아 책을 보며 기다렸다. 젊은 인 쇄소 숙련공이 도시락을 사 와서는 다른 소파에 앉으며, 기계를 비우고 나서 인쇄용 잉크도 닦아내야 하니, 먼저 식사부터 하시 라고 권했다.

두 사람이 밥을 몇 숟갈 입에 넣은 참인데, 인쇄공이 돌연 물었다. "편집자님이 생각하신 밀실 수법은 뭔데요?"

"네?" 그녀가 느끼한 갈빗살을 한입에 꿀꺽 삼켜버렸다.

"지금 아룬이랑 샤오칭 시리즈 연재 중 아닌가요? 제가 편집자님 출판사에 앞으로의 전개를 예측하는 메일을 보냈더니, 편집자님께서 밀실을 설명할 방법을 생각해두셨다고 답장 보내지 않으셨어요?"

"그 메일 선생님이 보내신 거였어요?" 그녀는 놀라움을 감추지 못했다.

"네." 인쇄공은 잠시 갸웃하다가 왜 그러는지 이제야 깨달았다는 표정을 지어 보였다. "전 답장 받자마자 편집자님이 보내신 메일인 거 알아봤어요. 제가 편집자님 메일 주소를 알잖아요. 하지만 편집자님은 매번 인쇄소에 메일 보내실 때마다 저희 공용 메일함으로 보내죠. 그러니 제가 개인 메일함으로 출판사에 메일 보냈을 때 그게 제 주소라는 걸 몰라 봤을 거예요."

그래서 놀란 게 아니었다. 업계에 들어온 지 1년이 좀 넘었지만, 책을 읽는 인쇄소 직원은 한 번도 만나본 적이 없었다.

이미 정말 많은 사람이 독서를 정보의 출처나 오락거리로 보지 않는다는 사실을 그녀는 알고 있었다. 인쇄소에 도서 인쇄 외에 전단, 포스터 심지어 닭튀김 도시락 상자 인쇄 등의 업무도 들어온다는 점 또한 알고 있었고. 하지만 책과 이렇게 가까운 업무 환경에 있으면서도 인쇄소 직원들이 책에 어떤 흥미도 느끼지 못한다니 정말이지 너무나 아쉬운 일이라고 생각해온

터였다.

그러나 텍스트 자료에 대한 흥미를 배양하려면 교육 제도 등 기초적인 부분에서부터 시작해야 하는데, 현행 학교 교육은 '배양'은커녕 독서에 대한 흥미를 '파괴'나 하지 않으면 천만다행이다. 이 때문에 많은 사람이 학교를 떠나면 더는 책 근처에도 가지 않았고, 특별한 계기가 없는 한 어떤 책도 다시 열어보지 않았다. 온종일 책과 벗 삼아 지내는 인쇄소 직원들도 마찬가지였다.

"제가 책을 무지 좋아하거든요." 그녀의 설명을 들은 인쇄공은 오히려 아주 당연하다는 듯 대꾸했다. "이게 인쇄소에서 일하면서 누리는 부가적인 복지라니까요. 여기서 인쇄하는 책은 대부분 제가 편집 파일을 받아서 일단 다 읽어봐요."

함께 잡담을 나누다 보니, 자신의 독서량을 일부러 과장하는 그런 과는 전혀 아니었다. 그는 그녀가 일하는 출판사가 이 인쇄소에서 인쇄한 모든 책의 내용을 정확히 꿰뚫고 있었다. 말하는 사이사이 다른 책의 사례를 인용해 자신의 견해를 설명하기도 했다.

"1년에 몇 권이나 읽으세요?" 그녀는 무척이나 궁금했다.

"자세히 세어보지는 않았는데," 그가 머리를 긁적였다. "대충 200권 되겠네요."

"그러니까 사흘에 두 권쯤 읽으시는 거네요?" 그녀는 재빨리 계산했다. "그 정도면 공식적으로 활동하는 대다수 평론가보다도 많이 읽으시는 거예요! 게다가 책 한 권 한 권에 아주 정확한 견해를 갖고 계시잖아요. 서평 같은 글 발표해본 적 있으세요?"

"아뇨." 그가 고개를 휘젓더니 히죽거렸다. "저 자판 두드리면서 장광설 푸는 거 싫어해요."

그녀도 이상할 정도로 짧았던 몇 통의 메일이 떠올라 웃고 말았다. "그럼 인쇄소 그만두고 출판사에서 일하는 건 생각해보셨어요?"

"왜 출판사에서 일해야 하는데요?" 그가 물었다. "전에는 편집자가 작가와 함께 작품을 놓고 토론을 벌일 테니 출판사에서 일하면 분명히 무척 재미있을 거라고 생각했어요. 막 사회에 나왔을 때는 실제로 이력서를 몇 번 넣어보기도 했고요. 하지만 제가 대학 관련 학과 졸업생이 아니고 직업학교 출신이라 그런지 면접 기회를 주는 출판사가 아예 없더라고요."

"편집 일 가르치는 학과가 어디 있어요." 그녀가 해명했다.

"아마 그 몇몇 출판사의 주간님들이 직업학교 졸업생에 대한 믿음이 크지 않았나 보죠." 그가 어깨를 으쓱했다.

그녀가 무슨 말을 해야 할지 알 수 없어 하자, 그가 또 웃었다. "하지만 시간이 지나면서 출판사에서 번역서를 엄청 많이 낸다는 사실을 알게 됐어요. 그러면 작가와 토론할 기회가 아예 없잖아요. 그리고 국내 작가의 작품, 특히 소설을 보니까 인물 설정이나 플롯 배치에 아주 뚜렷한 문제가 있는데도 수정이 안 돼 있길래 문의했다가, 편집자가 내는 의견을 좋아하지 않거나 받아들이지 않는 작가가 많다는 걸 알게 됐고요. 그러면 자연히 토론이 안 되겠죠. 작품 내용을 놓고 뭐 할 수 있는 일이 없다고 하니, 여기서 일하는 게 무척 좋아지더라고요. 출판사에 들어갈 필요가 없었죠."

"작가와 작품을 토론하는 게 중요하다고 생각하세요?" 그녀가 물었다.

"전 그게 편집자의 가장 중요한 업무라고 생각해요." 그가 고개를 끄덕이며 말했다. "물론 그냥 제 주관적인 생각이기는 하지만요. 하지만 전 출판이 사실 집단 작업의 성과라고 생각하거든요. 내지 레이아웃, 표지 디자인, 인쇄 장정 등등이 다 책이 마지막으로 완성되었을 때의 모습과 관련이 있죠. 처음에는 작품이라는 게 당연히 작가의 창작물이지만, 작가를 도와 내용을 더 완벽하게 만들고, 플롯의 논리를 수정하고, 인물 설정을 보완하고 강화하는 게 바로 편집자가 전문적으로 도움을 줘야 할 부분이잖아요."

그녀도 그와 생각이 같았다. 하지만 출판사에서 일하는 동료들은 그렇게 생각하는 것 같지 않았다. 정말 기묘했다. 인쇄소 숙련공이 편집 업무에 대해 출판사 편집자보다 더 편집자 같은 생각을 하고 있다니.

"그 밀실 어떻게 된 건지 아직 얘기 안 해주셨는데요." 그가 일깨워주었다.

그녀가 자신이 생각한 밀실 수법을 알려주었다. 그는 귀를 기울여 주의 깊게 듣다가 점점 눈을 크게 떴다. "우와, 정말 대단하신데요. 이야기가 그렇게 전개되려나요?"

　"저도 모르죠." 그녀가 고개를 내저으며 한 마디 덧붙였다. "그다지 가능할 것 같지는 않아요."

　"왜요? 편집자님 생각을 작가님에게 얘기해볼 수 있잖아요."

　그녀는 한숨만 내쉴 뿐 별말이 없었다.

　"음?" 그가 더는 캐묻지 않고 잠시 말을 멈추더니 입을 열었다. "저기 그런데, 편집자님의 밀실 구상에 문제가 좀 있다는 생각이 드네요."

* * *

　"제 밀실 트릭에 허점이 있나요?" 그녀가 눈썹을 치켜세웠다.

　"아뇨. 트릭에 허점이 있는 것 같지는 않아요." 그가 말했다.

　"그럼 어디 문제가 있다는 건가요?"

　"아마기 하지메의 『밀실 범죄학 교본』 읽어보셨어요?" 그가 되물었다.

　"아뇨." 그녀가 시인했다.

　"간단히 말하면, 『밀실 범죄학 교본』은 아마기 하지메가 추리소설 속 밀실 트릭을 연구하고 추리소설 작가들에게 답한 책인데요. 내용에 그가 단편소설 창작의 실례로 든 많은 사례와 관련 평론이 포함되어 있어요." 그가 설명했다. "이 책에서 가장 인상적인 부분이 아마기 하지메가 밀실은 사실 동화라고 말한 부분이에요."

"동화요?" 그녀가 미심쩍어하며 말했다. "무슨 말씀이세요? 밀실이 왕자, 공주 아니면 말할 줄 아는 동물과 관련된 건 아니잖아요?"

"그런 동화를 말하는 건 아니고요." 그가 미소 지었다. "잘 아시겠지만, 우발적으로 만들어지는 밀실들이 있잖아요. 예를 들면, 피해자가 다쳐서 방으로 도망쳤는데, 문이 잠기면서 그 방에서 죽는 경우요. 이렇게 되면 그 방이 밀실이 되기는 하지만, 사실 피해자는 밀실 안에서 살해당한 게 아니죠."

그녀가 고개를 끄떡이자 그는 말을 이어갔다. "아마기 하지메는 이런 종류의 밀실 외에 다른 인위적인 밀실도 모두 현실에서는 일어날 수 없는 동화 속 이야기라고 말해요."

"네?" 그녀는 머리를 비스듬히 기울인 채 잠시 생각에 잠겼다. "모든 밀실이 완벽하게 합리적으로 설계되지는 않았겠지만, 그래도 추리소설에 등장하는 밀실 중 실제로 만들어낼 수 있는 밀실이 꽤 되지 않을까요?"

"아마기 하지메의 주안점은 실제 실행 가능한 밀실 트릭인가에 있는 게 아니라 현실에서 어떤 범죄자가 대단한 밀실 트릭을 생각해낸다 한들 정말 그렇게 하지는 않을 거라는 거예요."

"왜죠?" 그녀는 자신이 계속 이 대화의 핵심을 짚어내지 못하고 있다는 느낌을 받았다.

"아마기 하지메는 기가 막히게 똑똑한 범죄자가 살인을 계획한다 해도 이 범죄자가 현장을 밀실로 바꿔놓을 리 없다고 봐요. 반대로 현장이 아주 평범해 보이게, 의심스럽지 않게 만들어놓거나 수사를 잘못된 방향으로 이끌 단서를 남겨둘 거라고 의심하죠. 밀실은 어떻게 꾸며도 너무 의심스럽게 보이잖아요." 그가 설명했다. "덜 똑똑한 범죄자라면? 그런 범죄자는 아예 밀실을 생각해내지도 못하겠죠. 그래서 아마기 하지메가 밀실이 동화처럼 비현실적이라고 한 거예요."

"그런 뜻이었군요." 그녀는 알아듣기는 했지만 수긍하지는 않았다. "하지만 지금 이 작품 속 밀실은 자살 현장처럼 보이니까 '수사를 잘못된 방향으로 이끌 단서'에 부합하는 거겠죠? 샤오칭은 여전히 범죄를 저질렀을 가능성이 있다고요."

"맞아요." 그가 고개를 끄덕였다. "하지만 샤오칭이 편집자님이 말씀하신 그런 치밀한 계획에 따라 밀실을 꾸몄다면, 초인종에 지문을 남기고, 휴대전화에 흥신소 연락 기록을 남긴 게 너무 경솔한 티가 나잖아요. 이 두 가지를 조심하는 게 밀실 꾸미기보다 훨씬 더 쉬운데 말이에요. 게다가 샤오칭은 경찰과 함께 살고 있어요. 그렇다면 아룬이 증거를 찾아내지 못하도록 진작 주의를 기울였어야 말이 돼요."

일리 있게 들렸다. 어쨌거나 이 두 가지가 아룬이 샤오칭이 사건에 연루되었으리라고 의심한 주요 원인이기는 했으니 말이다. 그녀는 눈을 깜빡거리다가 이를 근거로 추론을 펼쳐보았다. 샤오칭이 아카이가 출소했다는 사실을 알고 복수하기로 마음먹었다면, 더더욱 모든 일상을 정상적으로 꾸려나갔어야 했다. 아룬이 샤오칭이 뭔가 이상하다고 눈치채지 못하도록 말이다. 하지만 이 시리즈에서 샤오칭은 늘 무척 순수한 모습으로 나왔다. 그렇게 속으로 계산을 해대는 사람이 아니었다.

"편집자님도 생각나셨죠?" 그가 그녀의 표정을 바라봤다. "밀실 트릭을 사용할 때 생기는 또 하나의 문제는 이 트릭이 샤오칭이라는 인물의 설정과 맞지 않는다는 거예요."

"전에는 사실 샤오칭이 아주 똑똑한 사람이라는 점만 생각했어요. 그래서 샤오칭이라면 분명히 밀실 계획을 생각해낼 수 있을 거라고 봤고요." 그녀가 고개를 끄덕였다. "하지만 인물의 성격은 고려하지 못했네요."

"그래서 제가 방금 '편집자님의 밀실 구상에 문제가 좀 있어 보인다'고 한 거예요. 트릭 자체가 아니라요." 그가 말했다. "게다가 이 시리즈가 꽤 사실적인데 거기에 밀실이 하나 들어가니 톤도 딱히 맞지 않고요."

"그럼 샤오칭이 범죄를 저지르지는 않았지만, 지문과 통화 기록을 남겼다는 사실을 설명할 방법에 뭐가 있다고 생각하시는데요?" 그녀는 그가 전에 보낸 메일 내용을 떠올렸다.

"제 생각엔," 그가 목을 가다듬었다. "아카이는 자살한 거예요."

"그건 말이 안 되죠." 그녀가 손을 내저었다. "아카이는 이미 형을 마치고 나와 새 인생을 시작했어요. 그런 사람이 왜 자살하겠어요?"

"수감자가 감옥에서 나온 뒤 사회에 적응하지 못하는 경우는 무척 많아요." 그가 말했다. "게다가 전 아카이가 틀림없이 억울하게 옥살이를 했을 거라고 생각해요. 20년을 억울한 누명을 뒤집어쓰고 살았는데, 감옥에서 나온 뒤에도 또 문제가 생겼다면 마음이 암담하기 짝이 없었을 테고, 더 나아가 자기 생명을 끊어버렸을 수도 있어요."

"잠시만, 잠시만요." 그녀가 손을 들었다. "그 추론은 비약이 너무 심해요. 억울한 누명이라는 건 또 뭔데요? 앞선 연재에서 샤오징 사건은 아주 간략하게만 언급됐어요. 그래서 증거가 단순하고 명백해 보였고요. 어째서 그 사건이 억울한 누명 사건이 된 거죠?"

"바로 아주 간략하게만 언급됐기 때문이죠." 그가 웃었다. "그러니 의심해볼 부분이 많은 거고요."

* * *

샤오징이 살해당한 사건은 이 시리즈의 지난 권에서 후다닥 언급만 하는 수준으로 넘어갔다. 하지만 현재 연재분에서는 아룬이 샤오칭이 불안해한 이유가 아카이의 출소와 관련 있다는 것을 알게 된 뒤, 샤오징 사건 관련 자료를 열람하고 검토하기 시작하는 데까지 진도가 나가 있었다.

그 사건의 주범은 천자이陳仔라고 불리는 사람으로, 아카이가 처음 복역할 때 알게 된 감방 친구였다. 두 사람은 특별히 친한 사이는 아니었다. 아카이는 경범죄를 저질렀기 때문에 얼마 지나지 않아 감옥에서 나왔고, 직장과 세 들어 살 곳도 순조롭게 찾을 수 있었다. 천자이는 출소 뒤 운이 잘 풀리지 않자 아카이를 찾아가 잠시 같이 좀 지낼 수 있게 해달라고 부탁했다. 아카이는 어려울 때 만난 친구라는 생각에 천자이가 잠시 자신과 함께 지낼 수 있도록 허락해주었다.

두 사람이 같이 산 셋방이 바로 샤오징이 살해된 장소였다.

사건이 일어난 뒤, 법의관은 현장에 가서 사체를 검안했다. 법의관은 사체가 옮겨질 때 하반신에서 흘러나온 적잖은 양의 정액이 침대 매트리스 위를 덮은 상황을 보고, 성폭행범이 하나가 아니리라 판단했다. 세입자였던 아카이는 곧바로 구류되었고 이미 현장에서 도망친 천자이도 얼마 지나지 않아 경찰에 체포되었다. 천자이는 처음에는 성폭행과 살인을 저지른 사람은 아카이라고 진술했지만, 관련 증거 감식이 잇따라 끝나고 증거 대부분이 천자이야말로 범행을 저지른 범인임을 가리키자 말을 바꿨다. 그는 감언이설로 덫을 놓아 샤오징을 속인 사람은 자신이 맞는다고 인정하면서도, 아카이 역시 범행에 가담했다며 여전히 아카이를 꽉 물고 늘어졌다.

법정 심문 과정에서 아카이는 자신은 결코 사건에 연루되지 않았다고 주장했으나, 천자이의 진술과 법의관의 주장이 모두 그에게 불리하게 작용했다. 게다가 정액 DNA 검사 보고서 역시 아카이의 범죄 가능성을 배제하지 못했다. 그런 탓에 아카이는 결국 감옥에 들어가 형을 살게 되었고 더는 상소하지 않았다.

그녀는 지금 연재 중인 부분을 다시 읽고 샤오징 사건 관련 정보를 정리해보았다. 아카이를 감옥에 가둔 주요 증거는 천자이의 진술, 법의관의 판단, 그리고 DNA 검사 보고서 이 세 가지였다. 만일 그가 말한 것처럼 아카이가 억울하게 누명을 뒤집어썼다면 독자에게 이 세 가지 증거에 무슨 문제가 있는지 설명이 되어야만 했다.

천자이가 거짓 진술을 했을 수는 있다. 이건 비교적 쉽게 해결할 수 있다. 그녀는 자신이 정리한 자료를 뚫어지게 바라보며 미간을 찌푸린 채 생각에 잠겼다. '하지만 법의관의 판단과 DNA 보고서에 모두 문제가 있다고?' 이 둘은 그럴듯하게 끼워 맞추기가 너무 어려웠다.

퇴근길에 그에게 전화를 걸었다. "밤새 생각해봤는데 억울하게 누명을 썼다는 설정은 딱히 성립하기 어려워 보이던데요."

"절대적으로 성립 가능합니다." 그의 목소리는 단호했다. "편집자님께서 생각해내지 못하셨을 뿐이죠."

"아주 여러 가지 경우를 생각해봤다고요." 그녀가 수화기 건너편에서 뾰로통하게 입을 내밀었다. "설득력 있는 게 하나도 없었어요."

"있다니까요." 그가 소리 내어 웃었다. "전 하나 생각해뒀는데요."

"생각해내신 데 구멍이 있을지 모르잖아요." 그녀는 승복하지 않았다. "어디 들어나 보게 얘기 좀 해보세요."

"정말 신경 많이 쓰시네요." 그가 잠시 틈을 뒀다가 입을 열었다. "저 오늘은 저녁 근무가 없어서 방금 인쇄소에서 나왔는데요. 헌책방 가서 책 좀 찾아보려고 하는데, 시간 있으시면 서점 근처에서 뵙죠. 그때 알려드릴게요."

원래는 간단한 저녁으로 민생 문제도 해결할 겸 헌책방 근처 버블티 카페에서 만나자고 약속을 잡았다. 그런데 문 앞에서 만나고 보니 둘 다 아직 저녁 식사 전이어서, 그가 그녀를 데리고 골목길을 누비며 돌아다녔다. 둘은 외관은 허름하지만 안은 사람들 소리로 시끌벅적한 홍콩식 바비큐집에 가서 밥을 먹었다.

홍콩식 바비큐는 가격이 저렴했지만 양은 어마어마했다. 둘이서 밥을 먹고 버블티 카페로 돌아왔는데, 음료는 주문하지 않고 자리만 차지하고 있기가 민망했다. 하지만 테이블에 놓인 버블티를 보고 있자니 위장에 더 남은 공간이 없는 느낌이 들었다.

"죄송한데요." 그녀가 고개를 들어 직원에게 말했다. "다 못 마실 것 같아서 그런데, 테이크아웃 컵에 좀 담아주세요."

직원이 버블티를 들고 가자, 그가 그녀를 바라보며 물었다. "배가 많이 부르세요?"

"그 홍콩식 바비큐집 양을 미리 경고해주셨어야죠." 그녀가 그를 흘겨봤다.

"그럼 음료는 제 것 마시세요." 그가 자기 앞에서 열기를 뿜어대는 일본식 녹차를 그녀 쪽으로 쓱 밀었다. "느끼한 거 가시게 차 드세요."

그녀가 고개를 내저었다. "생각해내셨다는 거나 빨리 알려주세요."

"아까 밥 먹을 때 편집자님이 얘기하신 증거 세 가지가 핵심인 건 확실해요." 그가 찻잔을 끌어당겼다. "일단, 전 천자이가 거짓말을 했다고 봅니다. 사건의 주요 용의자인 천자이가 아카이를 진흙탕에 빠뜨린 겁니다. 자기야 무슨 수를 써도 빠져나갈 수 없으니, 감방에서 혼자 생고생할 바에야 한 사람이라도 더 끌어들여서 같이하겠다는 심산이었던 거죠."

"그건 저도 생각해봤어요." 그녀가 말했다. "문제는 다른 증거 두 개예요."

"다음으로 정액 문제가 있는데요." 그가 찻잔을 입가에 가져갔다가 너무 뜨거운지 도로 내려놓았다. "법의관은 양이 너무 많아서 한 사람 소행이 아닐 거라고 판단했어요."

"맞아요. 정액 문제는 어떻게 설명하실 거예요?" 그녀는 몸을 기울여 질문을 던졌다가 다시 몸을 세우더니 눈을 들며 말했다. "아, 고맙습니다."

직원이 버블티를 가득 채운 테이크아웃 컵을 내려놓으며 기이한 표정으로 그를 흘끗거렸다.

"연재된 부분 중 정액 관련 부분을 보면 사실 법의관이 현장에 남아 있던 적지 않은 양의 정액을 봤다고만 나와요. '봤다'는 두 글자가 정확하지 않죠. '적지 않은' 이 네 글자는 너무 모호하고요." 그는 고개를 돌려 직원이 멀어진 걸 확인하고 나서야 설명을 이어갔다. "법의관은 이후의 법정 심문 부분에서도 수치는 보충하지 않고 경험에 근거해서만 얘기해요. 눈짐작으로 봤을 때 정액의 양이 20밀리리터가 넘었는데, 이게 일반 남성의 평균치인 2밀리리터에서 6밀리리터를 훨씬 웃도는 양이니 성폭행을 저지른 사람이 분명히 한 명 이상일 거라는 거죠."

"숫자는 별문제 없게 들리는데요." 그녀가 말했다.

"이 숫자에 큰 문제가 있어요." 그가 설명했다. "천자이가 성폭행을 하면서 사정을 한 번 한 게 아닐 거예요. 성행위 도중에 나오는 체액에 정액만 있는 것도 아니고요. 게다가 성폭행 과정에서 샤오징에게 상처를 입혔을 수 있다는 점을 잊어서는 안 됩니다. 여기에 샤오징이 나중에 살해되면서 현장에는 핏자국도 남아 있었어요. 연재 부분에는 법의관이 본 체액에 정액 말고 다른 게 얼마나 섞여 있었는지 언급되어 있지 않아요. 그러니 20밀리리터의 체액 중 도대체 얼마만큼이 정액이었는지 확신할 수 없는 거죠."

'아하.' 그녀가 눈살을 찌푸리며 고개를 끄덕이자, 그가 이어서 말했다. "또 20밀리리터라는 것도 '눈짐작'으로 나온 수치고요."

* * *

"경험이 풍부한 법의관이 눈짐작만으로 액체의 양이 얼마나 되는지 계산할 수 없을 거라고 보세요?" 그녀가 물었다.

"무척 어렵다고 봅니다." 그가 냅킨 두 장을 들어 몇 번을 접더니 테이블에 올려놓았다. 이어서 버블티에 꽂혀 있던 빨대를 뽑아 테이블과 냅킨 위에 버블티를 몇 방울씩 떨어뜨렸다. "유동체가 고체 위에서 퍼질 때의 상황은 유동체의 성분, 고체의 재질 그리고 이 둘의 접촉 표면적과 큰 관계가 있어요. 보세요. 버블티가 테이블과 냅킨 위에 떨어지면서 각각 전혀 다른 상황이 나타나잖아요. 설사 똑같은 평면 위에 떨어진다 해도 퍼지는 형상이 전혀 달라요. 법의관이 범죄 현장의 체액 성분도 미처 분석하지 않은 상태에서 매트리스 재질이 뭔지도 모른 채 그저

'눈짐작'으로만 판단했으니, 사실 그냥 막 추측한 거나 마찬가지죠."

그녀는 테이블 위에 떨어진 버블티 몇 방울을 뚫어지게 내려다보았다. 그는 빨대를 테이크아웃 컵에 돌려놓았다가 다시 뽑아 들었다. "하나 더 덧붙이면, 눈짐작으로 정말 20밀리리터를 알아맞힐 수 있을까요? 15밀리리터는요? 12밀리리터는? 같이 실험을 해볼 수도 있고요……"

"잠시만, 잠시만요." 그녀가 손을 들어 제지했다. "무슨 말인지 알겠으니까, 버블티 또 테이블에 떨어뜨리지 마세요."

"아, 네." 그는 빨대를 테이크아웃 컵에 꽂아 넣었다. "제 요지는, 이걸 근거로 범인 수를 판단하기에는 변수가 너무 많다는 거예요. 정확할 수가 없어요. 만일 아카이가 결코 사건에 연루되지 않았고, 그가 억울하다고 외치는데도 검찰이 더 확실하게 수치를 조사하지 않았다면, 억울한 사건이 만들어진 거죠."

"저기," 그녀가 말했다. "아무래도 그쪽 차 제가 마시는 게 낫겠어요."

"예?"

"지금은 버블티를 마시고 싶지 않네요."

그는 버블티를 바라보며 머리를 긁적이다 불현듯 말뜻을 알아챘다. "죄송합니다."

"두 가지 증거는 해결했지만, 아직 DNA 보고서가 남아 있어요." 그녀가 차를 한 모금 홀짝였다. "여기에는 모호한 부분이 없지 않아요?"

"있습니다." 그가 버블티를 들었다 다시 내려놓았다. "DNA 보고서라는 게 사람들이 생각하는 것처럼 그렇게 난공불락이 아니거든요."

"무슨 말이에요?" 그녀가 의구심을 내비쳤다.

"이야기 속에서 DNA 검사 보고서가 아카이의 범행 가능성을 배제하지 못했다고 언급되는데, 이건 사실 검사 보고서가 아카이가 샤오징을 성폭행했는지 확신할 방법이 없었다는 의미입니다. 했을 수도 있고, 하지 않았을 수도 있다, 결국 모른다는 거예요." 그가 또 머리를 긁적였다. "제가 자료를 좀 봤는데, 20년 전 DNA 감정 기술의 정확도가 대략 90퍼센트였더라고요. 만일 아카이와 천자이의 DNA 데이터가 원래 아주 비슷했다면 혼동했을 가능성이 있습니다. 게다가 사건 발생 지점이 아카이가 평상시 잠을 자는 침대 위였으니, DNA 채취 과정에서 조심하지 않았다면 아카이의 DNA가 묻어버렸을 가능성이 상당히 높죠. 사실 DNA 감정 기술이 요 몇 년 들어 대폭 발전해서 이제는 오차가 겨우 1조분의 1밖에 되지 않아요. 『신문訊問의 함정 : 아시카가 사건의 진실』이라는 책을 보면 일본에서 일어난 유사한 사례가 언급되어 있는데요. 감옥에 10여 년을 갇혀 있던 사람이 이걸로 다시 자유를 찾았어요. 법관이 법정에서 그 사람에게 사죄까지 했고요."

"하지만 아카이는 나중에 상소를 포기했어요." 그녀가 중얼거렸다. "재검하지 않았으니, 이걸 발견할 기회도 없었고요."

"맞아요." 그가 버블티를 들어, 한 모금 힘껏 들이마셨다.

그녀는 그의 생각에 확실히 일리가 있다고 생각했다.

읽다 보면 추리의 맛이 날 때가 있기는 하지만, 아룬과 샤오칭 시리즈는 처음부터 전통적인 추리 유형의 작품은 아니었다. 이런 시리즈에 고전적인 추리 분위기가 짙은 밀실 수수께끼가 등장하니 딱히 어울리지 않는 게 사실이었다. 순수하고 유쾌한 성격의 샤오칭이 살인 계획을 세웠다는 것도 조금 억지스러웠고.

그의 추측에 따르면, 이야기는 다음과 같이 전개될 것이다. 아룬은 예전 사건 자료를 검토하다 이상한 점을 발견하고, 여기서 한발 더 나아가 아카이가 20년 동안 억울하게 옥살이를 했을 가능성을 추론해낸다. 출소한 뒤 사회와 너무 오랫동안 동떨어져 있었던 데다 성폭행과 살인 미수라는 죄명까지 짊어지게 되었으니, 생활을 뜻대로 꾸려나가기가 힘들었을 테고 극단적인 생각이 싹을 틔웠을 것이다.

"이렇게 되면 아카이가 정말 목탄을 피워 목숨을 끊은 게 되겠네요." 그녀는 차를 다 마시고 찻잔을 내려놓았다. "하지만 여전히 샤오칭이 흥신소를 찾아간 이유와 초인종에 샤오칭의 지문이 남아 있었던 이유가 설명돼야 해요."

"맞습니다." 그는 여전히 테이크아웃 컵 바닥에 남은 마지막 타피오카펄 몇 알을 빨아들이고 있었다. "만일 아룬이 이 두 가지를 규명할 수 있다면, 이야기는 샤오칭이 범죄를 저지르지 않고, 두 사람의 결혼에 변수가 발생하지 않는 상황에서 끝날 겁니다. 샤오칭은 샤오징 사건으로 여러 해 동안 마음에 쌓여 있었던 응어리를 풀고, 인생의 그늘과 작별할 수 있을지도 모르고요. 일거양득이죠."

"뭔가 생각해두신 게 있어요?" 그녀는 그가 테이크아웃 컵을 내려놓기를 기다렸다가 물었다.

"아이디어가 몇 개 있기는 한데, 세세한 부분은 아직 구체적이지가 않아요." 그가 씩 웃었다. "흥미 있으시면 같이 토론해봐도 좋겠네요."

＊＊＊

샤오칭은 아카이가 출소했다는 신문 기사를 읽고 크게 격앙했다.

초등학교에 다녔던 그 시절 그날 오후가 늘 기억에 남아 있었다. 샤오징은 가정교사 자리에 면접을 보러 가게 되었다며 흥분해서 떠들었고, 샤오칭은 언니 곁을 빙빙 돌면서 면접 때 입고 갈 정장을 입어보며 거울 앞에 앉아 꼼꼼히 화장하는 샤오징을 지켜봤다. 언니가 정말 예뻐 보였다. 자기도 커서 언니 같은 여자가 되고 싶었다.

문을 나서기 전, 샤오징은 몸을 웅크려 샤오칭을 꼭 안아주었다. 저녁밥 먹을 때 돌아올 테니, 학교 숙제 다 해놓으라고 당부하면서.

하지만 저녁 식사 시간이 되었는데도 샤오징은 집에 돌아오지 않았다. 아직 휴대전화가 없던 시절이었고, 샤오징은 당시 '삐삐'라고 불리던 호출기도 갖고 있지 않았다. 아빠 엄마가 걱정스러운 마음에 여기저기 전화를 걸어 물어보셨지만, 샤오징의 친한 친구 중 샤오징과 같이 있는 친구는 하나도 없었다. 그중 한 친구가 샤오징이 면접을 보러 갔으니, 서로 이야기가 잘 끝난 뒤에 고용주가 저녁 식사를 대접하겠다고 해서 응했을지도 모른다고 샤오징의 엄마를 안심시켰다. 엄마가 그렇다 해도 일단 집에 전화 한 통은 해줘야 하는 거라고 하자, 친구는 어머니 대신 본인이 샤오징한테 잔소리 좀 해두겠다는 말까지 몇 마디 덧붙였다.

샤오징은 밤 10시가 넘도록 집에 돌아오지 않았고, 샤오칭은 책상 앞에 앉아 공책을 뚫어지게 내려다봤다. 거실에서 엄마 아빠가 경찰에 신고해야 한다며 상의하는 소리가 들렸다.

초인종이 울렸다. 방문을 열고 뛰쳐나간 샤오칭의 눈에 대문을 여는 엄마의 모습이 들어왔다. 제복 차림의 경찰이 문 앞에 서서 엄마에게 몇 마디를 건네자, 별안간 엄마의 몸이 허물어졌다. 그나마 아빠가 엄마를 받쳐주셔서 다행이었다.

샤오칭은 무슨 일이 일어났는지 알지 못했다. 하지만 마음속으로는 어렴풋이 감이 왔다. 오후에 포옹을 나누며 본 모습이 자기가 본 언니의 마지막 모습일 거라는.

"우리 이런 세세한 부분에 대해 너무 많이 얘기한 것 같아요." 그가 말했다.

"어떤 거요?" 그녀가 물었다.

요 며칠 두 사람은 퇴근 뒤 자주 만나 이런 세세한 부분을 놓고 토론을 벌였다. 분위기를 중시하는 고급 레스토랑이나 커피숍은 당치도 않았고, 대부분은 분식집에서 저녁을 해결한 뒤 한두 시간 앉아 있을 수 있는 음료수 가게를 대충 찾아 들어갔다. 심지어 편의점에서 캔 음료를 사서 공원 벤치에 앉아 이야기를 나눈 날도 있었다.

"샤오칭과 범죄 현장의 관계를 좀 더 토론해봐야 하지 않을까요?" 그가 말했다.

"지금 토론 중인 내용이 샤오칭이 아카이를 찾아간 동기를 강화하는 데 도움이 되잖아요!" 그녀가 대답했다.

"그렇긴 하네요. 하지만 전 이 부분을 꼭 이렇게 전개해야 한다고는 생각하지 않거든요." 그가 잠시 생각에 잠겼다. "만일 작가가 다른 방식으로 동기를 강화한다면 말이에요. 가령 샤오징에게 일이 터진 그날 샤오징과 샤오칭 사이에 말싸움이 벌어졌다면 어떨까요? 그 일로 샤오칭이 홧김에 집에서 언니에게 저주를 퍼붓고 있었는데, 결과적으로 샤오징이 살해당했다면, 샤오칭은 마음속으로 엄청난 자책에 시달렸겠죠. 이런 식으로도 아카이를 찾아가 복수하려는 샤오칭의 동기를 강화할 수 있잖아요."

"일리 있네요. 그런데 이런 토론 참 즐겁네요." 그녀가 웃으며 말했다. "작가님이 이렇게 쓰지 않으셔도 상관없어요."

"이야기 꾸미는 걸 그렇게 좋아하시면 편집자를 할 게 아니라 아예 직접 글을 쓰지 그러세요!" 그도 웃었다.

"됐어요." 그녀가 고개를 내저었다. "전 이미 있는 내용을 수정하고 조정하자는 의견은 낼 줄 알아도, '아무것도 없는' 상태에서 이야기를 원초적으로 구상해내지는 못해요."

"아니면 유령 작가로 가욋돈이나 벌어보는 건 어때요?" 그가 아이디어를 보탰다. "아시잖아요. 고스트 라이터라고, 유명 인사가 아이디어와 이야기의 요소 또는 대략적인 얼개를 제공하면 피와 살을 붙여 이야기를 만들어내는 작가요. 다만 책이 나와도 작가 이름에 편집자님 이름이 올라가지는 않겠지만요."

"전 이야기를 제대로 만들어낼 수만 있다면, 이름이 올라가든 말든 그건 그다지 개의치 않아요." 그녀가 잠시 고개를 갸웃했다. "하던 얘기 마저 하면, 편집자 이름이 판권면에 등장하기는 해요. 하지만 작가와 별다른 토론을 벌이지 못한다면, 사실 의미는 사라지는 거죠."

"그럼 작가와 토론이니 뭐니 그런 건 일단 제쳐두시고요."그가 머리를 긁적거렸다. "생각 좀 해보죠. 샤오칭이 아카이의 출소 소식을 안 것도 복수의 동기가 되잖아요. 그다음에는요?"

아카이의 출소 소식은 샤오칭의 마음에 2주 넘게 박혀 있었다. 샤오칭은 평소대로 출근하고 퇴근했고, 아룬이 야근하면 알아서 대충 저녁을 때웠다. 아룬이 집에 와서 저녁을 먹을 수 있는 날도 요리할 마음이 들지 않아 아룬에게 바깥에서 포장 음식을 사서 집에 들어오라고 했다. 다행히 아룬이 분대장으로 승진한 지 얼마 되지 않은 때여서 공무로 정신없이 바쁘다 보니 샤오칭이 좀 이상하다는 걸 즉시 알아채지는 못했다.

마음속에 한 가지 생각이 똬리를 틀었지만, 샤오칭은 이걸 해야 할지 말아야 할지 확신이 서지 않았다. 샤오징이 세상을 떠난 지 벌써 20년이 되었는데, 가해자인 아카이는 감옥에서 나온 것도 모자라 잘 먹고 잘 살고 있다는 걸 받아들일 수 없었다.

샤오칭은 제 손으로 아카이를 죽이고 싶었다.

하지만 그렇게 했다가는 틀림없이 아룬과의 관계에 변화가 생길 터였다. 아룬은 좋은 경찰이다. 만일 샤오칭이 정말로 직접 사람을 죽이면, 절대 샤오칭을 받아들이지 않을 것이다.

이 두 가지 생각의 갈피가 샤오칭의 머릿속에서 서로 끊임없이 충돌을 일으켰다. 막강한 힘으로. 어느 날 밤, 샤오칭은 아룬이 선물한 다이아몬드 반지를 꺼내 손가락에 낀 채 오래도록 생각에 잠겼다. 다이아몬드 반지를 반지 함에 다시 넣고서 마음을 굳혔다.

다음 날, 샤오칭은 흥신소에 전화를 걸었다.

흥신소의 행동은 신속했다. 사흘 뒤, 샤오칭은 회사에서 퀵서비스로 배송된 조사 보고서를 받게 되었다.

보고서에 따르면, 아카이는 현재 혼자 살고 있고 무직이었다. 미행과 감시 기록대로라면 연락하고 만나는 친구 하나 없었다. 시간 대부분을 문밖으로 한 발짝도 나오지 않은 채 집에서만 보냈고, 어쩌다가 외출해도 생활용품을 사거나 할 일 없이 이리저리 돌아다니는 게 다였다. 걸음걸이로 보건대, 허리와 다리에 문제가 있는 게 확실했지만, 치료는 전혀 받지 않았다. 아카이가 사는 곳의 주소가 보고서 말미에 덧붙여져 있었다.

가본 적 없는 동네였지만 찾는 건 전혀 어렵지 않았다.

샤오칭은 아카이 집 대문 밖에 서서, 들고 온 봉투에 집에서 갖고 나온 과도가 있는지 다시 한번 확인한 뒤, 숨을 깊이 들이마시고는 초인종을 눌렀다.

* * *

문을 연 아카이는 무척 노쇠해 보였고, 곤혹스러운 표정을 짓고 있었다. "누굴 찾아오셨수?"

"저 샤오징 여동생 되는 사람입니다." 샤오칭은 대답하면서 생각했던 것보다 침착한 자신의 모습에 놀라고 말았다.

"아." 아카이의 얼굴에서 곤혹스러워하는 표정이 사라지더니, 눈에 뭔가 후련한 빛이 감돌았다. "들어오시구려. 집이 엉망이라 미안합니다."

샤오칭은 샤오징이 자신과 함께 서 있는 느낌을 받았다. 조금도 두렵지 않았다. 아카이의 집에 발을 들여놓으며, '집이 엉망'이라기보다는 '집이 텅 비었다'고 하는 게 낫겠다는 생각이 들었다. 거실에는 아무것도 없었고, 고개를 돌려 부엌을 봐도 컵이나 접시 같은 그릇이 보이지 않았지만, 구석에는 바비큐용으로 준비한 것으로 보이는 목탄과 화로가 쌓여 있었다.

"물이라도 한잔 드슈. 대접할 게 그것밖에 없수다." 아카이가 물을 두 컵 따라 거실 찻상에 올려놓더니, 등나무 의자에 앉았다. "앉으슈."

샤오칭은 여전히 서 있었고, 물컵에는 손도 대지 않았다. "대접받으려고 온 거 아닙니다. 당신 죽이러 왔어요."

"나도 그러리라 생각했수다." 아카이는 표정 하나 바뀌지 않았다. "하지만 난 벌써 예전에 죽었다오."

"죽어? 당신은 우리 언니를 강간하고 죽였어. 그런데도 지금 여기서 멀쩡히 나와 얘기를 하고 있지." 샤오칭은 저도 모르게 목소리를 높였다. "그러면서 무슨 헛소리야?"

"유죄 판결 받았을 때 난 이미 죽었수다." 아카이의 모습은 평온했다. "난 당신 언니 일과는 아무 관계가 없다오."

아카이는 사건 발생 당일 퇴근해서 집에 돌아와보니, 같이 사는 천자이는 온데간데없이 사라진 뒤였고, 잠시 후에야 침실 매트리스에 누워 있는 샤오징을 발견했다고, 그때 이미 살아 있다는 징후가 보이지 않았다고 샤오칭에게 알려주었다.

"아마 모르시겠지만," 아카이가 샤오칭에게 말했다. "경찰에 신고한 사람이 나였다오."

이후 어떤 일이 일어났는지는 샤오칭이 너무나 잘 알고 있었다. 집에 세 든 사람은 아카이였고, 아카이는 원래 사건의 주요 관계자였다. 급히 현장에 도착한 법의관은 범인이 하나가 아니라고 판단했으며, 이후 체포된 천자이의 진술까지 더해져 아카이는 신고자에서 용의자가 되고 말았다. 관련 흔적과 증거 감식 결과가 잇따라 나온 뒤, 천자이는 몇 번이고 진술을 번복하면서도 끝까지 아카이를 놔주지 않았다. 거기에 아카이의 범행 가담 가능성을 배제할 수 없다는 DNA 감식 결과까지 더해지면서 법원은 아카이의 항변에 효력이 없다고 확정했다. 아카이는 성폭행과 살인 미수죄에 묶여 쇠고랑을 차고 감옥에 들어갔다.

"그때 상소할 생각이었지. 감옥에 들어가 형을 살게 된 뒤, 엄니 아버지도 재심을 신청해야 한다고 하셨고." 아카이는 옛일을 돌이키며 고개를 천천히 내저었다. "하지만 집안 형편이 좋지 않았어. 내가 감옥에 있었으니 돈을 벌어서 부모님께 드리기는커녕 부모님이 매달 돈을 부쳐주셔야 했고. 재심을 신청하면 또 소송비가 들어갈 텐데, 나로서는 도저히 그렇게 할 수가 없었어. 내가 재수가 없어 천자이 같은 놈을 알게 됐고, 내가 어리석어 잠시나마 마음이 약해져 그런 놈을 거뒀고, 그 바람에 그놈이 내 집에서 사람까지 죽이고 말았지. 하지만 더는 부모님에게까지 폐를 끼치고 싶지 않았어."

샤오칭은 아무 말도 하지 않았다. 아카이가 잠시 말을 멈추더니 처음으로 씁쓸한 표정을 지었다. "지금 생각해보니 상소를 포기한 것도 참 어리석은 짓이었수다."

스무 해 가까이 지나 감옥에서 나온 아카이는 사회가 너무 낯설게 변했음을 알게 되었다. 신문 구직란을 보고 일을 찾아봤지만, 심각한 전과 기록 탓에 가는 곳마다 거절당했다.

"부모님은 내가 옥살이할 때 모두 돌아가셨수다. 두 분께 제대로 효도 한번 못 했지." 아카이가 말했다. "내가 나이가 쉰이 넘었수다. 인생의 반을 감옥에서 보냈으니 이력이랄 것도 없고, 취직도 안 되고, 막노동을 하고 싶어도 감옥에 있으면서 몸도 다 망가진 지 오래요. 내가 살아서 뭘 하겠소? 나를 죽여서 그쪽 마음이 조금이라도 편해질 수 있다면 얼른 그렇게 하시구려."

"이렇게 되면 초인종 버튼에 남아 있던 지문 문제가 해결되고, 어째서 물컵이 두 개 놓여 있었는지도 해결돼요." 그가 손뼉을 치며 아주 만족스러운 표정을 지었다.

"그러고 나서 샤오칭은 아카이를 죽이지 않고 떠난 거네요."

그녀가 말을 받았다.

"맞아요."

"샤오칭이 아카이의 말을 믿을 거라고 생각하세요?" 그녀가 물었다.

"아마도요." 그가 머리를 긁적였다. "편집자님 생각은요?"

"믿지 않을 거라고 생각해요." 그녀가 말했다. "샤오칭은 아카이에게 '난 당신 말 믿지 않아요'라고 말할 것 같아요."

"그런데도 샤오칭이 아카이를 죽이지 않는다?" 그가 눈을 깜빡였다.

"전 샤오칭 같은 인물이 정말로 직접 사람을 죽일 거라고 생각지 않아요. 맞아요. 나도 알아요. 내가 샤오칭을 위해 밀실 트릭을 설계했었다는 거. 굳이 일깨워줄 필요 없잖아요." 그녀는 그의 눈빛에 담긴 웃음을 보고는 손을 들어 그의 말을 막아버렸다. "게다가 후속 줄거리도 몇 가지 생각해놨어요. 샤오칭이 아카이를 믿지 못하면서 더 긴장감이 증폭되도록."

＊ ＊ ＊

"아카이 찾아갔었다는 거 알아." 아룬이 나직하게 말했다.

순간 침대 모서리에 앉아 있던 샤오칭의 몸이 굳어버렸다. "누구? 모르는 사람인데."

얼룩진 사랑

"긴장 풀어. 나 경찰이야. 거짓말도 잘 못하면서." 아룬이 샤오칭의 어깨를 감싸 안았다. "아카이에 대해 알려줘야 할 게 있어."

요 며칠, 아룬은 과거 사건 기록을 찾아보는 것 외에 교도소에 자료를 의뢰했고, 아카이의 거처에 남아 있던 신문을 토대로 아카이가 일자리를 구하러 간 회사 몇 군데를 찾아내 현장을 탐방했다. 아룬은 아카이 사건에 의혹이 너무 많다는 생각에 법의관에게 연락해 이 사건의 정확한 정액 양 측정 기록을 열람하게 해달라고 요구했다. 그러나 법의관은 이미 종결된 사건이라며 상대도 해주지 않았다.

"실제로는 말이야, 아카이는 상소를 포기했지만 천자이는 결코 포기하지 않았어." 아룬이 샤오칭에게 말했다. "천자이는 그저 운을 시험해보고 싶었던 거야. 하지만 조사를 하면 할수록 진상은 더 명확해졌어. 처음 몇 년 동안 재심이 한 차례 이루어졌는데, 그때 이미 법원이 아카이의 사건 연루 가능성을 배제한 새로운 DNA 감식 보고서를 채택했어. 하지만 아카이가 상소를 포기한 탓에 감옥에서 나오지 못한 거야. 죄명도 철회되지 않았고."

아룬이 찾아간 회사들에서는 아카이를 채용하지 않았다고 알려주었다. 아카이의 나이가 너무 많아서 말단에서 일을 시작하게 할 방법이 없었다고 설명한 회사도 있었고, 아카이가 필수 상식이 부족해서 일하면서 부딪힐 상황에 대응할 능력이 없었다고 밝힌 회사도 있었다. 중대 범죄를 저지른 적이 있는 갱생인을 채용하고 싶지 않았다고 솔직히 인정한 회사도 있었으며, 아카이가 도저히 일을 감당할 체력이 되지 않았다고 명확하게 말해준 임시직 중개업체도 있었다.

"아카이 씨, 정말 불쌍한 사람이야. 20년 동안 억울하게 옥살이를 했는데, 감옥에서 나오니 아무것도 남아 있지 않았지." 아룬이 부드럽게 말했다. "아카이는 이미 세상을 떠났고, 샤오징을 죽인 진범은 법의 제재를 받았으니 더는 이 사건으로 힘들어하지 마."

샤오칭이 울기 시작했다.

"잠시만요." 그가 손을 들며 입을 열었다. "천자이가 재심을 받았고, 법원이 새로운 DNA 감식 보고서를 받아들였다는 부분은 앞에 전혀 나오지 않았기 때문에 그다지 타당하지 않아요. 게다가 법원이 아카이의 사건 연루 가능성을 배제했는데도 아카이가 계속 감옥살이를 했다는 부분은 자료를 더 찾아봐야 제도적으로 정말 이렇게 하고 있는지 확신할 수 있을 거고요."

"이건 그냥 지금 제 생각에 불과해요. 어쩌면 작가는 다르게 끌고 갈지도 모르고요. 만일 작가 역시 이렇게 끌고 나갈 생각이라면, 제가 변호사에게 제도 관련 부분을 문의하는 건 어렵지 않을 거예요." 그녀는 이를 문제로 보지 않았다. "전 그냥 아카이가 범죄를 저지르지 않았다는 부분의 신뢰도를 높이고 싶은 것뿐이에요. 언급하셨던 새로운 DNA 감식 기술도 틀림없이 집어넣을 수 있을 거예요."

"그건 그렇네요." 그가 고개를 끄덕였다. "그런데 샤오칭은 왜 우는 건가요?"

샤오칭은 아룬에게 자신이 아카이를 찾아갔었던 일을 솔직히 인정하고, 아카이와 나눈 대화도 아룬에게 알려주었다.

"아카이가 그때 그랬어. 자기는 결코 범죄를 저지르지 않았다고." 샤오칭은 아룬이 건네준 휴지로 눈물을 닦았다. "나중에 아카이가 죽었다는 기사를 보고 그 사람이 나한테 자기를 죽여서 마음이 조금이라도 편해진다면 기꺼이 내 손에 죽겠다고 한 말이 떠올랐어. 직접 죽이지는 않았지만 내가 그 사람을 죽음으로 내몬 건 아닐까?"

"왜 그런 생각을 해?" 아룬이 샤오칭의 등을 가볍게 두드렸다.

"그 사람을 믿지 않았으니까!" 샤오칭의 등이 격렬하게 들썩였다. "20년 동안 난 늘 아카이와 천자이를 증오해왔어. 심지어 칼을 들고 가서 죽여버리려 했지. 마지막까지도 그 사람이 죄가 없다는 걸 믿지 못했으니, 틀림없이 그 사람에게 더 큰 절망을 안겨주었을 거야!"

"네가 찾아가기도 전에 그 사람은 이미 자살하려고 마음먹은 참이었어." 아룬이 말했다.

샤오칭이 고개를 돌려 아룬을 바라봤다. "자기가 그걸 어떻게 알아?"

"아카이의 거처에서 구매 영수증을 찾았는데, 그걸 보고 아카이가 그날 점심때 목탄을 사 왔다는 사실을 알게 됐어." 아룬이 샤오칭의 얼굴을 손으로 받쳐 들었다. "원래 그날 밤 목숨을 끊을 생각이었던 거야. 네가 찾아갔든 찾아가지 않았든 결과는 같았을 거라고."

샤오칭은 아룬의 가슴에 머리를 묻고 목 놓아 울기 시작했다. 하지만 울음소리에서는 뭔가를 다 쏟아내는 듯한 후련함이 느껴졌다.

아룬은 샤오칭을 꼭 끌어안았다. 지금 샤오칭에게 가장 필요한 건 말로 하는 위로가 아니라 감정을 다 쏟아내는 것임을 알고 있었다.

사실 아룬은 아카이가 비록 자살할 마음이 있었다고 해도 꼭 그날 행동에 옮길 생각은 아니었을 수도 있다는 걸 잘 알고 있었다. 아카이가 점심때 목탄을 사 온 뒤 곧바로 불을 피워 자살하지는 않았으니까. 샤오칭이 아카이의 집을 떠난 다음, 아카이는 물컵까지 닦고 나서야 목탄을 피우겠다는 계획을 실행에 옮기기 시작했다. 아룬은 샤오칭이 아카이의 무죄를 믿지 않은 탓에 아카이가 스스로 목숨을 끊으려던 결심을 굳힌 게 분명하다고 짐작했지만, 자신이 그 부분까지 샤오칭에게 설명할 필요는 없다고 생각했다.

이 사건으로 빚어진 상처는 여기에서 끝내자 싶었다.

＊＊＊

"이 결말 꽤 괜찮네요!" 그는 진심으로 칭찬을 아끼지 않았다. "게다가 밀실 트릭도 사용하지 않고 직접적으로 감정과 죄악에 호소했으니, 작가님이 이런 플롯을 잘 조절하실 수 있을 거예요. 우리가 토론했던 것보다 훨씬 더 힘이 넘치는 얘기가 나올 게 분명해요."

"밀실 트릭 얘기는 다시 하지 마세요." 그녀는 화가 난 척했다.

그는 항복했다는 투로 두 손을 들어 올렸다.

"하지만 아직 문제가 하나 더 있어요." 이 말을 하는 그녀의 두 어깨가 축 늘어졌다.

"무슨 문제가 있다는 건지 모르겠는데요." 그가 눈동자를 이리저리 굴렸다.

"이야기에 문제가 있는 게 아니라요." 그녀가 한숨을 내쉬었다.

그녀는 일전에 책임 편집자가 작가에게 건의했다가 불어닥친 풍파와 자신이 작가에게 문제를 지적하자 작가가 살인 플롯을 전개한 일을 설명했다. 그녀가 관찰한 바로, 작가는 인터넷에서 함께 소통하는 독자에게는 비교적 정중하게 예의도 차리고 의견도 들어주려고 했지만, 편집자에게는 이런 인내심을 발휘하지 않았다. 자기야 그때 줄거리에 필요한 부분을 제공하는 정도에 그쳤으니 작가가 그나마 귀담아듣고, 이를 줄거리 전개의 선택지에 넣는 걸 고려해본 거라고 생각했다. 하지만 작가는 책임 편집자의 출간 건의는 전혀 받아들이지 않았다.

"어쩌면 작가가 예쁜 여자한테는 성질부릴 재간이 없어 그런 걸지도 모르죠." 그가 끼어들었다.

그녀가 그를 흘겨봤다. "그 말은 책임 편집자가 한 말과 별다를 거 없는 말이잖아요."

"별다를 거 많거든요. 책임 편집자는 건의했다가 작가한테 욕을 한 바가지 먹었어요. 그것도 모자라 주간에 동료들까지 그 많은 사람을 출동시켜서 같이 사과까지 하게 됐고요. 하지만 편집자님 건의는 작가가 받아들였을 뿐 아니라 그걸 바탕으로 이야기를 잘 써냈으니, 책임 편집자 눈에야 편집자님이 당연히 눈엣가시죠. 작가가 편집자님한테 딴마음 품고 있다고 의심하는 거고요." 그는 당연하다는 듯 말했다. "전 느낀 그대로 얘기하는 것뿐이에요."

'으응?' 그녀는 잠시 어리둥절해하다가 서둘러 화제를 본론으로 되돌렸다. "제 말은 작가가 아마 편집자의 건의를 받아들이지 않을 거라는 거예요. 그러니 우리야 아주 즐겁게 토론을 벌였고 플롯도 완벽하게 설계했지만, 이걸 작가한테 알릴 방법은 전무하다는 거죠."

"책임 편집자가 불쾌해할까 봐 걱정되시면, 책임 편집자 본인한테 직접 가서 작가랑 이야기해보라고 하세요."

"책임 편집자는 틀림없이 작가한테 욕먹을 거라는 생각에 말하고 싶어 하지 않을 거라고요."

"그럼 직접 가서 얘기하시든가요. 작가가 편집자님 말이라면 틀림없이 들어줄 거라니까요."

"책임 편집자가 작가랑 직접 연락하지 못하게 금지했단 말이에요."

"책임 편집자 신경 안 쓰면 되지 않아요?"

"말은 쉽게 하시네요."

"음…… 진심으로 하는 말인데, 전 책임 편집자를 건너뛰어서 작가를 찾아가는 게 무슨 문제라고 생각하지 않아요." 그는 두 팔을 엇갈려 팔짱을 끼운 채 잠시 생각하더니 머리를 긁적였다. "작가한테 힌트만 좀 주시면 돼요. 지난번처럼 그렇게요. 편집자님 경험으로 보면, 작가가 받아들일지 모르잖아요."

"우리가 생각해둔 부분이 엄청 많잖아요. 세세한 부분이 한둘이 아니라고요." 그녀가 입을 삐쭉 내밀었다. "간단하게 힌트를 줄 방법이 떠오르지 않는단 말이에요."

"하지만 작가가 꼭 그대로 써야 할 필요는 없잖아요." 그가 말했다. "그냥 비슷한 방향으로 전개해나가고, 앞에 나온 물컵, 지문 같은 설정만 받으면 되니까요."

"말이야 그게 맞기는 한데……" 그녀가 그를 바라봤다. "아니면 제가 어떻게 힌트를 줘야 좋을지 좀 알려주세요."

"어……" 그가 미간을 찌푸리며 잠시 생각에 잠기더니 또다시 머리를 긁적거렸다. "저도 생각나는 게 없네요."

"그렇다니까요." 그녀가 두 팔을 으쓱였다. "사실 그나마 괜찮은 방법은 작가와 토론을 벌일 수 있는 누군가가 우리가 토론을 벌인 것처럼 방향을 가리켜주는 거예요. 작가가 그걸 이어받아 생각해볼 수 있도록 말이에요. 만일 생각이 막히거나 구성에 구멍이 나면 다시 토론을 벌여서 그걸 보강하도록 도와주는 거죠."

"그게 본래 편집자가 해야 하는 일인데," 그녀의 생각을 그가 이어받았다. "하지만 지금 작가와 토론을 벌일 수 있는 사람은 편집자가 아니다?"

"바로 그거예요." 그녀가 말했다.

그의 입꼬리에서 미소가 떠올랐다.

"뭘 웃어요?" 그녀가 눈살을 찌푸렸다.

"방법이 하나 생각나서요." 그가 대답했다. "기왕 편집자 신분으로 작가에게 직접 의견을 제시하고 토론을 벌일 수 없다면, 또 작가가 독자에게는 그나마 예의를 차린다고 보인다면," 그의 얼굴에 점점 더 웃음이 가득해졌다. "우리가 독자 신분으로 작가와 접촉해보면 되잖아요."

"작가와 토론을 벌일 사람을 하나 찾아보자고요?" 그녀의 질문에 그가 고개를 내저으며 입을 열려 하는데, 그녀가 먼저 눈치를 챘다. "아, 무슨 말인지 알았어요. 우리가 작가에게 이메일을 보내서 플롯을 놓고 작가와 토론을 벌여보자는 거군요."

"맞아요. 작가는 우리를 모르잖아요. 제 메일 계정으로 보내면 작가야 우리를 일반 독자로 볼 테고요." 그가 말했다.

"자판 치는 거 그렇게 귀찮아하면서," 그녀가 수상쩍어했다. "이메일로 무슨 토론을 벌일 수 있겠어요?"

"그럼 메일은 편집자님이 쓰시면 되죠." 그가 초대라도 하듯 손짓을 했다.

"그쪽 메일 계정을 쓰라고요?" 그녀가 눈살을 살짝 찌푸렸다가 다시 폈다. "이렇게 해요. 플롯은 우리가 같이 구상하고, 새 메일 계정도 같이 만들어서 둘 다 사용 권한을 갖는 거예요. 작가와 작품을 토론하는 전용 메일인 거죠."

"굿 아이디어! 헤헤." 그가 또 웃기 시작했다. "앞으로 또 시간 상 그나마 수정이 가능한 작품을 보게 될 수도 있잖아요. 그럼 우리도 이 가상 신분으로 서로 다른 작가들과 토론을 벌일 수 있을 거예요."

"정말 시간이 남아도시나 봐요." 그녀도 웃었다.

"문제 있는 소설을 읽으면 늘 좀 거슬리더라고요." 그가 어깨를 으쓱거리더니 휴대전화를 꺼냈다. "쇠뿔도 단김에 빼렸다고, 새 메일 계정 바로 신청합니다."

"행동파시구나." 그녀는 그가 눈썹이 휘날리도록 두 엄지를 놀려 자판을 두드리는 모습을 지켜봤다.

"그렇습니다만." 그가 자판을 두드리며 말했다. "벌써 이 가상 신분의 주인공 이름도 생각났어요. '대필 작가', 고스트 라이터라고 하죠."

"별로예요." 그녀가 말리고 나섰다. "우리가 대신 써주려는 것도 아니고, 그냥 작가를 도와 플롯을 놓고 토론을 벌여보자는 것뿐이잖아요. 작가가 '대필 작가'라는 몇 글자만 보고 우리가 자기 이름을 이용해 작품을 발표하려 한다고 오해해서 메일을 읽어보지도 않고 화부터 낼지도 몰라요."

"작가들도 참 화를 잘 내나 보네요." 그가 휴대전화를 내려놓았다. "그럼 어떤 이름을 써야 안전할까요?"

"'악마는 디테일에 있다'는 말이 있잖아요." 그녀가 머리를 비스듬히 기울인 채 잠시 생각에 잠기더니 그를 향해 눈을 깜빡였다. "기왕지사 플롯 설정의 세세한 부분을 놓고 토론을 벌이다 탄생한 가상 신분이니, '아귀'*라고 부르죠."

• '아귀'의 '귀'는 한자로 '鬼', 즉 '귀신 귀'이다. 두 사람이 고민 끝에 '고스트 라이터'라는 표현과 뉘앙스가 겹치는, 그러면서도 '작가'라는 단어는 빠진 아이디를 만든 것이다.

얼룩진 사랑

작가 후기

FIX : 고치고, 보완하고, 바로잡다.
　　　 그리고 마음 깊이 기억하다.

　요 몇 년 공개적으로 소설 창작에 대해 말할 기회가 생기면, 대충 이야기를 구성하는 다섯 가지 기본 요소부터 시작한다. 시간이 충분할 때면 예를 많이 들면서 자세하게 이야기하고, 시간이 부족하면 구성 요소를 열거하고 중점만 이야기하는 식이다. '추리소설' 창작을 놓고 얘기할 때는 기본 요소에 대한 인식을 훨씬 더 중시한다. 추리소설 창작자가 플롯 속의 수수께끼 배치에 과하게 집착하면서 다른 요소의 설정 문제는 소홀하게 넘어가면, 결과적으로 수수께끼를 구성하고 풀이할 때, 심지어는 다른 플롯으로 전환될 때, 작가가 줄거리에 개입하고 간여한 것이 틀림없는, 어색하고 비합리적인 상황이 벌어지는 탓이다. 이야기를 놓고 보면 이는 좋은 게 아니다.

• 이 글은 『픽스』의 내용과 책이 만들어진 과정을 언급하고 있으니, 이 점을 참작해서 읽어주시기 바랍니다.

내 경험으로 볼 때, 창작 기법의 발전은 주로 두 부분에서 결정된다. 첫째는 많이 연습해보는 것, 둘째는 많이 읽어보는 것이다. 나의 경우 각양각색의 작품을 통해 그 작품을 창작하는 데 쓰인 각종 방법을 분석하고 이해하는 건 즐겨도 교조적인 이론은 그다지 좋아하지 않는다.

그런 까닭에 예전에 편집자 친구와 이야기 구상 하나를 놓고 논의해본 적이 있다. 갑이라는 사람이 추리소설 공모전에 참가하려고 쓴 소설을 친구들에게 읽어달라고 부탁한다. 친구들이 저마다 그 소설 속 수수께끼와는 상관없는 서로 다른 문제점들을 지적하자, 갑은 그 문제점들을 하나하나 보완하거나 기본 설정을 바꾸기 시작하고, 결국 그 소설은 더 완벽한 작품으로 거듭난다는 이야기였다. 이를 주축으로 몇 번 방향을 전환해주면 '창작에 대한 이야기'가 된다. 창작자는 여기서 소설 창작에 관한 논의를 엿볼 수 있을 테고, 일반 독자도 흥미로운 이야기를 읽어볼 수 있겠다 싶었다.

당시에는 그저 말로만 나온 이야기였다. 원래 쓰기로 한 작품이 아직 줄지어 있었던 데다가 이따금 들어오는 원고 청탁이나 협업 프로젝트까지 더하면, 대충 일하는 시간 외 여가 시간이 다 차버릴 처지였으니 말이다. 재미있고 의미도 있는 구상이지만 당시에는 일단 아직은 써먹을 일이 없겠다고 생각했다.

2016년 초, 장편소설『꿈의 나라에 도착하면 내게 알려주오』 초고를 끝내놓고 나서, 당시 아크로폴리스 출판사의 편집장이었던 쾅루이린莊瑞琳과 세부 수정을 놓고 토론을 벌였다. 어느 날, 루이린이 내게 정싱저鄭性澤 사건에 흥미가 있느냐고 물었다. 당시 이 사건의 재심이 다소 더디게 진행되고 있었다. 사회 이슈에 어느 정도 관심은 있었기에 이 사건을 갖고 뭔가 써보면 도움이 될 수도 있겠다 싶었다.

나는 억울하게 누명을 쓴 사건을 증오한다. 그런 사건은 마치 엉터리로 쓴 추리소설 같다. 어떤 인물을 범인의 위치에 욱여넣고 거북하게 바라보면서, 작가의 지능, 창작 기교 그리고 '작가'라고 불릴 자격을 의심하게 만든다. 더 끔찍한 것은 억울한 누명 사건 속의 '범인'은 결코 소설 속의 인물이 아니라는 점이다. 그 사람이 받아서는 안 될 어떤 형벌을 마주하게 되건, 이는 그의 실제 삶을 소모하고 파괴해버린다.

일본의 전직 법관이자 현직 변호사인 모리 호노오는 『교양으로서의 원죄론』에서 간단하게 그리고 직접적으로 지적한다. "원죄는 가장 큰 부정의다."

정씨 사건은 타이완 국내에서 일어난 유명한 누명 사건이다. 관련 기록을 이전에 대략 읽은 적이 있어서 당연히 좀 더 깊이 알아보고 싶은 마음이 있었다. 문제는 실제 사건 추적이나 관련 인물 인터뷰가 실린 자료는 이미 적지 않고, 상세하고 술술 읽히며 서로 다른 각도에서 사건에 접근한 장쥐안펀張娟芬의 『스싼이 가라오케十三姨KTV 살인 사건』 같은 서적이 나와 있다는 사실이었다. 내가 뭘 더 쓸 수 있을까?

　도대체 내가 뭘 도와줄 수 있을지 확신이 서지 않았지만, 그래도 루이린의 소개로 타이완원죄시정협회의 뤄스샹羅士翔 변호사와 타이완사형폐지추진연맹의 린신이林欣怡 씨와 만나보았다. 나는 이야기를 나누던 중, 일상적으로 해야 할 작업이 있어 글 쓰는 시간이 제한적인 데다 작품 대부분이 소설이라고 언급했다. 그러다 이런 생각이 들었다. '내가 소설 형식으로 이 사건의 의문점을 묘사하는 건 할 수 있지 않을까. 이를테면, 감식 증거 분실이나 추리 부분의 문제 같은 것으로?'

　뤄스샹 변호사와 린신이 씨 모두 가능한 방식이라고 생각했고, 논의가 한발 더 진행된 끝에 이런 얘기가 나왔다. 내가 쓸 수 있는 이야기가 더 많을 수도 있겠다고, 정씨 사건 이외에 논쟁을 불러일으킨 억울한 사건을 몇 개 더 얘기해보자고.

　논의가 끝난 뒤, 루이린 편집장과 함께 지하철역으로 걸어가는데, 갑자기 이런 생각이 들었다. 계속 건드리지 않고 내버려 뒀던 일전의 그 구상이 이번 협업 프로젝트와 서로 연결될 수 있겠다고 말이다.

　"이렇게 하시죠." 나는 길가에 서서 그 구상을 루이린에게 알려주었다. 실제 사건의 일부 의혹을 갑이라는 사람의 추리소설 창작 과정에 집어넣은 뒤 다른 사람이 이를 지적하게 해보겠다고. 이렇게 하면 이 단편들은 겉은 추리소설이지만 속은 '어떻게 창작할 것인가'가 담긴 이야기가 되고, 바탕에는 독자들에게 실제로 일어난 억울한 누명 사건에 관심을 가져달라 호소하는 의의가 깔리게 될 것이라고 말이다.

『픽스』의 일곱 가지 이야기는 이런 식으로 전개된다. 나는 서로 다른 인물이 서로 다른 상황에서 글을 쓰기 시작하는 과정을 최대한 드러내고, 자기는 아무 문제 없다 생각하지만 실제로는 문제가 있는 이야기를 설계하고 싶었다. 단편의 주인공과 안면이 없는 기묘한 인물이 작품의 문제점에 의견을 제시하게 했고, 마지막 편에서 이 기묘한 인물의 진짜 정체를 밝혔다. 이렇게 하니 이야기 한 편 한 편이 독립적으로 읽히는 단편 추리소설로 보이면서도 하나로 합쳐 끝까지 다 읽어봐도 뭔가 추리의 맛이 느껴졌다.

「나무 두드리기」는 당연히 정씨 사건을 제재로 골랐다. 이 사건의 심리 과정에는 의문점이 상당히 많았는데, 글을 쓸 때는 오직 총격전이 일어난 노래방 룸의 감식 증거 처리 과정에만 초점을 맞추면서, 고문과 고문으로 인한 자백 부분은 간단히 짚고 넘어갔다. 나는 신나는 재즈곡 〈노크 온 우드〉의 곡명을 이 단편의 제목으로 활용해, 무겁기 그지없는 실제 사건의 내막과는 전혀 다른 가벼운 톤으로 기조를 잡았으며, 나머지 단편에서도 같은 분위기를 유지해나갔다. 독자들이 아직 실제 사건의 내막을 모르는 상태에서 대중소설을 읽는 마음으로 이 이야기들과 만나게 되기를 바랐다.

「당신 없이는 미소 지을 수 없어요」는 허우펑대교后豐大橋 추락 사건을 활용했다. 이 사건의 수사 과정은 어떻게 보면 자세해 보이지만 놓치고 간 부분이 적지 않은데, 이로 인해 원래는 비극적인 추락 사건이 살인 사건으로 돌변해버렸다. 이 이야기에서는 관련 인물의 성별을 새롭게 설정했고, 카펜터스의 부드러운 곡을 가져다 썼으며, 애정 관계에서 생기는 실망스러운 감정을 묘사했다.

「영웅들」은 추허순邱和順 사건을 골랐다. 퇴직 경찰이 나서서 당시 고문으로 진술을 확보했다고 밝혔음에도 이미 여러 해 옥살이를 한 추허순은 아직 석방되지 못한 상태다. 글을 쓸 당시, 추허순이 병원으로 이송되어 응급치료를 받은 일이 이 이야기의 무대를 제공해주었고, 나 역시 이 일을 플롯에 써넣었다. 제목인 「영웅들」은 데이비드 보위의 동명의 곡에서 따왔는데, 가사에 나오는 '우린 영웅이 될 수 있어. 단 하루일지라도'라는 표현 덕에 온갖 사색에 잠기곤 했다.

「우리와 그들」의 모티브가 된 사건은 두씨杜氏 형제 사건이다. 이 사건은 중국에서 일어난 탓에 타이완과 중국의 민감한 상황과 연결되고 말았다. 타이완 측은 실제 증거도 확보하지 못한 상황에서 수사와 조사를 하다 두씨 부자를 체포했다. 그중 아버지는 오랜 소송 기간 중 세상을 떠났으며, 두씨 형제 역시 2013년 총살형을 당했다. 작품의 주인공과 관련된 영감은 어슐러 르 귄의 SF 소설『빼앗긴 자들』에서 얻었고, 핑크 플로이드의 〈우리와 그들〉을 제목으로 삼아 서로 다른 정치적 실체 사이에서 국제적으로 공조 수사를 할 때 주의해야 할 문제를 부각했다.

「커다란 노란 택시」에서는 린진구이林金貴 사건을 다루면서 증인과 증거가 감추고 있을지 모를 결함을 강조했다. 조니 미첼이 부른 동명의 곡이 인물의 신분 설정과 필요한 플롯 구성 요소를 제공해주었다. 당시 억울하게 감옥에 들어간 린진구이는 갇힌 지 10년 가까이 지난 2017년 4월 드디어 누명을 벗고 석방되었다.

「점점 더 하얗게 창백해졌네」는 셰즈훙謝志宏 사건을 다루었다. 이 이야기에서는 인물 설정이 플롯에 미치는 영향을 언급한 것 외에 실제 수사 과정에서 오로지 증언에만 의존해서는 안 됨에도 불구하고 과하게 증언에 의존하는 상황이 흔히 일어난다는 점을 언급했다. 한편 이 단편의 제목은 프로콜 하럼의 명곡에서 따왔다. 심오하면서도 불분명한 가사가 가슴에 비밀을 억누르고 있는 이 이야기 속 인물에게 안성맞춤이었다.

「얼룩진 사랑」에 묻혀 있는 사건은 뤼진카이呂金鎧 사건이다. 이 사건의 가장 큰 문제점은 신중하지 못했던 법의관의 증거와 세심하지 못한 증거 보존에 있었다. 나는 과학 신봉자지만, 이 믿음은 과학이 온갖 디테일에 품는 의심과 탐구 정신에 뿌리를 두고 있다. 세심하지 못한 감식 결과에는 전문가라면 응당 갖춰야 할 전문적인 태도가 결여되어 있었으며, 사실을 밝히는 데도 아무런 도움을 주지 못했다. 포 프렙스의 〈얼룩진 사랑〉은 각 인물의 심리 상태를 지적하고 있으며, 「얼룩진 사랑」이라는 이 소설은 수사 과정에서 불순물을 제거해야 할 필요성을 지적하고 있다.

꼭 강조해야 할 점은 『픽스』에 수록된 작품이 모두 소설이라는 사실이다. 비록 실제 사건에서 모티브를 빌려 왔지만, 작품으로 쓸 때는 실제 수사 과정에서 생긴 모든 의혹을 집어넣지는 않았고, 일부 세부적인 부분 역시 글로 쓰면서 고쳐나갔다. 그런 까닭에 독자가 책을 다 읽고 나서 이 사건들이 궁금해진다면 단순히 소설 줄거리만 보고 끝내지 말고 응당 자료를 찾아봐야 한다.

글을 쓰면서 자료를 찾아 열람하고 파고들어 읽어본 내 판단대로라면, 이 일곱 가지 사건은 의심할 여지없이 모두 억울하게 누명을 씌운 사건이다. 하지만 『픽스』를 쓰면서 처음 가졌던 마음은 읽는 재미를 주고 소설을 쓸 때 주의해야 할 사항과 관련 기법을 제공하는 것 외에도, 사건 수사 과정에서 의도적으로 혹은 무의식적으로 일어난 온갖 실수를 지적하는 게 아니라, 읽는 이가 이 실제 사건들에 관심을 갖게 하자는 것이었다. 직접 관련 자료를 찾아 읽어보고 나서 다른 결론을 내리게 된다면 그것도 나쁠 건 없다. 나는 더 많은 이가 이러한 형사사건에 관심을 가지고 토론할수록 진실이 규명될 가능성이 더 높아지며, 그럼으로써 사법과 수사체계 역시 더욱 완벽해지리라고 믿는다.

뤄스샹, 린신이 그리고 리자원李佳玟, 유보샹尤伯祥, 추셴즈邱

顯智, 투신청涤欣成 등 변호사들이 정리해준 자료가 창작 과정에 아주 큰 도움을 주었다. 루이린, 우팡쉬吳芳碩 그리고 간차이룽甘彩蓉 등 출판사의 파트너들도 초고가 완성된 뒤 중요한 의견을 제공해주었다. 다 같이 책 제목을 논의하고 나니 디자이너 랴오웨이廖韡가 단순하면서도 기발한 아이디어가 넘치는 표지를 만들어주었다. 위에서 언급한 분들 모두 『픽스』가 책으로 완성되는 과정에서 큰 공을 세워주신 분들이다. 이 자리를 빌려 고마운 마음을 전한다.

물론 이 일곱 개의 사건으로 수감된 분들에게도 고마운 마음을 전하고 싶다. 이 글을 쓰는 지금 이 순간, 그분들 중에는 오랜 감옥 생활 끝에 석방되신 분도 있고, 여전히 감옥에 갇혀 누명을 벗게 되기를 기다리시는 분도 있으며, 이미 세상을 떠나신 분도 있다. 감옥에 들어가기 전 이들이 모두 선량한 사람이었던 건 아니지만, 감옥에 들어간 뒤 그들은 모두 자신이 저지르지 않은 죄 때문에 고통받았다. 암담하기 그지없는 이들의 불행은 시스템의 구멍을 비춰주는 빛이기도 하다. 나는 『픽스』를 통해 더 많은 이가 이런 구멍을 들여다보기 시작하기를, 더 많은 이가 우리의 사회제도를 더 완벽한 방향으로 밀고 나아가기를 간절히 바란다.

'픽스FIX'라는 단어는 이야기 속에서 창작자의 작품을 '고친다'는 뜻이고, 이 이야기들을 '바로잡고' '보완한다'는 의미이기도 하다. 동시에 '마음 깊이 기억한다'는 의미도 담겨 있다. 작가와 독자는 관찰과 사고, 글쓰기와 읽기를 통해 현실에서 허구의 세상으로 함께 넘어갈 수 있고, 그곳에서 체험하고 깨달은 것과 느낌을 현실로 가지고 돌아와 세상과 자신을 마주할 수 있다.

이는 '이야기'의 가장 중요한, 가장 대체 불가능한 의의이기도 하다.

• 타이완원죄시정협회 : http://www.tafi.org.tw
• 타이완사형폐지추진연맹 : http://www.taedp.org.tw

이 소설을 읽으면서 과연 억울하게 범인으로 몰린 이들이 지금 어떻게 살고 있는지, 이후 누명을 벗고 명예를 회복했는지 알고 싶어 할 사람이 비단 저 하나만은 아니리라 생각합니다. 작가가 후기에서 어느 정도 밝히기는 했습니다만, 번역하면서 찾은 자료를 토대로 관련 내용을 좀 더 보완해볼까 합니다.

첫 번째 작품의 모티브가 된 사건은 2002년에 일어난 '스싼이 가라오케 살인 사건'입니다. 범인으로 몰려 사형을 선고받았던 정싱저는 2017년 11월 무죄가 확정된 뒤 감옥에서 나와 지금은 어느 동네 책방에서 일하고 있습니다. 우연이겠지만,『픽스』와 같은 시기에 읽은 다른 책에서 정싱저가 출감 후 동네 책방에서 일하며 새 삶을 시작했다는 소식을 접하고 뜻밖의 희소식에 정말 다행이라 생각했던 순간이 기억납니다.

두 번째 작품의 모티브는 '허우펑대교 추락 사건'에서 빌려

온 것입니다. 2002년에 일어난 사건으로 2018년 2월 재심에 들어갔다고 알려져 있습니다.

세 번째 작품에서 소개된 사건은 '추허순 사건'으로, 추허순은 이 사건으로 1988년 수감되어 1989년 사형을 선고받았으며 지금도 그의 변호인단이 무죄를 주장하고 있으나 추허순은 여전히 감옥에 있습니다.

네 번째 단편은 '두씨 형제 사건'을 소설로 옮긴 작품입니다. 앞서 작가가 설명했듯, 이 사건의 가해자로 몰린 삼부자 중 아버지는 소송 과정에서 유명을 달리했고, 두 형제는 2013년 4월 사형을 당하고 말았습니다. 두씨 형제 중 형이 사형 집행 예정 소식을 접하고 정말 어떤 노력도 소용이 없는 거냐고 절규했다고 합니다. 당시 타이완 정부가 사형 집행을 앞두고 두씨 가족에게 알리지도 않아 가족들이 텔레비전 뉴스를 통해 사형 집행 예정 소식을 접한 것으로 알려지면서 더 논란이 되었습니다.

다섯 번째 작품의 토대가 된 사건은 2007년 5월 일어난 '린진구이 사건'으로, 이 사건의 가해자로 몰린 린진구이는 9년 동안 억울한 옥살이를 하다가 2017년 4월 마침내 무죄를 선고받고 감옥에서 나와 자유를 되찾았습니다.

여섯 번째 소설은 2000년 6월 타이완 남부에서 일어난 '셰즈훙 사건'을 모티브로 하고 있습니다. 범인으로 몰린 셰즈훙은 사형을 선고받은 뒤 여전히 수감 중이며, 그의 변호인단 역시 그의 무죄와 석방을 요구하며 계속 싸우고 있습니다.

옮긴이의 말

일곱 번째 작품의 모티브를 제공한 사건은 1993년에 일어난 '뤼진카이 사건'입니다. 소설에서는 수감 생활을 마친 아카이가 사회로 돌아온 뒤에도 절망을 이기지 못하고 극단적인 선택을 하는 것으로 나옵니다. 하지만 다행히 뤼진카이는 살아 있습니다. 20년을 억울하게 감옥에 갇혀 있었고, 실제로 그 기간 중 어머니가 돌아가시고 출소한 지 이틀 뒤에 아버지가 돌아가시는 불행까지 겪었으나, 선고받은 수감 기간을 다 채우고 나온 그는 현재 무죄를 인정받기 위해, 명예회복을 위해 싸우고 있다고 합니다.

모든 사건이 안타까웠지만, 개인적으로는 일곱 번째 사건이 가장 기억에 남습니다. 억울한 옥살이를 다 하고 나와서 결국 본인이 절망을 견디지 못해 스스로 목숨을 끊는 결말이라니, 억울하게 범인으로 몰리다 못해 사형까지 당한 이들의 결말을 지켜보는 것만큼이나 비참한 기분이 들었습니다. 제발 자살이라는 결말만은 허구이기를 바라는 마음으로 자료를 뒤지던 중, 그가 고향에서 새로운 삶을 일구며 무죄를 인정받기 위해 싸우고 있다는 걸 알게 되었습니다. 인터뷰 영상에서 수더분한 시골 아저씨의 모습으로, 또 그런 말투로 자신의 불행을 담담하게 털어놓던 그의 모습을 오래도록 잊지 못할 것 같습니다.

이 책을 읽고 번역하는 내내 오래전 짧은 칼럼에서 읽은 어떤 이름이 머릿속을 맴돌았습니다. '김정인'이라는 이 평범한 이름의 주인공은 몇십 년 전 진도에 살았던 한 어부입니다. 1980년 1월, 그는 저도 모르게 '진도 가족 간첩단 사건'이라는 이름도 무시무시한 사건에 휘말려 가족과 함께 체포됐습니다. 유죄 사실을 입증할 만한 증거라고는 일부 법정 진술밖에 없었고, 그의 자백조차 당시 그와 함께 일한 사람들의 진술과 어긋나는 것 천지였습니다. 김정인 역시 법정에서 끔찍한 고문을 이기지 못해 본인이 간첩이라는 거짓 자백을 해야 했다고 주장했습니다. 그러나 간첩 조작 사건으로 얼룩진, 엄혹했던 그 시절 그의 주장은 받아들여지지 않았습니다.

> "아무런 증거도 없는 것을 가지고 채고형까지는 너무나 가하지 않읍니까. 넓으신 마음으로 이 못난 소인을 한번 살려주세요. 판사님 형법에 의한 벌만 주십시요. 판사님…. 1984년 11월 15일 피고인 김정인."•

김정인이 변호인도 없는 상태에서 여기저기 맞춤법도 틀려가며 쓴 이 마지막 호소문을 읽다 그만 눈시울이 붉어지고 말았습니다. 그로부터 몇 년 뒤인 2010년 그와 그의 가족이 무죄를 선고받았다는 소식을 접했지만, 1985년 형장의 이슬로 사라

• 정혜신, 「"판사님, 법대로만…"」,《한겨레신문》, 2005년 10월 10일 자.

진 그의 삶을 되돌리기에는 모든 것이 너무 늦어버린 때였습니다. 물론 이 사건은 엄혹했던 시절 공안당국이 조작한 사건이라는 점에서 이 소설에서 언급된 사건들과는 다릅니다. 그러나 『픽스』를 번역하면서 고 김정인 씨가 소설 속 인물이라면 얼마나 좋을까, 그가 제대로 된 증거도 없이 간첩으로 몰려 고문당하고 옥살이를 하다가 사형당한 이야기가 허구의 소설이라면 얼마나 좋을까, 아귀 같은 사람이 나타나 이 끔찍한 조작 사건 어디에 문제가 있는지 알려주고 그의 운명을, 이 이야기를 되돌려준다면 얼마나 좋을까, 정말 여러 번 생각했습니다. 그럴 수 있다면 얼마나 좋을까요.

다시는 이런 끔찍한 불행을 되풀이해서는 안 된다는 것, 이를 위해 우리 각자가 '아귀'가 되어야 한다는 것. 너무나 당연한 이 메시지가 여전히 울림이 있는 까닭은 우리가 지금도 이런 과오를 끊임없이 되풀이하고 있기 때문은 아닌지 돌아보게 됩니다.

끝으로 좋은 작품을 번역할 기회를 주신 현대문학에, 특히 김현지 팀장님과 임소정 편집자께 감사 인사를 전합니다. 또 늘 힘이 되어주는 번역가 동료들과 절친한 벗들, 무엇보다 가족들에게 고마운 마음을 전하고 싶습니다. 그리고 이 책을 읽어주신 독자들께 감사 말씀을 전하고자 합니다.

픽스

지은이 워푸
옮긴이 유카
펴낸이 김영정

초판 1쇄 펴낸날 2019년 6월 14일

펴낸곳 (주)현대문학
등록번호 제1-452호
주소 06532 서울시 서초구 신반포로 321(잠원동, 미래엔)
전화 02-2017-0280
팩스 02-516-5433
홈페이지 www.hdmh.co.kr

© 2019, 현대문학

ISBN 978-89-7275-971-3 03820

* 책값은 뒤표지에 있습니다.
* 이 도서의 국립중앙도서관 출판예정도서목록(CIP)은 서지정보유통지원시스템 홈페이지
  (http://seoji.nl.go.kr)와 국가자료공동목록시스템(http://www.nl/go/kr/kolisnet)에서 이용
  하실 수 있습니다. (CIP제어번호: CIP2019020217)